Albrecht Gralle

Schwarzer Samt

Eine Liebesgeschichte in Afrika

BRUNNEN
Verlag Giessen · Basel

www.brunnen-verlag.de
Lektorat: Eva-Maria Busch
Umschlagmotiv: iStockphoto, Shutterstock
Umschlaggestaltung: Sabine Schweda
Satz: DTP Brunnen
Druck: CPI – Ebner & Spiegel, Ulm
ISBN 978-3-7655-1143-1

1

Luanda, Angola, April 1833

Gewe war an diesem Tag zu früh wach geworden. Hatte jemand sie gerufen? Vielleicht war es die schwüle Hitze gewesen, die jetzt vor dem Anbruch der Regenzeit immer drückender wurde. Wie ein heißes, unsichtbares Gewicht legte sie sich nachts auf alles und beendete den Schlaf vorzeitig.

Nein, jetzt wusste Gewe es wieder. Es war nicht nur die Hitze gewesen, sondern die Wut, mit der sie eingeschlafen war, die ihren Körper umhüllt hatte wie ein kratzendes Tuch und ihr gestern fast die Tränen in die Augen getrieben hatte. Die Wut auf Zacharias und Olla. Zacharias, ihren Cousin, der sich plötzlich nicht mehr für sie interessierte, sondern nur noch für Olla. Irgendetwas war mit ihm passiert, seitdem seine Stimme krächzte wie bei einer kranken Krähe.

Pass auf! Dir werde ich es noch heimzahlen, du … du treuloser Kerl!

Gewe fuhr sich über die feuchte Stirn, rückte von dem warmen Körper ihrer Schwester Sara ab und sah in dem dämmrigen Licht, dass ihr Laken zerknüllt am Fußende lag. Gerade war die Sonne aufgegangen, ein dünner Streifen Licht fiel durch den Holzladen und malte einen ovalen Lichtfleck auf die krausen Haare von Gewes Bettnachbarin. Bald würde der Sonnenball seine volle Hitze entfalten und eine neue heiße Schicht über die nächtliche Schwüle legen.

Die Achtjährige rollte sich aus dem niedrigen Bett mit der Matratze aus Elefantengras und huschte barfuß zum Fenster.

Leise entriegelte sie den schweren Holzladen und drückte ihn nach außen. Grauweißes Licht flutete herein. Vor Gewes Augen lag die bekannte Straße, die schon von Leuten, Eseln und Karren belebt war. Das Quietschen der schlecht geölten Räder schrammte an ihrem Gehör vorbei wie raues Treibholz.

Weiße Männer in schwarzen Anzügen mit hochgezogenen Augenbrauen schritten im Eiltempo zum Hafen, dunkelhäutige Frauen in bunten Kleidern, in deren Körben die Fische noch hilflos zappelten, kamen etwas langsamer, die Hüften schwingend, vom Hafen herauf. Ihre Köpfe, auf denen die Lasten ruhten, glitten in sanfter Ruhe dahin, als hätten sie mit dem übrigen Körper nichts zu tun.

Der Hafen! Gewe konnte von hier aus einen Teil der Schiffe sehen. Wie große, seltsame Wasservögel schaukelten sie sanft in der Dünung. Einmal mit so einem Schiff fahren! Es musste herrlich sein, wenn einem die kühle Gischt ins Gesicht flog, wenn die Wellenberge sich am Horizont verloren und neue Länder aus dem Dunst emporstiegen. Wenn man in so einem Schiffsbett lag, das langsam hin und her schaukelte, dann blieb einem doch gar nichts anderes übrig, als wunderbare Träume zu haben. Gewe kamen diese riesigen Schiffe wie ein Wunder vor. Wie konnte man so etwas überhaupt bauen? Das brachten nur die Weißen fertig.

Seltsam waren diese Europäer aus Portugal und England. Sie verrichteten ihre Notdurft in einem eigenen kleinen Haus, in dem es grauenhaft stinken musste. Trotz der Hitze zogen sie so viele Kleider an und verboten den Sonnenstrahlen, ihre Haut zu streicheln. Ihre Frauen knöpften die Blusen bis zum Hals zu, aber Gewe wusste, dass sie die lästigen Unterröcke und leinenen Kniehosen unter dem rauschenden Kleid manchmal wegließen. Eine Freundin, die in einem weißen Haushalt arbeitete, hatte es ihr zugeflüstert. Es war praktisch, wenn man schnell die Blase entleeren musste oder die Röcke für die Lust eines Mannes hob, bevor sie verebbte. Aber das Wort »Lust«, so schnell dahergesagt, war für Gewe noch ein Gebilde ohne Bedeutung. Ähnlich wie das Wort »Schneeball«. Sie ahnte nur, dass in der Dunkelheit seltsame Dinge zwischen Männern und Frauen passierten.

Gewe schnupperte in die Morgenluft, roch das Meer und den immerwährenden leichten Fischgestank, der sich mit etwas Modrigem, mit Urin und dem Qualm der Frühstücksfeuer verband. Als sie ein Geräusch hinter sich hörte, wandte sie sich um. Ihre Schwester Sara, die neben ihr geschlafen hatte, war aufgewacht, blinzelte mit den Augen und räkelte sich im Bett. Sara war nur ein Jahr älter und hatte genau wie Gewe eine hohe Stirn und eine gerade, etwas breite Nase. Doch Gewes Hautton war eine Spur dunkler als Saras und sie war insgesamt viel dünner als ihre Schwester. Ein ewig bohrender Makel. Dünn und schlank zu sein galt als hässlich. Gewe fühlte sich in ihrem zartgliedrigen Körper manchmal wie eine dürre Holzpuppe. Sehnsüchtig wünschte sie sich, eine dicke Lage Speck auf ihren Hüften, Armen und Beinen zu haben. Wenn die Mädchen sich stritten, dann nannte die fülligere Schwester Gewe einen »Knochenfisch«. Oder sie sagte den furchtbaren Satz: »Dein Ehemann wird sich später blaue Flecken holen, wenn er dich umarmt!« Aber Gewe war nicht zimperlich und konterte mit der Bemerkung: »Du wirst noch in deinem Fett ersticken, du Schwabbelschwein!«

Heute, das hatte Gewe sich fest vorgenommen, wollte sie mit dem Schwabbelschwein und mit Zacharias fischen gehen. Er musste so oft wie möglich von Olla ferngehalten werden. »Heute werden wir fischen«, sagte Gewe laut zu Sara, die sich streckte wie eine junge Katze.

Aus der anderen Ecke des Zimmers hörten sie ein tiefes Gähnen. Olla, Gewes Cousine, ihre derzeitige Rivalin, wurde wach. Sie war schon dreizehn, hatte Anrecht auf ein eigenes Bett und war wie Sara gut gepolstert. Sie hatte sogar richtige Brüste, um die Gewe sie glühend beneidete.

»Was hast du gesagt?«, fragte sie schläfrig auf Portugiesisch.

»Ich werde mit Sara fischen gehen!« Gewe zappelte vor Aufregung.

»Aber macht es gegen Abend, wenn die Fische näher ans Ufer kommen«, murmelte Olla. »Du weißt doch: Mittags und nachmittags schwimmen sie zu tief, weil sie das kühle Wasser suchen …«

»Oder wir gehen jetzt gleich los!«

»Nicht mit mir!«, sagte Sara entschieden und fügte hinzu: »Außerdem dürfen wir nicht allein gehen.« Damit war für sie das Gespräch beendet. Sie trat mit ihren Füßen das Laken vollends vom Bett und wälzte sich auf die andere Seite.

Der Lärm draußen steigerte sich, als mehrere Holzkarren, beladen mit Metallstangen, die löchrige Erdstraße hinunterpolterten. Gewe entschloss sich, ihr langes Trägerkleid überzustreifen, das bis zu den Knöcheln reichte und ihren mageren Körper verhüllte. Sollten die Dicken ruhig weiterschlafen. Sie würde beim Aufwärmen des Frühstücks helfen. *Vielleicht kann ich dabei eine Extraportion Hirsebrei bekommen?*

Sie öffnete den Schrank, dessen Füße von Ameisen zerfressen waren, schob den prall gefüllten Salzbeutel, der die Stoffe vor der Feuchtigkeit schützte, zur Seite und griff nach ihrem Kleid.

Bevor sie nun endgültig das Zimmer verließ und den Fensterladen wieder schloss, konnte sie es nicht lassen, Olla in ihre fette Hüfte zu zwicken. Sie beneidete ihre große Cousine nicht nur wegen ihrer weiblichen Formen, sondern auch, weil sie zur Schule gehen durfte, obwohl sie ein Mädchen war. Aber da ihre Verwandten einen bescheidenen Beitrag für die Unterbringung zahlten, war Olla in die Familie aufgenommen worden. Ein bisschen wurmte es Gewe, dass Olla während der Schulzeit nicht arbeiten musste. Als gerechten Ausgleich hatte sie sich zwei Blätter aus Ollas Lesebuch herausgerissen und bewahrte sie unter der Matratze auf.

Auf dem Weg ins Küchenhaus fühlte Gewe beim Gehen nach ihren Haaren. Die krausen Locken hatte ihr Sara vor drei Tagen mit viel Öl und ein paar bunten Schleifen gebändigt und zu festen Zöpfen geflochten. Das würde mindestens sieben Tage halten.

Ihre Mutter Sophina, eine Frau, die mit Leichtigkeit zwei Wassereimer stemmen, mit ihrem Hintern wackeln und dabei ein Lied singen konnte, hatte schon in dem kleinen Küchenhaus, das zwei Schritte neben dem Wohnhaus lag, das Feuer angemacht und den Kessel mit der Hirse von gestern auf die Steine gesetzt. Mit ein wenig Wasser, einem Schuss Palmöl und einem Löffel rotem Pfeffer wurde die Morgensuppe gewürzt.

Tante Diva, die mit im Haushalt lebte, half Sophina mit dem schweren Topf. Divas linke Hand war besonders kräftig und groß. Die rechte war dagegen verstümmelt, weil sie sie vor einem halben Jahr zu lange ins Feuer gehalten hatte. Diva gehörte zu den Leuten, die seit einiger Zeit keine Schmerzen in ihrem Körper fühlten. Manchmal, wenn sie gut gelaunt war, stach sie sich zum Entzücken der Kinder Nadeln durch die Beine.

Aber die gute Laune kam nur selten bei ihr auf. Sie hatte ihren Mann verloren, der eines Tages verschwunden war, und haderte seitdem mit ihrem Schicksal. Wenn sie wenigstens Kinder gehabt hätte, dann hätte sie einen fehlenden Mann eher verschmerzen können. Und so warf sie ihren ganzen Erziehungseifer auf Gewe und schimpfte sie aus, weil sie so dürr war. Als ob das Mädchen etwas dafürkonnte.

Unter ihrem Kleid fühlte Gewe nach einem kleinen Messer, das sie immer bei sich trug. Es steckte in einer dick gepolsterten Tasche. Unauffällig zog sie es heraus, bückte sich und ritzte damit Tante Divas Wade.

»Oh, Tante Diva!«, rief Gewe plötzlich. »Du hast Blut am rechten Bein!«

Erschrocken fuhr die Tante mit der Hand an ihrem Bein entlang und sah Blut.

»Bleib stehen. Ich verbinde dich!« Gewe riss ein Bananenblatt entzwei, legte es auf den roten Fleck und umwickelte das Ganze mit den langen Gräsern, die neben dem Haus wuchsen. Diva murmelte unwirsch vor sich hin und sagte dann: »Ich weiß gar nicht, woher die Wunde kommt.«

»Vielleicht von einem scharfen Blatt?«, schlug Gewe vor.

»Hier gibt es keine scharfen Blätter.«

Wer zum Frühstück kam, machte das Kreuzzeichen, setzte sich in eine Ecke und aß. Gewes Familie war katholisch. Das gehörte zu den vielen Neuerungen, die durch die Weißen gekommen waren. Für Gewe war es selbstverständlich, sie kannte keine andere Religion. Einmal hatte sie davon gehört, dass es »selvagens« geben sollte, »Wilde«, die in den Wäldern auf der Hochebene oder der Savanne lebten, nackt herumliefen und an einen Schlangengott glaubten, der in einem Menschenschädel wohnte und nachts angebetet wurde.

Aber auf jeden Fall musste der Gott der Weißen der stärkere Gott sein, denn schließlich hatte er die Gläubigen mit Reichtum und Wunderdingen überhäuft. Ihre Schiffe, so groß wie die Kirche in Luanda, fuhren über das Meer bis in die kalten Länder, wo man zu Fuß über festes Wasser gehen konnte! Erst neulich hatte ihr Vater erzählt, es gäbe jetzt sogar schwarze, lang gestreckte Kutschen, die auf eisernen Wegen fuhren, ohne dass Pferde davor gespannt waren. Unfassbar! Und erst die Feuerpakete, die der Gouverneur an großen Feiertagen anzünden ließ, um den Himmel mit bunten Sternen zu beschießen!

Gewe holte die kleinen Tonschalen vom Regal und hielt sie ihrer Mutter hin, damit sie den warmen, dünnflüssigen Hirsebrei einfüllte. Zuerst bekam ihr Vater seine Portion. Er musste als Erster aus dem Haus. Und sie war glücklich, dass sie ihm die Schale reichen durfte. Er steckte in einem schwarzen Anzug und trug kostbare, geschlossene Lederschuhe. Seine dunklen Haare waren in der Mitte gescheitelt und die Locken streng gebürstet. Ein Bart verzierte sein Kinn. Einmal hatte sie ihn beobachtet, wie er die Haut an seinem linken Arm kräftig schrubbte und sie dann mit dem rechten Arm verglich.

Gewe liebte ihren Vater. Sie nannte ihn Pai. Er war nicht allzu streng zu ihr. Streng war manchmal ihre Mutter, aber nur, wenn der Vater zu spät nach Hause kam und zu laut lachte. Ihr Vater nahm sie gelegentlich auf den Arm und nannte sie »minha gatinha – mein Kätzchen«, weil sie so geschmeidig und zartgliedrig war. Er war der Einzige, der sie mit ihrer dünnen Figur gelten ließ. Ein wenig roch er immer nach Haaröl und der bittersüßen Colanuss, die er ab und zu kaute. Und wenn er mit Sophina in einer fremden Sprache redete, hätte sie seiner tiefen Stimme stundenlang lauschen können. Chokwe, die Sprache ihrer Eltern, hörte sich an, als würde man beim Sprechen singend über Bäche springen.

»Stell dir vor, was sie gestern in der Kanzlei geflüstert haben«, sagte Pai. Seine Frau blickte warnend zu ihrer Jüngsten hinüber. Er hatte den Blick gesehen und schüttelte den Kopf. »Nein, nein, sie kann das ruhig hören. Es sollten eigentlich alle hören.«

Gewe vergaß zu essen und hielt ihren Holzlöffel abwartend in der Luft. Normalerweise durften die Kinder nicht gleichzeitig mit den Erwachsenen essen, aber beim Frühstück sah man darüber hinweg.

»Die Sklaverei ist ja, dem Himmel sei Dank, endlich abgeschafft worden«, sagte Pai. »Das habe ich bis gestern noch geglaubt. Aber die weißen Teufel …«

Gewes Mutter Sophina räusperte sich.

»Ach, es ist doch wahr. Sie benehmen sich manchmal wie weiße Teufel. Natürlich gibt es Ausnahmen. Jedenfalls, es gibt jetzt immer mehr weiße Sklavenmacher, die sich einen geradezu teuflischen Plan ausgedacht haben. Sie kommen mit ihren Schiffen, um angeblich Holz, Bananen und Kokosnüsse zu laden. Aber in den Kisten, mit denen sie aus den Wäldern zurückkommen, liegen Gefangene. Gut verschnürt, mit Knebeln im Mund. Es ist …«

»Was ist ein Knebel?«, fragte Gewe.

»Siehst du, du machst ihr nur Angst«, sagte seine Frau. »Und außerdem ist das Unsinn. Wenn die Sklaverei verboten ist, können sie auch keine Sklaven auf dem Markt verkaufen …«

»Es ist kein Unsinn, Sophina. Pass auf: Es gibt ein Gesetz in Kuba, einer Insel weit weg von hier, das besagt, wenn Kinder in der Sklaverei geboren werden, dürfen sie weiter als Sklaven behandelt und verkauft werden.«

»Was geht uns Kuba an?«

Gewes Vater aß einen großen Löffel Hirsebrei und spülte ihn mit einem Becher kalten Wassers hinunter.

»Was uns Kuba angeht? Sehr viel. Wenn …«

»Was ist denn nun ein Knebel?«, fragte Gewe und erschrak. Die Frage war ihr herausgerutscht. Denn normalerweise durften Kinder nicht reden, wenn sich Erwachsene unterhielten. Vorhin schien es niemand bemerkt zu haben.

»Bist du wohl ruhig!«, fuhr Gewes Tante sie an, die gespannt zugehört hatte.

Aber Pai lächelte nachsichtig und sagte: »Ein Knebel ist ein Stück Stoff, den man einem Gefangenen in den Mund steckt, damit er nicht schreien kann. Also, die weißen Sklavenhalter, die alle der Teufel holen soll, sind auf die Idee gekommen, sich weiterhin Sklaven zu besorgen, allerdings heimlich. Sie bringen sie dann nach Kuba und machen sie dort zu Kubanern. Und so«, Gewes Vater klatschte in die Hände, »sind wie durch Zauberei plötzlich wieder neue Sklaven da, und der Markt blüht und gedeiht.«

Alle schwiegen, bis Gewes Mutter sagte: »Aber sie würden sich nicht trauen, hier in Luanda heimlich Sklaven zu machen, oder?«

Pai lachte: »Hier in Luanda? Nein, nein, das würden sie sich nicht trauen. Der Gouverneur würde es nicht erlauben. Hier sind wir sicher. Aber wenn wir unsere Verwandten besuchen wollten … Unterwegs zu den Plantagen ist schon mancher verschwunden.« Er wiegte den Kopf hin und her.

Sophina blickte zu ihrer Jüngsten hinüber und sagte: »Es ist Zeit für Olla und Sara aufzustehen!«

Gewe stellte die Schale auf einem hölzernen Fenstersims ab, nachdem sie vorher einen Nachschlag hineingetan hatte, und hüpfte in das Zimmer zurück.

Leise öffnete sie die Tür, spähte in den halbdunklen Raum und sah Ollas nackte, feuchte Schulter im hinteren Bett.

Sie schlich sich näher und überlegte, welche von den vielen Aufweckarten sie für Olla benutzen sollte: die heftige Sorte, die mit einem Sprung auf den Rücken der Schläferin begann und mit einem Hundegebell endete? Oder die sanfte Art, die mit zärtlichem Rückenkraulen anfing und sich zu leichten, harmlosen Schlägen auf die Schulterblätter steigerte? Oder die nasse Art mit dem feuchten Kopftuch?

Mit Olla war es eigenartig. Es gab Tage, da bewunderte sie ihre große Cousine und hätte sie am liebsten den ganzen Tag gestreichelt, um ihre Zärtlichkeit für sie loszuwerden. Und dann wieder hasste sie Olla aus tiefstem Herzen, wenn sie Gewe von oben herab behandelte oder spöttisch über ihren mageren Körper grinste oder mit Zacharias lachte.

Heute entschied sich Gewe für eine ganz neue Art, Olla zu wecken. Die rosigen Fußsohlen ihrer Cousine ragten zu verführerisch über die Matratze. Gewe umfasste blitzschnell die nackten Fesseln und rief: »Gefangen!«

Olla zuckte zusammen und riss die Augen auf. Schon lag Gewe neben ihr und sagte: »Aufstehn! Schule!«

»Du Biest«, knurrte die Überfallene und biss in Gewes Oberarm. Gewe kitzelte sie in der Taille, dass Olla schrie. Jetzt war Olla endgültig wach geworden und Sara auch. Sie setzten sich beide auf.

»Versprich mir, dass du morgen wieder mit dem Rückenkraulen beginnst, sonst beiß ich deinen Arm ab!«

»Versprochen«, nickte Gewe und stieg aus dem Bett, nicht ohne einen bewundernden Blick auf Ollas Brüste zu werfen, die mit jedem Morgen größer zu werden schienen.

Inzwischen hatte die Morgensonne schon ihre Kraft entfaltet

und trieb die Leute, die zu Fuß unterwegs waren, auf die schattige Seite der Straße.

Der Tag nahm seinen Gang. Olla frühstückte und ging zur Schule. Sara und Gewe wurden zum Markt geschickt, um Gemüse, Dörrfische und Maniok einzukaufen. Um fünf Uhr verlor die Sonne langsam ihre Kraft, und Gewe bat Sara so lange, bis sie mit ihr zum Strand ging. Zacharias, der zwei Häuser weiter wohnte, kam als männliche Begleitung mit, denn die Mädchen hätten nicht allein gehen dürfen. Bevor sie aufbrachen, rannte Zacharias in Gewes Haus.

»Was will er denn?«, fragte Gewe gereizt.

»Vielleicht einen Köder?«

Aber Zacharias kam nicht mit einem Köder nach draußen, sondern zu Gewes Ärger mit Olla, die er überredet hatte. Gewe knirschte mit den Zähnen. Ihr Plan, Olla und Zacharias zu trennen, war misslungen. Plötzlich war ihr die Lust auf Fischen vergangen. Aber es wäre noch schrecklicher gewesen, Sara, Olla und Zacharias alleine gehen zu lassen. Schon auf dem Weg zum Strand fand Gewe es unerträglich, wie Zacharias Olla neckte. *Ollas Lachen ist ekelhaft!*

Die Hafengebäude von Luanda spiegelten sich in der glatten See. Ein paar Schiffe lagen vor Anker. Bis auf eines hatten alle ihre Segel eingeholt und schaukelten sacht auf den Wellen. Das Schiff mit den vollen Segeln musste erst vor Kurzem angekommen sein und hatte wohl die Segel noch nicht gestrichen. Wahrscheinlich würde es die Nacht abwarten, um die Ladung am nächsten Morgen zu löschen. Es zerrte an der Ankerkette wie ein hungriger Wachhund.

Gewe hockte sich neben die anderen an den Strand und starrte hinüber zu dem Segelschiff. Wieder ließ sie ihre Gedanken wandern. Es müsste schön sein, dort mitzufahren, dachte sie. Sie und Zacharias ganz allein, dann würde er Olla mit der Zeit vergessen. Sie würden neue Länder entdecken, Gewe würde dick und fett werden, sie würden heiraten und viele Kinder bekommen …

An Gewes rechter Seite hing ein feuchtes, verknotetes Tuch, das sie vom Gürtel löste. Ein paar Würmer ringelten sich darin und wurden jetzt auf den Angelhaken gespießt. Sara, die zum ersten Mal beim Angeln dabei war, schaute genau zu. Zacharias blinzelte zu Olla hinüber, die mit ihren Gedanken weit weg zu sein schien. Gewe stellte sich vor die leichte Brandung, schwang die Schnur mit kreisenden Bewegungen über ihren Kopf und ließ sie mit der rechten Hand los. Wie ein Pfeil flog das Ende der Schnur mit den Würmern über die funkelnden Wellen und landete im Wasser. Die dünne Fischerin hockte sich wieder hin und sagte zu Sara: »Jetzt müssen wir nur noch abwarten. Sobald sich die Schnur bewegt, ziehe ich ruckartig an, damit sich der Haken in das Fischmaul bohrt, und dann …«

»Schaut mal«, sagte Olla und deutete nach vorn. »Da kommt ein Boot. Es gehört zu dem großen Schiff mit den offenen Segeln.«

Die Kinder blickten hinüber. Es war ein alltägliches Bild am Hafen. Dauernd kamen irgendwelche Boote von den Schiffen, die vor Anker lagen, um die Matrosen an Land zu bringen oder zurückzurudern. Aber anstatt geradeaus zum Strand zu fahren, steuerte das Ruderboot auf die Kinder zu.

»O nein!«, rief Gewe ärgerlich. »Sie werden mir die Fische vertreiben oder sich mit der Schnur verheddern.«

»Es kommt direkt auf uns zu«, sagte Olla und hielt ihre Hand über die Augen, weil die untergehende Abendsonne ihr ins Gesicht schien.

Zwei Männer konnte Gewe im Gegenlicht erkennen. Aber warum ruderten sie ausgerechnet zu ihnen? Als das Boot knirschend auf den Strand fuhr, waren die Kinder aufgestanden. Sie wussten nicht, was sie davon halten sollten.

»Los!«, sagte Zacharias, und seine Stimme hörte sich kratziger an als sonst. »Lasst uns nach Haus rennen.«

Gewe winkte ab. »Ach, ich bleibe bei meiner Angel. Erst mal abwarten, was sie wollen. Wegrennen können wir immer noch.«

Die Männer, die unschwer als Matrosen zu erkennen waren, lächelten die Kinder freundlich an und redeten auf Portugiesisch mit ihnen. »Na? Was macht ihr so?«

»Ich versuche zu fischen«, sagte Gewe, »aber euer Boot hat mir die Fische vertrieben.«

»Das macht nichts«, sagte der eine, dessen breites Gesicht von einem Bart umrahmt war. »Wart ihr schon einmal auf so einem großen Schiff?« Er zeigte zum Horizont.

Die Kinder schüttelten stumm den Kopf.

»Wir könnten euch das Schiff einmal zeigen«, sagte der andere Matrose, der bartlos war und hellbraune Haare trug. Er lächelte freundlich, wobei er interessiert Olla betrachtete, die ihren Blick senkte.

»Ich glaube, das ist keine gute Idee«, meinte Olla und wandte sich um. »Kommt! Wir gehen nach Hause.«

»Klar, ihr könnt nach Hause gehen, aber was meint ihr wohl, was ihr versäumt! Es gibt auf dem Schiff süße Sesamkuchen mit Honig, einen ganzen Berg davon. Und habt ihr schon einmal saftige Aprikosen gesehen? Stellt euch vor, wenn ihr auf einen Mast klettert, könnt ihr sogar das Ende von Luanda sehen.«

»Nein, nein!« Olla schüttelte den Kopf. »Wir dürfen nicht allein mit Fremden mitkommen.«

Jetzt redete der andere Matrose und lächelte noch breiter. »Was soll euch schon passieren? Wir rudern euch hinüber, zeigen euch das Schiff und dann rudere ich euch wieder zurück. Das verspreche ich euch.«

»Wirklich?«, fragte Gewe misstrauisch, die sich an ihrer Angelschnur festhielt wie an einem Rettungsseil.

»Natürlich. Und selbst wenn ich's nicht tu, dann könnt ihr immer noch selbst zurückschwimmen. Na los! Kommt schon!«

»Ich komm nicht mit.« Zacharias' Stimme war nur noch ein heiseres Flüstern.

»Dann geh doch nach Hause«, sagte Gewe zu ihm, die eine Gelegenheit witterte, Zacharias eins auszuwischen.

»Nein! Ihr kommt gefälligst mit!« Zacharias hob seine Stimme, aber dadurch krächzte sie noch stärker.

Gewe passte es nicht, dass Zacharias so tat, als müssten ihm die Mädchen gehorchen. Was bildete er sich eigentlich ein, dieser krächzende Zwerg! Sie würde ihm schon beweisen, dass sie vor den Männern keine Angst hatte und dass sie mutiger war als Olla und Sara zusammen. Immerhin trug sie ihr kleines Messer. Und im Notfall würde sie zustechen.

»Pah! Du kannst uns gar nichts befehlen«, gab Gewe zurück.

»Dann sag ich es deinem Vater.«

»Sag's ihm doch, sag's ihm doch, sag's ihm doch!«

Einer der Matrosen wollte nach Zacharias' Arm greifen, um ihn am Weggehen zu hindern, aber der Junge wich aus, drehte sich um und lief davon. Im Übereifer seiner Flucht stolperte er, fiel hin, rappelte sich wieder auf und rannte voller Panik weiter. Es sah so komisch aus, dass die Matrosen und die Mädchen unwillkürlich lachen mussten. Der Matrose mit dem Bart lachte so seltsam glucksend, dass er die Mädchen mit seinem Lachen wieder ansteckte, als die erste Lachsalve vorbei war. Gewes Misstrauen flog mit dem Gegluckse davon. Leute, die so lustig lachen konnten, hatten bestimmt nichts Böses im Sinn, dachte sie. Es war, als hätte das gemeinsame Gelächter ein unsichtbares Band um sie alle gelegt. Zacharias erschien ihr jetzt wie ein Fremder, der nicht zu ihnen gehörte.

»Aber ihr müsst uns gleich wieder zurückbringen«, sagte Gewe mit fester Stimme.

»Natürlich. Wie heißt du denn?«

»Gewe.«

»Und die anderen?«

Gewe stellte ihre Begleiterinnen vor.

»Olla und Sara sind sehr schöne Namen«, sagte der Bartlose. »Steigt ein. Ich schiebe das Boot ins Wasser.«

Die Mädchen zögerten zwar noch etwas und Gewe musste erst ihre Angelschnur einholen, aber mit Lachen und gutem Zureden half der Mann ihnen ins Boot. Dabei kam es Gewe so vor, als würde er zufällig Ollas Brüste unter dem Kleid berühren. Der Bartlose schob den Kahn an und schwang sich über den Rand, als das Boot ganz im Wasser lag. Schnell griffen die Männer nach den Rudern und fuhren mit kräftigen Schlägen auf das Schiff zu, wobei sie unauffällig zurückblickten und ein fremdartiges Lied anstimmten. Olla verstaute ihre Schnur in dem Tuch am Gürtel, fühlte nach ihrem Messer und hielt sich dann mit beiden Händen am Bootsrand fest.

Für einen Augenblick dachte Gewe an das Gespräch beim Frühstück. Ob das vielleicht ein Sklavenschiff ist, das heimlich Menschen einfängt? Aber Pai hatte über diese Frage nur gelacht und gesagt, dass in Luanda keine Gefahr bestünde. Gewe beruhigte sich etwas, aber trotzdem blieb in ihr ein unbehagliches Gefühl zurück.

Ohne Kommando fiel eine Strickleiter an der Schiffswand herab, sobald sie die Breitseite erreichten. Als hätte man auf sie gewartet.

»Da hinauf«, befahl der mit dem Bart, und aus seiner Stimme war plötzlich alles Scherzhafte und Lustige verschwunden. Beklommen kletterten die Mädchen über die schwankende Leiter nach oben. Hilfreiche Hände packten zu und hoben sie auf das Deck.

Gewe spürte einen komischen Druck in ihrem Bauch, als sie einer Gruppe Männer gegenüberstand, die sie angrinsten. Gewe gefiel ihr Gesichtsausdruck nicht. Wenn wenigstens eine Frau dabeigestanden hätte! Ein älterer Mann mit weißer Uniform trat auf sie zu, verneigte sich höflich oder eher spöttisch und stellte sich als Kapitän vor.

»Kommt, Mädchen! Hier entlang«, sagte er freundlich und fasste Olla am Oberarm. »Zuerst zeige ich euch den wichtigsten Raum.«

In Gewes Kopf fing es schmerzhaft an zu pochen, als sie mit Sara hinter Olla herstolperte und nach der Hand ihrer Schwester griff. Plötzlich standen sie vor einer Tür. Der Kapitän machte sie auf und sagte: »Hier fühlen sich unsere Gäste besonders wohl.«

Die Mädchen betraten den Raum, der einladend aussah. Von der Decke hing eine Petroleumlaterne, die jedoch nicht brannte, und an einer Wand konnten sie eine Karte erkennen. Zwei Korbsessel mit einem niedrigen Tisch füllten die Ecke aus und vor dem Bullauge stand ein behäbiger Schreibtisch. Gerade als Gewe zu Olla sagte, dass sie lieber gleich jetzt zurückrudern oder schwimmen wollte, hörten sie, wie die Türe hinter ihnen rasch zugezogen wurde und wie ein Schlüssel sich im Schloss drehte. Erschrocken warfen sie sich gegen die Tür und drückten die Klinke herunter. Ohne Erfolg. Gleichzeitig hörten sie ein seltsames Geräusch. Als ob ein Tier brummte.

Ängstlich blickten sie in das angrenzende Zimmer. Da sahen sie eine gefesselte dunkelhäutige Frau auf dem Boden hocken, deren Mund mit einem Tuch zugebunden war. Olla ging zu ihr hin und nahm ihr den Knebel ab.

Sie atmete kräftig ein und aus, sah die Mädchen dann mit großen Augen an und sagte auf Portugiesisch: »Ihr seid gefangen. Das ist ein Sklavenschiff!«

Während Gewe den Knebel anstarrte, von dem sie erst heute Morgen etwas gehört hatte, drang ein rasselndes Geräusch durch die Holzwände: Der Anker wurde eingeholt.

2

Gerlingen, im Königreich Württemberg, April 1833

Ein süß stechender Duft von Flieder und frisch gedüngten Wiesen lag über Gerlingen. Der achtjährige Johannes, in knielangen kurzen Hosen, wollenen Strümpfen und dem abgetragenen Hemd seines großen Bruders, stand zögernd vor der Tür zum Ochsen, dem Gasthaus seines Großvaters Conrad. Dann drückte er langsam die Klinke nach unten.

Der Junge war früh dran. Trotzdem huschte er schnell über die Schwelle und stand nun in dem dunklen Treppenhaus. Er kannte sich aus, schließlich hatte er bei seinen Großeltern seine ersten Lebensjahre verbracht.

Vorsichtig schloss er die Tür. Zum Glück war sie geölt. Noch waren keine Stimmen zu hören, denn die Versammlung sollte erst in einer Stunde beginnen. Ein aromatischer Duft von frischem Brot lag in der Luft. Der Großvater war Bäcker. Darunter mischte sich der Geruch von gedünsteten Zwiebeln, wie man sie für einen guten »Roschtbraten« brauchte.

Johannes' Großmutter Johanna, die Seele der Küche, hatte zweifellos wieder ihr ganzes Herz in die dicke Zwiebelschicht gelegt. Vor Jahren war es schon einmal vorgekommen, dass die Hornhaut ihrer linken Zeigefingerkuppe beim Zwiebelschälen den Weg in das Gericht gefunden hatte, mitgedünstet und von einem braven Schwaben unwissend aufgegessen worden war. Seitdem durfte das Wort »Fingerkuppe« in Johannas Gegenwart nicht ausgesprochen werden. Sonst forderte man den Zorn dieser wackeren Vollblutköchin heraus.

Johannes, immer noch vom Zwiebelduft der Meisterköchin umhüllt, stieg vorsichtig die ausgetretenen Holzstufen nach oben. Er kannte inzwischen die Stellen, die nicht knarrten. Sein Gesicht glühte und seine Nase lief. Ärgerlich wischte er mit dem

Handrücken darüber. Unter seinem Hemd zeichnete sich eine eckige Form ab.

Er schien sich nicht so recht wohlzufühlen, während er den dunklen Flur entlangschlich. An der Tür zum Wohnzimmer blieb er stehen und lauschte. Dort drinnen bewahrte der Großvater seine Bücher auf, aber leider war er nicht bereit, seinen Schatz mit Kindern zu teilen. Er war der Meinung, zu viel Lesen sei für Kinder nicht gut. »Des isch schädlich für d' Auga.«

Johannes' Großvater war nicht der übliche Wirt mit großporiger roter Nase und Bierbauch, sondern ein schlanker und frommer Mann. Zwar führte er einen Gasthof, aber zugleich achtete er darauf, dass seine Gäste nicht zu viel tranken.

Man hätte meinen können, dass diese Vorgehensweise die Stammkunden abschreckte, aber das Gegenteil war der Fall. Im frommen Dreieck zwischen Gerlingen, Korntal und Stuttgart traf man sich nicht in erster Linie, um zu saufen und Weiberröcken hinterherzuschauen. Mindestens einmal in der Woche kamen die Leute zusammen, um mit Inbrunst und mit Tränen in den Augen vom lieben Heiland zu singen und so persönlich zu beten, dass es sich anhörte, als wohnte Gott in Tübingen und würde »Gottlieb Bäuerle« heißen. Kein Gast nahm es dem Ochsenwirt übel, wenn er einem frohen Zecher liebenswürdig den Krug wegstellte, weil der kurz davor war, die Grenze zur Trunkenheit zu überschreiten.

Nur Johanna, seine Frau, hatte dafür wenig Verständnis. Sie sagte dazu: »Wenn der Herrgott einen zum Trinker geschaffen hat, dann wird er ihn auch irgendwann zum Heiligen erschaffen können. Man soll ihm nicht ins Handwerk pfuschen.« Conrad, der eine andere theologische Position bezog, ließ Johannas fatalistische Einstellung, die ein wenig nach Calvin roch, nachsichtig stehen. Außerdem führte sie zu unbestreitbaren finanziellen Vorteilen.

Der Ochsenwirt hatte aber nicht nur das Talent, Trinker vor dem Trinken zu bewahren, sondern besaß noch etwas sehr

Wertvolles, nämlich eine stattliche Bibliothek von dreißig Büchern, die er in einem Schrank hinter Glas aufbewahrte. Seit sein Enkelsohn Johannes lesen konnte, hatte sich dieser Schrank für ihn in eine Schatzkammer verwandelt. Lesen – was für eine erstaunliche Sache für einen Jungen, der bisher auf Bäume geklettert war, der beim Heuwenden auf der Wiese mitgeholfen hatte und sogar schon Kühe melken konnte.

Seit einem halben Jahr, nachdem die Wörter nicht mehr stockend aus dem Mund fielen, tat sich nach jedem gelesenen Wort ein Geheimnis für ihn auf. Worte wie »Meeresrauschen«, »Eiswüste« oder »Elefanten« wirkten wie Türen in eine neue Welt. Einmal hatte Johannes ein Buch über Afrika mit gemalten Bildern erwischt. Das hatte ihn so gepackt, dass er am liebsten einmal dorthin reisen wollte, wo es so heiß war, dass man nach dem Waschen im Fluss gleich wieder schwitzte.

Inzwischen hatte Johannes schon fünf Bücher heimlich aus dem Schrank seines Großvaters geholt. Er wusste, wo der Schlüssel aufbewahrt wurde. Zu Hause hatte er die Bücher mit klopfendem Herzen durchgestöbert und sie später unauffällig wieder zurückgestellt. Wie gebannt fühlte er sich zu dem Bücherschrank hingezogen. Er konnte nichts dagegen tun.

Den Freunden erzählte er natürlich nichts von seiner neuen Lieblingsbeschäftigung. Sie schienen nicht gerne zu lernen und verstanden nicht, warum ihre Eltern das teure Schulgeld ausgaben oder das Schulbrennholz sammelten. Mit dem Lesen taten sie sich schwer, schoben das Lesebuch gähnend zur Seite, wenn sie mit ihrer Lektion fertig waren.

Als Johannes einmal begeistert von einer kleinen Geschichte erzählte, die er in einem Buch seiner Eltern gefunden hatte, sah er die verständnislosen Blicke seiner Freunde und bekam ihren Spott zu spüren. Richtige Jungen kämpften mit Holzschwertern und kamen blutig nach Hause oder halfen schon wie Erwachsene auf dem Hof.

Es gab nur ein Kind, mit dem er seinen Lesespaß teilen konnte. Das war Olga, das Mädchen vom Nachbarhaus. Sie war zwei Jahre jünger als er. Nicht alles, was er sagte, verstand sie, aber sie lachte ihn nie aus. Ja, sie bat ihn sogar, ihr etwas vorzulesen. Und das tat er. Es machte ihn groß und überlegen.

Johannes presste sein Ohr an die Tür zur guten Stube. Es schien still dahinter zu sein. Er schaute den Flur entlang, dessen Boden aus dunklen, knarrenden Dielen bestand. Immer noch war niemand zu sehen. Manchmal knackte es im Fußboden, ohne dass jemand darüberging. Als ob ein unsichtbarer Wächter durch das Gasthaus schlich, um nach dem Rechten zu sehen.

Langsam drückte der Junge die Klinke herunter, die Tür schwang auf und Johannes schlüpfte hinein. Er blieb stehen und lauschte. Seine Großeltern waren wohl in der Küche beschäftigt. Das Wohnzimmer war tatsächlich leer. Unbeweglich stand der Schrank da, und es schien ihm, als ob die Bücher darin ihn freundlich anstarrten. Dass die Bücher so still standen, war für den Jungen immer wieder überraschend. So viele Geschichten und Wörter, die sie in sich trugen! Da müssten sie sich doch regen und strecken, miteinander flüstern und vor Aufregung vor und zurück rucken. Aber nichts davon. Ruhig standen sie da. Nicht einmal ein Blatt raschelte.

Der Junge atmete erleichtert aus, als er merkte, dass er allein war. Rasch zog er das mitgebrachte Buch unter seinem Hemd hervor. Mit der Hand tastete er nach dem Schlüssel, der an einem Nagel an der Rückwand hing, und schloss vorsichtig auf. Flüsternd zählte er die Regalbretter ab und schob den Band ungefähr dorthin, wo er ihn vor einer Woche weggeholt hatte. Dann neigte er seinen Kopf und buchstabierte die Namen auf den Buchrücken.

War da nicht eben ein Geräusch? Rasch zog er aufs Geratewohl ein Buch heraus, zählte die Buchrücken ab, schloss die Glastür, hängte den Schlüssel an den Nagel und schob seinen Fund wieder unter das Hemd. Flink schlüpfte er aus dem Zimmer und blickte in den leeren Flur. Nichts. Er verschloss sorgfältig die Tür und ging in die Gaststube hinein.

In die hinterste Ecke verkroch er sich, direkt neben das Fenster. Durch die dicken grünlichen Butzenscheiben fiel jetzt, am frühen Abend, gerade noch ein wenig Helligkeit auf den speckigen Tisch, in dem schon manches Brotzeitmesser gesteckt hatte.

Johannes schlug sein neues Buch mit Herzklopfen auf. Was würde es diesmal sein? Es war kein neues Buch, das sah man schon. Aber das war ja gerade gut. Ein neues Buch, das wäre viel zu frisch gewesen. Es hätte sich angefühlt wie grüne, unreife Kirschen, die noch nichts von der prallen Süßigkeit wussten. Aber das hier, das hatte schon seinen eigenen Geruch. Johannes hob das Buch an die Nase und schnupperte: Es roch nach altem Papier und ein wenig nach Eisenspänen. Der Einband war an den Ecken vom häufigen Gebrauch leicht abgeschlagen.

Langsam las er den Titel: »Reden nach dem allgemeinen Wahrheitsgefühl von Friedrich Christoph Oetinger, Special-Superintendent in Herrenberg, Weinsberg, den 2. Jenner 1758.«

Es war ein Predigtband. Johannes entzifferte staunend und schleppend die Einleitung: »Lieber Leser, ich übergebe dir hiermit seriöse Wahrheiten. Ich mag wohl ein Idiot in der ... Gala... Galanterie sein, aber kein Idiot in der Erkenntnis. Ich danke Gott, dass ich früh angefangen habe, aufrichtig gegen mich selbst zu sein ...«

Johannes verstand nicht alles, was er da las. Was bedeutete zum Beispiel »Galanterie«? Und warum war der Special-Superintendent ein »Idiot« in der Galanterie? Und was waren »seriöse Wahrheiten«? Aber den letzten Satz, den verstand der Junge mit der Triefnase und den blonden Haaren gut. »Aufrichtig gegen mich selbst«, wiederholte er. Es lag etwas Beunruhigendes in diesem Satz und zugleich etwas Tiefes und Gutes.

Er blätterte weiter nach hinten und stieß einen überraschenden Laut aus. Denn dort war ein Verzeichnis angehängt, in dem man in alphabetischer Reihenfolge Lebensläufe von berühmten

Leuten finden konnte und Erklärungen zu unbekannten Worten. Das war genau das, was er immer gesucht hatte. Da tauchten Wörter auf, die einen fremden Klang hatten: »Cäsar, Plato« oder »Kannibalen«. Staunend las er: »Kannibalen heißen die Bewohner der karibischen Inseln, welche ihre Feinde zu fressen pflegen.«

Erschrocken blickte er von dem Buch auf. Eine Gänsehaut lief ihm über den Rücken. Als er weiterblätterte, stieß er auf Namen wie »Karl der Große« und »Knipperdolling«. Weiter hinten stand sogar der Name »Ziegenbalg«. Wie konnte man nur »Ziegenbalg« heißen? Das klang fast wie in diesen grausamen Geschichten, die die Erwachsenen abends erzählten, wenn sie meinten, dass die Kinder schliefen. In einer dieser Geschichten, sie hieß Rumpelstilzchen, ging es auch um seltsame Namen. »Schnürbein« zum Beispiel, daran konnte sich Johannes noch erinnern. Und nun hieß einer »Ziegenbalg« ... das klang auch interessant. Johannes las weiter, während das Licht immer schwächer wurde:

»Ziegenbalg war ein verdienstvoller Missionar, wurde am 24. Juni 1683 in Pullnitz geboren, drei Meilen von Dresden. Er erhielt seine erste Bildung zu Görlitz und Berlin und bezog 1703 die Universität Halle, wo er sich hauptsächlich auf das Studium der Heiligen Schrift verlegte. Als indessen der König von Dänemark Studenten verlangte, die als Heiden-Missionare nach Ostindien gehen sollten, wurde Ziegenbalg vorgeschlagen und im Oktober 1705 zu Kopenhagen zu diesem Amte ordiniert. Am 29. Oktober. begab er sich mit seinem Gefährten Heinr. Plütschow zu Schiff, verlor hier sogleich seine Schwermütigkeit, womit er von Jugend auf geplagt gewesen war, und langte am 9. Juli 1706 zu Tranquebar in Ostindien an. Hier legte er ...«

Ein Poltern ließ Johannes aufschrecken. Schnell klappte er das Buch zu und schob es unter die Bank.

»Ja, so ebbes! Dr Hannes isch scho komma!«, hörte er die tiefe, etwas brüchige Stimme des Großvaters.

»Grüß Gott«, erwiderte Johannes kurz.

Der Alte setzte sich zu seinem Enkel und blickte ihn durchdringend an, sodass Johannes unwillkürlich die Augen senkte. »Sag mal«, begann er, »du weißt nicht zufällig, wie es kommt, dass meine Bücher manchmal ihre Plätze tauschen? Mal verschwinden sie, dann tauchen sie plötzlich an einer anderen Stelle wieder auf?«

Johannes, dem das Blut ins Gesicht schoss, war dankbar dafür, dass die Petroleumlampen noch nicht brannten. Er schüttelte den Kopf und blickte haarscharf an seinem Großvater vorbei.

»Koi Ahnung.«

»Na ja, es hätte ja sein können. Vielleicht ist es so etwas wie Magie. Ich werde ein paar Gebete sprechen müssen.« Er machte eine Pause und fügte hinzu: »Es freut mich übrigens, dass du unsere Versammlungen regelmäßig besuchst und sogar immer der Erste bist. Ich glaube zwar nicht, dass du alles verstehst, aber schaden wird es dir wohl nicht.«

Er erhob sich ächzend und zündete die Lampen an, die an Ketten von den Deckenbalken hingen und, sobald sie brannten, leise vor sich hinfauchten. Dann holte er das »Schwörbüchsle« vom Fensterbrett und stellte es auf den Tisch. Wenn ein Gast fluchte, musste er einen Kreuzer hineinwerfen, so streng waren die Sitten in diesem Gasthaus.

Die ersten Gäste kamen, grüßten und ließen sich hinter den Tischen nieder. Rechts die Männer, links die Frauen. Die meisten hatten eine Bibel und ein Gesangbuch dabei und legten sie wie große Eintrittskarten auf den Tisch. Man unterhielt sich halblaut und nickte dem Jungen wohlwollend zu.

Die Gaststube füllte sich immer mehr. Es waren auch ein paar jüngere Leute dabei: Mädchen in langen schwarzen Kleidern, die Haare in der Mitte exakt gescheitelt und zu einem kunstvollen Knoten gebunden. Ab und zu stahl sich eine widerspenstige Locke aus dem straffen Geflecht, die die Mädchen umständlich zurücksteckten, ohne sich dabei ihrer aufreizenden Wirkung bewusst zu sein. Die Männer setzten sich so, dass sie beim Aufschlagen des Gesangbuches mit einem kurzen, aber züchtigen Blick die Mädchen betrachten konnten. Dafür allein hatte sich für sie der Besuch gelohnt.

Einmal in der Woche trafen sich die Pietisten, die selbst erwählte Elite unter den Frommen, zu einer Erbauungsstunde beim Ochsenwirt. Man sang und betete, ohne einer festen Liturgie zu folgen, was von den »Normalgläubigen« im Ort argwöhnisch beobachtet wurde. Neben der Bibel wurde in diesen Stunden regelmäßig etwas aus dem Basler Missionsmagazin gelesen, in dem spannende Geschichten von Missionaren enthalten waren. Dieser Teil der Versammlung war für Johannes immer der wichtigste.

Nach der Begrüßung durch den Großvater sangen alle das erste Lied. Und es war seltsam. Johannes kam es vor, als ob heute Abend alle Lieder wie für ihn ausgesucht worden waren: »Mache dich, mein Geist, bereit, wache, fleh und bete, dass dich nicht die böse Zeit unverhofft betrete …«

»Böse Zeit« – das blieb bei Johannes hängen. Genau so fühlte er sich heute … Aber da kam schon ein anderes Lied: »Es ist ein Born, draus heilges Blut für arme Sünder quillt …« Was arme Sünder sind, das konnte Johannes noch verstehen, er kam sich ja selber wie einer vor. Aber was sollte dieser Satz: »Es ist ein Korn, draus helles Blut …« bedeuten? Korn, das wusste er schon, war eine andere Bezeichnung für ein Schnäpsle. Aber warum floss daraus helles Blut? – »Aus tiefer Not schrei ich zu dir…« Das war wieder verständlich und passte. Ach ja, es war eine Not mit dem Bücherausleihen!

Johannes rutschte auf seinem Sitz hin und her. Als dann noch jemand laut betete, dass die Welt voller Lügen und Diebstahl sei, wäre der Junge am liebsten im Boden versunken – oder sogar hinausgestürmt in die Nacht wie der Verräter Judas nach dem letzten Abendmahl. Nur mühsam ertrug er das endlos lange Gebet eines Bauern, dessen Stimme so gleichmäßig klang wie das Murmeln eines Wiesenbaches. Und der eine oder andere Kopf sank dabei tiefer und tiefer in der anheimelnden Atmosphäre von Roschtbratenduft, Brotgeruch und Sündennot.

Beim Vorlesen aus dem Magazin horchte Johannes dann wieder auf. Der Großvater las mit seiner bedächtigen Stimme von einem Mann, der in Ostafrika mitten unter den Eingeborenen wohnte, ihre Sprache studierte und Teile der Bibel für sie übersetzte.

Das Schlusslied erklang und danach Füßescharren und Husten. In dem allgemeinen Durcheinander griff Johannes schnell unter die Bank und holte das Buch hervor. Unauffällig schob er es unter sein Hemd, knöpfte es zu und presste den Arm dagegen. Dann schlüpfte er zwischen den Erwachsenen hindurch und wollte schon nach Hause rennen. Aber in der Tür vertrat ihm sein Großvater den Weg.

»So schnell nach Hause, Johannes? Hast du dich verletzt? Dein Arm sieht so merkwürdig verbogen aus.«

Johannes' Herz fing rasend schnell an zu pochen. Ohne dass er es eigentlich vorgehabt hatte, warf er sich seinem Großvater in die Arme und schluchzte: »Ich habe die Bücher doch nur ausgeliehen.«

Johannes fühlte die große, schwielige Hand des Ochsenwirts, die ihn ins Wohnzimmer führte. »Setz dich«, befahl der Alte streng. Der verweinte Junge setzte sich vor einen Tisch, um den herum vier Stühle standen. Dann sah er, wie der Großvater vom Schrank einen biegsamen Haselnusszweig herunterholte. Schweigend legte er ihn auf die Tischplatte.

»So, jetzt erzähl mal!«, sagte er.

Und Johannes fing an, seine Entleihungsgeschichte zu erzählen, unterbrochen von heftigen Schluchzern, die seine Nase mit wässrigen Tropfen verzierten und von Großvaters riesigem Taschentuch aufgefangen wurden.

»So, so«, nickte der Alte. »Du warst also neugierig auf das, was in der Welt so passiert … Aber du weißt doch: Zu viel Lesen bei Kindern schadet den Augen.«

Johannes nickte heftig und schnäuzte sich in das feuchte Tuch.

»Und du wolltest die Bücher nicht stehlen, sondern nur ausleihen?«

Wieder ein Nicken.

»Trotzdem, es war unehrlich. Und es hätte sein können, dass ein Buch noch gar nicht für dich bestimmt ist und dich nur verwirrt. Was wäre passiert, wenn du ein Buch verloren hättest? Außerdem – du hast mich vorhin sogar angelogen.«

Der Junge schwieg schuldbewusst.

»Gut. Das wäre also das. Wir beten.«

Staunend und verwundert hörte Johannes zu, wie der Großvater betete und Gott alles noch einmal erzählte, um ihn auf den neusten Wissensstand zu bringen. Dann bat er Gott, die ganze Sache zu vergeben, und schloss mit einem Vaterunser und einem lauten Amen.

»Amen«, hauchte Johannes, so wie er es gewohnt war.

»Die Sache ist zwar nun vergeben«, fuhr der Großvater fort, »wir Pietisten brauchen dazu keine Priester, Gott sieht unser Herz an. Aber Strafe muss sein. Das ist dann der Abschluss.«

Johannes stand mit hängendem Kopf auf, bereit zur berechtigten Züchtigung.

»Aber doch nicht du«, brummte der Alte. »Setz dich hin. Ich habe die Übeltäter schon herausgesucht.« Mit diesen Worten stand der Ochsenwirt auf, ging zum Wohnzimmerschrank, schloss auf, zog ein paar Bücher heraus und legte sie nebeneinander auf den Tisch und dazu noch das neu ausgeliehene seines Enkels. Dann hob er den Stock und verpasste jedem einzelnen Buch ein paar kräftige Hiebe, wobei er rief: »Ihr lasst euch also einfach so mitnehmen, was? Ohne euch zu wehren! Ohne mir etwas zu sagen! Ein für alle Mal. Das kommt mir nicht noch einmal vor!«

Die Hiebe wurden kräftiger, und Johannes war es gar nicht

recht, dass die unschuldigen Bücher bestraft wurden. Und er rief: »Hör auf, Opa. Es reicht!«

Der Großvater hörte mit der Bestrafung auf, nahm die Bücher und stellte sie an ihre Plätze zurück. Dann blieb er vor seinem Enkel stehen und sagte: »Ich hab mir schon so etwas Ähnliches gedacht, dass du der Ausleiher warst. Und jetzt habe ich Folgendes überlegt: Wenn du nun so furchtbar neugierig bist, dann darfst du das eine oder andere Buch mal ausleihen. Aber ich werde die Auswahl treffen. Und alles in Maßen!«

Er gab ihm das Buch zurück. »Das hier wird dir wohl nicht schaden. So, das ist jetzt ordentlich ausgeliehen. Und nun geh nach Hause, sonst machen sich deine Eltern noch Sorgen. Und …«, mahnend hob er den Zeigefinger, »denke über das Wort ›Stellvertretung‹ nach. Ein wichtiges Wort.«

Johannes holte tief Luft, schob schurrend den Stuhl zurück, gab seinem Großvater die Hand und lief nach draußen.

Inzwischen war die Nacht hereingebrochen. Es roch nach Heu, Misthaufen und Frühling. Aus den Häusern drang der gelbe Schein der Öllampen oder das schwankende Licht eines Kerzenleuchters durch die Vorhänge, sodass die Straße nicht vollständig dunkel war, nur etwas düster. Hier auf dem Dorf gab es noch keine allgemeine Straßenbeleuchtung aus Rübenöl wie in Stuttgart.

Als Johannes den Weg über das »Wiesengässle« nahm, wurde es richtig finster, sodass er kaum die Hand vor Augen sah. Das störte ihn aber nicht. In ihm war es leicht und hell geworden. Die Wochen, in denen er mit schlechtem Gewissen die Bücher ausgeliehen hatte, lagen hinter ihm. Er trug ein Buch unterm Arm, das er mit Erlaubnis lesen durfte! Und danach hoffentlich noch viele andere.

Im Nachbarhaus brannte im oberen Zimmer Licht. Also war Olga noch wach. Er warf ein paar Steine ans Fenster und sah, wie es geöffnet wurde. Das wohlbekannte Gesicht mit den zwei dicken blonden Zöpfen schaute herunter.

»Was isch los?«

»I hab a neus Buch ausg'lieha!«

»Morga um fünfe komm i rüber.«

Der Kopf des Mädchens verschwand und das Fenster wurde wieder geschlossen.

Als er zu Hause ankam, war seine Abwesenheit kaum aufgefallen. Die Eltern waren beschäftigt. Sie wussten, dass er unter der Obhut des Großvaters gewesen war, und hatten sich darum keine Sorgen gemacht. Johannes zog sich schnell aus und schlüpfte unter die Decke.

Er sprach sein Abendgebet, das er mit einem besonderen Dank an Gott abschloss, und wollte schlafen. Da hatte er eine Idee. Er stand wieder auf, tastete in der Dunkelheit nach einer Kerze (oder besser gesagt, nach einem winzigen Wachsstumpen mit Docht), schlich damit in die Küche zum Herd und zündete ihn an.

Er stellte das flackernde Licht auf den Tisch, der mitten im Zimmer stand, und legte das neue Buch daneben. Flüchtig blickte er zum Bett seines jüngeren Bruders Bernhard hinüber, aber der schien bereits tief und fest zu schlafen. Langsam glitt sein Zeigefinger an den Buchstaben entlang, wobei es schien, als ob seine Zungenspitze mitlas:

»... und langte am 9. Juli zu Tranquebar in Ostindien an. Hier legte er sich mit großem Fleiß auf die portugiesische und malabarische Sprache. Da zur Erlernung der letzteren noch keine Hilfsmittel vorhanden waren, musste er sich zu einem Hindu-Schulmeister unter die Kinder setzen und mit diesen die Buchstaben in den Sand schreiben. Dennoch brachte er es darin bald zur Vollkommenheit. Der Sprache mächtig geworden, zog er bald von Ort zu Ort, überall große Aufmerksamkeit und Neugierde nach dem Wort Gottes erregend, und schon im nächsten Jahr konnte er fünf Hindus taufen ...«

Der Kerzenstummel hatte sich aufgebraucht, die Flamme erlosch. Johannes griff das Buch, tastete sich zu seinem Bett, legte es neben sich und hüllte sich in die Decke. Ein paar Minuten blieb er noch wach und starrte in die Dunkelheit. Er wollte nicht nach Ostindien, das war klar. Sein Ziel war Afrika. Ein Land mit Palmen und Löwen und herrlich starker Hitze. Leute wohnten dort, aus deren dunklen Gesichtern weiße Zähne und Augen leuchteten und die den ganzen Tag trommelten und auf Elefanten ritten … Morgen würde er Olga etwas aus dem Buch vorlesen. Bestimmt gefiel auch ihr der Name Ziegenbalg.

Dann erinnerte er sich wieder an die Szene im Wohnzimmer und hörte das Pfeifen des Haselnusszweigs auf die unschuldigen Bücherrücken. Zärtlich, als könnte er die papierenen Schmerzen mildern, strich er über sein Buch. Bald darauf war er eingeschlafen.

3

Achtzehn Meilen vor Jamaika, Mai 1833

Nach neunundzwanzig Tagen Schiffsreise wurde es Gewe nicht mehr schlecht, wenn das Schiff schlingerte. Sie hatte es sich angewöhnt, mit dem ganzen Körper die Bewegungen des Seglers mitzumachen, soweit das mit den Fußfesseln ging. Auch jetzt, als der behäbige Zweidecker die Windwardpassage hinter sich gelassen hatte und an der Ostküste Kubas vorbeigefahren war, fing er wieder an zu schlingern, denn der Mai war hier der Beginn der Regenzeit. Und mit dem Regen kamen unberechenbare Böen, die dem Steuermann fast das Ruder aus der Hand rissen.

Gewe saß zwischen schweißglänzenden Körpern eingezwängt in einem hölzernen Verschlag im Unterdeck. Dort, hinter den Süßwasserfässern, war es besonders stickig und heiß. Die ersten Tage hatten Gewe, Sara und Olla im Hinterzimmer der Kapitänskajüte zugebracht, bis sie in das hölzerne Gefängnis gesteckt worden waren, zusammen mit fünfunddreißig anderen Sklaven, die man nach und nach an der westafrikanischen Küste gefangen genommen hatte. In dem Gestank von Schweiß, Erbrochenem und Fäkalien hatte Gewe irgendwie überlebt.

Obwohl ihr inzwischen das Schaukeln vertraut war, machten ihr die ständige Dunkelheit, die Nächte ohne tiefen Schlaf, die Gereiztheit der anderen und der Hunger so zu schaffen, dass sie sich zwischendurch schon mal gewünscht hatte zu sterben. Olla mit ihren fraulichen Formen beneidete sie jetzt nicht mehr, denn mehrmals in der Woche musste sich ihre Cousine die Aufdringlichkeiten der Seeleute gefallen lassen. Ihre Schwester Sara sah sie dagegen nur selten, weil sie in einem anderen Käfig eingesperrt war. Wie schwarze Vögel ohne Flügel.

Gewe konnte nur ahnen, was ihre Cousine durchmachte. Sie scheute sich, sie danach zu fragen. Stattdessen nahm sie Olla in den Arm, wenn sie in ihr Holzgefängnis zurückgeführt wurde, und kraulte ihr den Rücken.

Wie ich es dir am letzten Tag in Luanda versprochen habe, Olla!

In der Nacht hörte sie Geräusche, die sie wach hielten: Flüstern, Ächzen, das Knarren der Planken und ein Stöhnen. Manchmal sogar unterdrücktes Lachen. Wie konnte man hier lachen! Einmal hatte sie entsetzt zugesehen, wie ein Mann eine Frau umarmt hatte und wie er sie mit seinem Körper immer anstieß. Und die Frau ließ es sich sogar gefallen.

Ich will nur wissen, was daran schön sein kann. Oder ist das diese Lust, von der die Leute reden? Und hat Vater das mit Mutter auch gemacht? Nein, das kann nicht sein!

Manchmal war Gewes Wut über ihre Entführung riesengroß. Einen spitzen Nagel, den sie gefunden hatte, hielt sie tagelang in der linken Faust umschlossen, um bei Gelegenheit einen der

Matrosen, die das Essen brachten, zu verletzen. Aber sie tat es dann doch nicht.

Wenn keine Schiffe in der Nähe waren, durften die heimlichen Passagiere sogar nach oben an die frische Luft. Es war immer ein lautes Klirren und Rasseln, bis alle an Deck waren, denn die Fußschellen waren an einer langen Kette befestigt, die die Gruppe zusammenhielt. Man wollte nicht, dass sich Einzelne aus Verzweiflung ins Meer stürzten.

Selbst das Essen besserte sich seit Kurzem. Als Gewe eine Frau fragte, was wohl der Grund dafür sei, bekam sie nur die bittere Antwort: »Wir sind Waren, die in gute Form gebracht werden müssen. Auch eingesperrte Vögel dürfen zwischendurch aus ihrem Käfig.«

Es war also genau so, wie ihr Vater es gesagt hatte: Das Schiff nahm Kurs auf Kuba, so viel hatte Gewe herausbekommen. Und in Kuba wurden sie dann zu Kubanern gemacht. Aber das bedeutete auch: Diese Fahrt würde irgendwann zu Ende gehen, sie würden auf einem Sklavenmarkt stehen und verkauft werden, als seien sie Stoffballen, Fische oder eine Handvoll Vögel. *Wir werden also nur den Käfig wechseln.*

Seit zwei Tagen beschäftigte sich Gewe mit ihren Füßen. Sie hatte bemerkt, dass die eisernen Schellen, die ihre Fußgelenke umschlossen, eigentlich zu groß für ein kleines Mädchen waren. Nach den Wochen auf See, als ihr Körper noch mehr abgemagert war, entdeckte sie, dass sie ihre Füße vielleicht durch den breiten Ring durchschieben könnte. Es würde sicher nicht ohne Hautabschürfungen gehen, aber das wäre noch das kleinere Übel. Immer, wenn es Lärm gab, wenn gesungen wurde oder wenn sich ihre Nachbarn stritten, probierte sie, wie weit sie mit der Ferse durch das enge Loch kam. Es fehlte nicht mehr viel und sie könnte es mit etwas Gewalt und Schmerzen schaffen.

»Deus me ajuta – Gott, hilf mir«, murmelte sie und zerrte wieder einmal mit aller Kraft an ihrer Schelle. Aber es klappte nicht.

»Hör mit diesem Klirren auf, Kleine! Das macht mich wahnsinnig!«, sagte ihre Nachbarin, eine junge Frau, die versuchen wollte zu schlafen, weil sie nachts nicht dazu gekommen war. »Es ist sinnlos, die Schelle abzumachen! Und außerdem – wo willst du hin? Bist du ein Vogel? Kannst du fliegen? Oder willst du dich ertränken? Du hast Glück, weil du noch klein bist. Sicher finden dich manche auf dem Markt niedlich und kaufen dich!«

Gewe hörte auf, ihre Ferse durch das enge Loch zu quetschen, murmelte eine Verwünschung und atmete erschöpft aus. Von oben fiel ein wenig Licht durch ein paar Schiffsplanken, deren Dichtung aus Pech und alten Seilen herausgefallen war. Mit den hellen Streifen auf ihren dunklen Körpern sahen die Gefangenen für kurze Zeit aus, als hätten sie ein Tigerfell angezogen.

Jeden Tag, fast jede Stunde dachte Gewe an zu Hause, an ihre Eltern, an den Markt, an den letzten Tag in Luanda. Und jede Kleinigkeit dieses Tages leuchtete in ihrem Gedächtnis auf und wurde zu einer Oase, in der man sich ein paar Augenblicke ausruhen konnte. Hatte sie wirklich einmal in einem Zimmer mit Fenster und Bett gelebt, das sie mit der Schwester und der Cousine geteilt hatte? Hatte es wirklich einmal in ihrem Leben einen freundlichen Mann gegeben, der sie auf den Arm genommen und *minha gatinha* – mein Kätzchen – gesagt hatte? Oder war das ein Traum gewesen? Nein, Sara und Olla waren ja auch hier, und ab und zu konnte sie mit ihnen ein paar Worte wechseln. Mit Sara nur, wenn sie nach oben gebracht wurden. Mit Freude hätte sie die Gesellschaft ihrer Tante mit der unempfindlichen Haut ertragen oder hätte ohne Widerspruch die härteste Arbeit zu Hause getan, wenn sie nur wieder in Luanda hätte sein können. Aber für solche Gedanken war es nun zu spät.

In der Nacht träumte sie von der Plantage, die sie einmal mit der Familie besucht hatte, und dann sah sie wieder die Elefanten vor sich, die groß und majestätisch vorbeigezogen waren und mit ihren Ohren gewedelt hatten. Da war es ihr zum ersten Mal klar geworden, dass man auch mit einer dunklen Haut groß und bedeutend sein konnte.

Hätte ich doch bloß nicht an diesem Tag gefischt!
Hätte ich doch bloß nicht an diesem Tag gefischt!
Hätte ich doch bloß nicht an diesem Tag gefischt!
Hätte ich doch bloß nicht …

Sie wurde in ihren Gedanken unterbrochen, weil die Falltür knarrte und ein Schwall von hellem Licht in den Laderaum fiel.

»Los, es geht mal wieder nach oben«, schrie einer der Männer und stieg die Leiter hinunter. »An die frische Luft! Und heute gibt es ein Festessen für euch: die Reste der Fischmahlzeit!«

Als die Tür des Verschlags aufgeschlossen wurde, drängten die Gefangenen mit ihren klirrenden Ketten nach oben, sodass der Matrose die ersten mit Gewalt zurückdrängen musste. Es gab ein Murren und Schimpfen, und Gewe nützte den Lärm, um einen neuen Versuch zu machen, ihre Ferse durch den Ring zu schieben. Und diesmal gelang es tatsächlich. Der Schwung ließ sie taumeln. Als der andere Fuß auch frei war, stiegen gerade die Ersten die Leiter nach oben. Sie betete, dass keinem ihre freien, mit Blut verschmierten Füße auffielen. Aber niemand achtete in dem Gedränge und dem Klirren auf das kleine Mädchen. Die Sklaven hatten nur den Drang, an die frische Luft zu kommen und etwas zu essen.

Ein anderer Matrose stand schon oben, scheuchte die Gruppe zur Hintertür der Kombüse, wo in geflochtenen Körben die Fischabfälle lagen. Gewe hatte zuerst so getan, als ob sie noch an der Kette hing, und sich unauffällig umgeschaut.

Wieder waren alle abgelenkt, entweder sie aßen oder versuchten, an die Körbe zu kommen. Und ihre Bewacher nahmen es nicht so genau. Durch die Kette an den Fußschellen, mit der die Sklaven fest untereinander verbunden waren, gab es sowieso kein Entkommen. Das hätte Aufsehen erregt.

Als ein Schwarm Vögel kreischend über das Oberdeck flog

und alle kurz nach oben blickten, schlüpfte Gewe rasch davon und rannte mit klopfendem Herzen über das Deck. Sie sah ein großes eisernes Etwas und versteckte sich dahinter. Es war eine alte, verrostete Kanone, die festgezurrt neben einer Kiste stand. Unbeweglich wartete das Mädchen in ihrem Versteck und befürchtete, dass man ihr Verschwinden sofort entdecken und sie suchen würde. Aber noch hatte man nicht bemerkt, dass eine Sklavin fehlte.

Als Gewe allmählich ruhiger wurde, betrachtete sie die Kanone näher, die ihr ein so gutes Versteck bot. Sie strich über die raue, rostige Oberfläche, und es kam ihr vor, als hätte der Rost sich wie ein Geschwür auf der dunklen Metallhaut ausgebreitet. Irgendwie passte die Kanone gar nicht auf dieses Handelsschiff, und es sah auch nicht so aus, als sei sie in Betrieb. Das Mädchen nahm an, dass sie wahrscheinlich verkauft werden sollte. Eisen hatte seinen Wert.

Fast fühlte sie sich mit der Kanone verbunden, die wie sie selbst auch eine Ware war und gefangen gehalten wurde. Sie strich über das kühle Metall und flüsterte: »Du bist wohl auch nicht gefragt worden, ob du auf diese Reise gehst, oder?« Die Kanone sagte zwar nichts, aber dem Mädchen kam es vor, als ob sie sich über Gewes Zärtlichkeiten freute.

Sie blinzelte hinter dem Rohr hervor, sah über das dunkle Wasser und meinte, dass irgendein grauer, dicker Strich am Horizont zu sehen war, aber schon neigte sich der Bug in ein Wellental und die Sicht wurde versperrt. Die Gischt einer kalten salzigen Welle sprühte über Gewes Körper. Sie ließ es sich gefallen, auch wenn das Salz in ihren aufgeschürften Füßen wie Feuer brannte. So hatte sie immerhin das Gefühl, gewaschen zu werden.

Wieder kreisten Vögel über dem Schiff und Gewe sah ihnen zu, wie leicht sie sich in den Wind legten, wie sie sich fallen ließen und mit einem lässigen Flügelschlag wieder nach oben flogen.

Wenn ich nur Flügel hätte, dann würde ich auf die Kanone klettern, mich abstoßen und davonfliegen, zurück nach Luanda. Hätte ich doch bloß nicht …

Von oben drang lautes Rufen zu ihr hinunter, und von den aufgeregten Kommentaren der Seeleute begriff sie, dass sich das Schiff einer Insel namens Jamaika näherte.

Plötzlich hörte Gewe ihren Namen. Ihre Flucht war also aufgefallen. Eigentlich hatte sie gar nicht darüber nachgedacht, was passieren würde, wenn man ihr Fehlen entdeckte. Sie wollte nur für eine kurze Zeit das Gefühl haben, frei zu sein. Doch jetzt dämmerte es ihr, was auf sie zukommen könnte: Peitschenschläge und kein Essen. Was sollte sie tun? Wäre es nicht sinnlos, sich zu verstecken? Irgendwann würde man sie doch finden.

Und ins Wasser springen?

Sie schüttelte sich. Schwimmen konnte sie nur ein bisschen, wenn es windstill war wie im Hafen von Luanda. Olla hatte ihr einmal von Wassergeistern erzählt, die im offenen Meer lebten und einen nach unten zogen und quälten. Sie presste sich eng gegen das runde Metall der Kanone und wünschte nur, nicht gefunden zu werden. Ängstlich blickte sie sich um. Aber außer der verrosteten Kanone gab es keine Verstecke. Doch! Die Kiste!

Gewe kroch näher und versuchte den Deckel zu heben, aber er war mit einem Hängeschloss gesichert. Jetzt hörte sie laute Männerstimmen, die näher kamen, und sie sah die nackten Füße eines Matrosen, der über das Deck lief. Verzweifelt blickte sie sich um. Da hatte sie eine Idee. Rasch packte sie das Kanonenrohr und hängte sich daran wie ein Affe an einen Ast.

»Vielleicht hat sie sich ins Wasser gestürzt?«, fragte eine Stimme, die anfing zu husten.

»Verdammtes Ding. Der Käpt'n wird wütend sein. Eine Stange weniger Geld. Für kleine Mädchen wird viel gezahlt.«

»Der Hunger wird sie wieder in unsere Arme treiben«, meinte die hustende Stimme und fuhr fort: »Spätestens, wenn wir vor Anker gehen, wird sie aus ihrem Versteck kriechen.«

Der andere brummte nur halblaut: »Sagen wir vorerst nichts. Wir warten ab und suchen weiter. Hab keine Lust, eine Standpauke zu hören.«

Die Stimmen schwiegen. Gewe hörte, wie die Männer hin und her gingen und im Hintergrund irgendetwas öffneten und wieder verschlossen. Sie hielt den Atem an und wartete. Endlich entfernten sich die Schritte und die Stimmen wurden leiser. Gewe atmete hörbar aus. Lange konnte sie nicht mehr an diesem Rohr hängen. Wie schwach sie geworden war! Nach ein paar Augenblicken schmerzten schon ihre Armmuskeln. Langsam ließ sie sich auf den Boden gleiten.

Gerade wollte sie sich wieder hinter die Kanone kauern, da erschütterte ein gewaltiger Stoß das Schiff, sodass Gewe vor Schreck das Gleichgewicht verlor und auf die Planken fiel. Nach ein paar Augenblicken, in denen eine unheimliche Stille herrschte, erklangen die dumpfen Schreie der Sklaven und die Befehle der Offiziere.

Plötzlich begriff Gewe, dass das Schiff einen Felsen gerammt haben musste und mit Wasser volllief. Sie sah Seeleute vorbeirennen, denen es offensichtlich im Augenblick völlig gleichgültig war, dass irgendein kleines Mädchen fehlte.

Es war seltsam: Normalerweise neigte sich das Schiff beim Fahren hin und her, aber jetzt legte es sich zu sehr nach einer Seite und schaffte es nicht mehr, in die andere Richtung zu fallen. Wie eine alte Frau, die hinkte. Natürlich! Wenn das Wasser durch ein Loch in den Schiffsbauch strömte, musste das Ganze ja immer schiefer werden.

»Wir gehen unter, wir gehen unter …«, flüsterte Gewe entsetzt und klammerte sich an die Reling. Am Horizont sah sie einen dunklen, gezackten Streifen Land. Ich muss mich an irgendeinem Stück Holz festhalten, wenn ich ins Wasser falle.

Da hörte sie ein ohrenbetäubendes Knirschen und Krachen, als ob ein Seeungeheuer das Schiff anfiel und das Holz wie Fleisch aus seiner Beute herausriss. Während sich in Gewes

Kopf die Gedanken überstürzten, durchzuckte sie plötzlich eine Erkenntnis, die sie erstarren ließ: Wenn das Schiff sinkt, dann werden Sara und Olla mit untergehen! Für eine Sekunde krallte sie sich an der Reling fest. Dann hatte sie sich entschieden, ließ los und ging in die Richtung der Falltür, wobei sie sich überall festhalten musste. Sie hörte dumpf von unten die Schreie der Sklaven und ihr verzweifeltes Reißen an der Kette. Aber was konnte sie dagegen tun? Sie öffnete die Tür und blickte nach unten.

»Es kommt jemand«, schrie ein Mann von unten. »Die Tür geht auf.«

Offenbar hatte man die Sklaven ihrem Schicksal überlassen. Gewe konnte ungehindert nach unten klettern, was sie auch tat.

»Es ist das kleine Mädchen«, krächzte die junge Frau, die neben Gewe angekettet gewesen war. »Sie hat sich frei gemacht. Sie ...«

Von oben hörte man wütende Männerstimmen, die sich stritten.

»Gib mir den Schlüssel, damit man die Sklaven losketten kann!«

»Bist du verrückt?«, kreischte die andere Stimme. »Wenn sie an Land schwimmen, wird jeder sehen, dass dies ein Sklavenschiff war, und man wirft uns ins Gefängnis!«

»Ach? Du willst also lieber diese Menschen umkommen lassen, was?«

»Menschen? Bist du verrückt? Das sind keine Menschen, das sind Tiere mit menschlichen Gesichtern. Was macht es schon aus, wenn sie ertrinken?«

Einen Augenblick war es still, man hörte nur ein Keuchen, dann ein Poltern. Jemand stieg die Leiter hinunter. Offenbar hatte der Mann sich den Schlüssel mit Gewalt genommen. Gewe zitterte am ganzen Körper und verkroch sich in den dunklen Hintergrund. Schon kam der andere Mann hinterher, um sich wieder den Schlüssel zu nehmen. Unten angekommen, ging der Kampf weiter.

Gewe blickte sich um und entdeckte eine Eisenstange, packte sie mit klopfendem Herzen und schlich sich in die Nähe der kämpfenden Männer. Sie hatte sich gemerkt, wer der Angreifer war, holte aus und verfehlte knapp den Mann. Der drehte sich verwundert um, und als er Gewe entdeckte, wollte er sich auf sie stürzen. Da riss der andere, der den Schlüssel genommen hatte, Gewe die Stange aus der Hand und haute mit voller Wucht auf den Kopf seines Gegners, sodass er zusammenbrach. Dann näherte er sich dem Holzkäfig, brach den Verschlag mit der Stange auf und öffnete mit zitternden Händen ein Schloss nach dem anderen. Das Schiff geriet währenddessen immer mehr in Schieflage, und das eingelaufene Wasser stieg an.

Sobald ein Sklave frei war, kletterte er über die Leiter nach oben. Olla tauchte plötzlich vor Gewe auf und nahm sie an die Hand.

»Wo ist Sara?«, schrie Gewe. »Wir können nicht ohne Sara nach oben.«

Der zweite Käfig wurde geöffnet und Sara watete ihnen entgegen.

»Schnell, wir … wir müssen nach oben«, keuchte sie. »Da vorne strömt noch mehr Wasser herein.«

Mühsam zwängten sie sich durch die Falltür auf das Deck oder das, was vom Deck noch zu sehen war. Sie standen wie erstarrt und wussten nicht, was sie tun sollten. Dann kam eine Welle, die ihnen die Entscheidung abnahm. Sie wurden alle drei über Bord gespült.

4

Gerlingen, Königreich Württemberg, Winter 1834

Eine unbarmherzige Kälte hatte in Gerlingen Einzug gehalten. Die Pfützen waren hart wie Steinkristalle, und die Luft fühlte sich an wie aus Nadelspitzen gemacht, wenn man sie zu heftig einatmete.

Johannes hatte an diesem Nachmittag einiges zu tun: Er musste zum zweiten Mal die Kühe melken, eine durchaus angenehme Beschäftigung, denn im Stall war es warm. Das Futter für morgen musste vorbereitet werden, zwei Holzstäbe für die Heukrippe, die zerbrochen waren, sollte er noch schnitzen und einbauen … und die Schularbeiten waren auch noch nicht gemacht.

Kurz vor der Dämmerung, als er alles erledigt hatte, trieb ihn sein ewiger Hunger zum Großvater in den Gasthof Zum Ochsen. Vielleicht konnte er dort eine warme Mahlzeit ergattern. Er sah zu, dass er diesmal keine Abkürzung nahm, sondern genau auf dem Weg blieb, denn wenn man mit den Füßen in den festgefrorenen Schnee einbrach, konnte man sich Schnittwunden an den Knöcheln holen.

Johannes stapfte also den festgetrampelten Pfad zum Gasthaus hinüber und sah schon aus einiger Entfernung, dass Fremde gekommen waren. Vor dem Gebäude wartete nämlich eine Kutsche, die nicht aus Gerlingen stammte, dafür war sie zu neu. Für eine einfache Bauernkutsche hatte sie eine zu gute Federung. Und die beiden Kästen an den Seiten, in denen Kerzen standen, passten auch nicht zu den Fahrzeugen aus dem Dorf.

Die vornehmen Herrschaften saßen sicher oben im besseren Raum und nicht unten, wo jeder Hinz und Kunz hereinspazierte. Neugierig stieg Johannes die knarrenden Stufen hinauf. Jetzt brauchte er nicht mehr wie früher heimlich zu schleichen, um sich Bücher auszuleihen.

Im Flur hing eine einzige Öllampe und verbreitete ihr trübes Licht. Die Garderobe quoll über: An den Kleiderhaken hingen dicke Mäntel, manche mit kostbarem Pelzbesatz. Ein schwarzer Damenhut aus feinem Fell, der auf der Hutablage neben den Zylindern lag, erregte die Aufmerksamkeit des Jungen. Er konnte ihn gerade mit seinen Fingern berühren, wenn er auf Zehenspitzen stand. Vorsichtig strich er über das vermeintliche Fell. Aber es schienen keine Tierhaare zu sein, oder zumindest waren sie ungewöhnlich kurz und fein wie bei einem Maulwurf. Gab es das, Mützen aus Maulwurfsfell? Oder war das Samt, von dem Johannes' Mutter einmal erzählt hatte? Samt, aus dem die Kleider der Reichen gemacht wurden? Johannes stellte sich noch einmal auf die Zehenspitzen und griff nach dem Hut.

Der dunkle Samt glänzte matt im trüben Flurlicht. Schön sah das aus. Und wie weich es sich anfühlte! Wieder und wieder strich er über den Hut und vergaß alles um sich herum. Wie wäre es wohl, in einem Samtbett zu schlafen? Eine ganze Weile stand er so im Flur, als plötzlich die Tür zur Gaststube aufging. Erschrocken warf er den Hut wieder auf die Ablage und wollte die Treppe hinunterlaufen.

Aber da hörte er schon die Stimme seines Großvaters: »Ja was! De Hannes! Komm rei. Hosch scho was g'essa?«

Johannes schüttelte den Kopf und ließ sich in die Stube führen, aus der ihm ein fröhlicher Lärm entgegenkam. Der Großvater stellte seinen Enkel vor und gab mit seinem Leseeifer etwas an, was Johannes irritierte. Früher hatte der Großvater ihm verboten, so viel zu lesen – und jetzt war er stolz darauf!

Ein Herr mit grauem Vollbart in einem Anzug, der mit Brokat verziert war, saß am Kopfende des Tisches neben einer Frau, die bestimmt keine Hiesige war. Solche feinen, schönen Gesichter gab es nicht in Gerlingen. Bestimmt war sie die Frau mit dem Samthut. Die anderen gehörten zum Gerlinger Stadtrat.

»Grüß Gott«, sagte Johannes scheu und gab allen die Hand. Ein Teller mit Kartoffelsalat, Spätzle und einem Stück Braten wurde ihm gereicht. Mehr als er erwartet hatte. Er sprach ein stilles Gebet, das wie von selbst aus seinem knurrenden Magen direkt in den Himmel stieg, und merkte erst beim Essen, wie groß sein Hunger war. Und ein Stück Fleisch mitten in der Woche! Ein wahrer Festtag!

Die Unterhaltung am Tisch kam wieder in Gang, und Johannes war froh, dass er unbemerkt in einer Ecke sitzen, seinen Hunger stillen und seinen Gedanken nachhängen konnte. Doch plötzlich wurde es ruhig. Johannes hob verwundert den Kopf. Alle blickten ihn erwartungsvoll an. Es kam ihm vor, als hätte jemand eine Frage gestellt, die er nicht mitbekommen hatte.

»Der hot net zug'hört«, meinte der Großvater entschuldigend.

»Johannes«, sagte die feine Dame und wiederholte ihre Frage: »Was willst du denn später einmal werden?«

Johannes war überrascht und sichtlich verlegen, dass diese schöne Frau eine Frage an ihn gerichtet hatte. Alle blickten ihn freundlich an. Das machte ihn noch verlegener. Alles, was er sonst zu sagen pflegte – Bauer, Lehrer, Maler, Missionar, Afrikaforscher –, war in dem Augenblick wie weggeblasen. Er wischte sich mit dem Handrücken über den Mund, blinzelte in das Licht der Petroleumlampen, sah das lächelnde Gesicht der Fremden und sagte, was ihm gerade in den Sinn kam: »Ich will später eine Frau aus Afrika heiraten mit einer ganz schwarzen und weichen Haut so wie Samt.«

Im ersten Augenblick herrschte erschrockenes Schweigen. Mit dieser Antwort hatte keiner gerechnet.

Die Dame, das sah man ganz deutlich, wurde etwas rosa im Gesicht und sagte zu dem Ochsenwirt: »Das sind ja eigenartige Vorstellungen, die die Gerlinger Kinder hier haben.«

Johannes' Großvater murmelte irgendetwas Entschuldigendes, und die Unterhaltung wurde wieder aufgenommen. Der Junge aß seine Portion auf, glitt unauffällig von seinem Stuhl und stahl sich nach draußen. Als er an den Kleidern vorbeikam, öffnete sich hinter ihm die Tür und er hörte die ärgerliche Stimme seines Großvaters: »Sag mal, Hannes, bischt jetzt ganz verrückt worda?«

Johannes stand mit gesenktem Kopf da und wusste nicht, was er sagen sollte.

»Des war die Frau vom Bürgermeischter aus Mannheim! Des isch koi Hiesige.«

Johannes drehte sich wortlos um und rannte zur Tür. Dann riss er sie auf, polterte die Stufen hinunter und lief oder rutschte nach Hause, so schnell er konnte.

5

Kingston, Jamaika, 1842

Geehrte Mr and Mrs Heath,
von Herzen bin ich Ihnen dankbar, dass Sie mich nach meiner Internats- und Lehrzeit bei sich aufnehmen wollen. Meine Mutter macht sich ja immer Sorgen um mich. Aber ich bin doch froh, dass ich durch ihre Vermittlung bei Ihnen wohnen und in Ihrer Schule unterrichten kann, was ich von Herzen gerne tue. Gibt es etwas Schöneres, als mitzuhelfen, dass Kinder an Weisheit und Reife zunehmen?

Übrigens kann ich mich noch gut an die Zeit erinnern, als ich Sie mit meiner Mutter, Lady Catherine, besuchte und es bei Ihnen diese unnachahmlichen Muffins gab. (Sie müssen mir unbedingt das Rezept verraten!) Sie fragen in Ihrem Brief, wie aus der Angolanerin Gewe die Tochter eines britischen Gouverneurs wurde. Sicher hat meine Mutter früher in kurzen Worten meine Herkunft geschildert, aber ich möchte die Gelegenheit nutzen, es Ihnen direkt zu erzählen, damit wir uns besser kennenlernen, bevor ich in Ihren Haushalt eintrete. Ich weiß, dass es ein besonderes Vorrecht ist, wenn ich, ein Mensch mit dunkler Haut, in einem weißen Haushalt als ebenbürtiges Mitglied aufgenommen werde. Möge Gott es Ihnen vergelten.

Als Achtjährige wurde ich, zusammen mit meiner Cousine und meiner Schwester, 1833 von einem Sklavenschiff aus Luanda, Angola entführt. Damals war die Sklaverei in England und Jamaika zwar offiziell verboten, aber dennoch gab es Sklavenjäger, die heimlich Gefangene machten und sie nach Kuba brachten. Dort gab es das Gesetz, dass in der Sklaverei geborene Menschen als Sklaven verkauft werden konnten. Und wenn man Menschen gefangen hatte, machte man sie kurzerhand zu Kubanern. Ein einträgliches Geschäft.

Wir Kinder wurden mit freundlichen Worten auf das Schiff gelockt und eingesperrt. In derselben Stunde, noch am Abend, lichtete das Schiff seinen Anker und fuhr los in Richtung Kuba. Unbeschreibliche Qualen und Schmerzen erwarteten uns auf jenem Schiff, aber der allmächtige Gott hat wohl seine Hand über uns gehalten, es gab Sklaven an Bord, deren Los noch schlimmer war. Durch die gütige Fügung eines göttlichen Schicksals verlor unser Schiff die Orientierung und lief auf einen Felsen. Nach und nach brach es mitten entzwei, und wir erreichten das Land, indem wir uns an zwei Schiffsmasten festhielten, die auf dem Wasser trieben. Wie wir später erfuhren, wurde der Kapitän und seine Besatzung verhaftet und der göttlichen Gerechtigkeit zugeführt.

Wir selbst kamen mit anderen Überlebenden nach Kingston und wurden etliche Tage später dem Gouverneur Sir Mulgrave und seiner Frau Lady Catherine vorgestellt. Zu unserem großen Erstaunen nahm Lady Catherine meine Schwester Sara und mich in ihr Haus auf. Meine Cousine Olla kam in eine andere Pflegefamilie. Durch Lady Catherine bekam ich einen neuen Namen, der mich für immer an meine neue Pflegemutter erinnern sollte: Catherine Mulgrave.

Wurden wir auf dem Schiff wie Tiere gehalten, so erfreuten wir uns nun im Hause Mulgrave der allerbesten Umgebung. Lady Mulgrave kümmerte sich sogar persönlich um unsere Bildung und unterrichtete uns selbst. Sie behandelte uns, als ob wir ihre eigenen Kinder wären, und zeigte eine christliche Gesinnung, die das gewöhnliche Maß übersteigt. Sie wissen ja selbst, wie sie ist und wie ernsthaft sie ihren christlichen Glauben lebt. Für uns alberne Mädchen damals war es manchmal zu ernsthaft. Aber hinter all ihrer Strenge spürten wir ihr liebevolles Herz. Ja, es war ihr auch ein besonderes Anliegen, uns in die biblischen Wahrheiten und ins Gebet einzuführen, wie es die Herrnhuter zu tun pflegen. So wurde der bittere Kelch, den uns die Sklaverei gereicht hatte, zu einem Kelche, aus dem wir Milch und Honig tranken.

Meine Pflegeeltern siedelten ein Jahr später nach England über und schickten uns auf das Internat in Fairfield, wo ich gelebt und gelernt habe. Diese Trennung hat unsere Pflegemutter und uns manche Träne gekostet, waren wir doch wie eigene Kinder für sie und konnten unser neues Heim bei ihr nur kurz genießen. Aber der Hausarzt war der festen Überzeugung, meine Schwester und ich würden das kalte Klima in England nur schwer ertragen und womöglich krank werden. Und so gingen viele Briefe hin und her zwischen England und Jamaika.

Mein sehnlichster Wunsch war es, Lehrerin zu werden, was ich dann auch in dem Lehrerinstitut in Kingston, das Sie auch kennen, mit Erfolg absolvierte. Wie Sie wissen, können wir nach dem Examen nicht hier wohnen bleiben. Und ich bin deshalb von Herzen dankbar, Ihre Gastfreundschaft empfangen zu können, um in Ihrer Schule zu unterrichten. Gott möge es Ihnen lohnen.

Und nun freue ich mich, Sie und Ihre liebe Familie in der Stadt unter so freundschaftlichen Verhältnissen wiederzusehen, und bleibe mit den innigsten Grüßen

Ihre Catherine Gewe Mulgrave.

* * *

An Lady C. Mulgrave
Regent Road 34, London
England

Kingston, den 11. Oktober 1842

Meine verehrte Lady Catherine, liebe Mutter,
möge dieser Brief Sie in guter Gesundheit an Leib und Seele antreffen. Diese Zeilen sind in großer Eile und innerer Bedrängnis geschrieben, da ich von einem jungen Mann einen Heiratsantrag bekommen habe und mich deshalb an Sie wende, um Ihren Rat zu erflehen. Entschuldigen Sie daher, dass ich so schnell zur Sache komme.

Als ich meine Lehrerausbildung beendet hatte, nahm ich bis jetzt Quartier bei Familie Heath in Kingston, die mich durch Ihre Vermittlung freundlich aufnahmen und mich als Lehrerin anstellten. Wir hatten bis zu 100 Kinder zu unterrichten. Diese zwei Jahre, das wissen Sie ja, waren gute und schöne Lehrjahre für mich.

Nun traf ich neulich bei einer Veranstaltung unserer Kirche, die der Not und der Hilfe für Afrika gewidmet war, einen jungen Mann, der mit der Basler Gesellschaft verbunden ist und vorhat, in Kürze an die Goldküste Westafrikas aufzubrechen, um dort der Not leidenden Bevölkerung das Licht der Bildung und der göttlichen Botschaft nahezubringen. Er heißt George Thompson, ist in Liberia geboren, hat also eine dunkle Haut, so wie ich, ist gebildet und pflegt einen freundlichen, ja ich möchte sagen heiteren Umgangston, der jeden Menschen, der ihn kennt, sofort für ihn einnimmt.

Wie er mir sagte, sei es besser, wenn man als verheirateter Mann diese Reise beginnt, um den mancherlei Versuchungen standzuhalten, die auf einen zukommen, wenn man fremdes Land betritt. Da ich nun wie er auch aus Afrika stamme und gerne Kinder unterrichte, halte er es für eine Fügung des göttlichen Schicksals, dass wir uns kennengelernt hätten. Außerdem, fügte er mit einem durchaus höflichen und charmanten Ton hinzu, hätte ich ein Aussehen und Auftreten, das ihn für mich einnehmen würde. Ja, er hätte den Eindruck, mich schon länger zu kennen, und bat mich deshalb um meine Hand.

Nun, wie Sie sich vorstellen können, stürzten mich seine Worte zunächst in Verwirrung. Damit hatte ich überhaupt nicht gerechnet. Ich wusste vor Verlegenheit zuerst nicht, was ich sagen sollte, fasste mich aber doch so weit, dass ich mich bei ihm bedankte und ihn bat, mir einige Zeit zu schenken, um über sein Ansinnen nachzudenken.

Das habe er auch nicht anders erwartet, entgegnete er, denn so eine Entscheidung solle man mit Bedacht fällen, gehe es ja nicht nur um die Gründung einer Familie, sondern um eine Ausreise mit offenem Ausgange. Das Gebiet der Goldküste, so fuhr er fort, werde von der dortigen einheimischen Bevölkerung seit einigen Jahrzehnten als »das Grab des weißen Mannes« bezeichnet. Viele Europäer, die dort ankamen, seien binnen kurzer Zeit am Fieber erkrankt und gestorben. Deshalb sei es nun die Politik der Basler Gesellschaft, solche Leute dort hinzuschicken, die in Aussehen und Konstitution besser für so ein Klima geeignet sind.

Oh, liebe Mutter, was soll ich nun tun? In meinem Herzen spüre ich ein Flimmern und Flackern, wenn ich an George Thompson denke, und es wird mir in meinem Gesicht ganz heiß, mir ausmale, bald eine verheiratete Frau zu sein. Und George Thompson ist so freundlich zu mir gewesen, dass ich mir durchaus vorstellen kann, an seiner Seite glücklich zu werden.

Andererseits schreckt mich die lange Reise und die Aussicht, noch weiter von Ihnen getrennt zu sein und Sie lange Zeit nicht mehr zu sehen. Aber Sie haben mir und meiner Schwester oft den Gedanken nahegebracht, dass es gut sei, für Gott große Opfer zu vollbringen, da er uns liebt und auch für uns Opfer gebracht hat. So bitte ich Sie nun darum, dass Sie mein Anliegen in

Ihrem Herzen bewegen und auch Sir Mulgrave davon erzählen, um mir dann so bald wie möglich zurückzuschreiben, zu welchem Ergebnis Sie gekommen sind.

Ich verbleibe in christlicher Liebe und inniger Umarmung Ihre gehorsame Tochter Catherine Mulgrave.

* * *

An Miss Catherine Mulgrave
P. O. Box 78, c/o Mr and Mrs Heath
Kingston, Jamaika

London, den 21. November 1842

Meine liebe Tochter Catherine,
vielen Dank für deinen Brief, der uns alle sehr gerührt hat. Und ich kann innerlich nachfühlen, in welche Höhen und Tiefen dich dieses große Ereignis führt, ist doch Mr George Thompson wahrscheinlich der erste Mann, der dir mit ernster Absicht seine Gefühle mitteilte. Und nun gleich so ein großer Schritt! Nicht nur in eine Ehe, sondern auch auf einen anderen Kontinent.

Aber, meine liebste Tochter, versuche auch das Herz einer Mutter zu verstehen, die dich zärtlich liebt und auch noch ganz praktische Dinge im Kopf hat. Die Stellung dieses Mannes, der ein einfacher Angestellter der Basler Gesellschaft ist, lässt uns zögern, dir unser allzu schnelles Einverständnis zu geben.

Was ist, wenn er nicht mehr mit dieser Gesellschaft arbeiten will? Wenn Unstimmigkeiten auftauchen? Ist er dann unabhängig genug, mit seinem Beruf eine eigene Familie zu ernähren? Oder hat er ein Vermögen im Hintergrund, das ihm gestattet, sich irgendwo niederzulassen? Ich nehme wohl an, dass letzteres nicht der Fall ist.

Auch schreckt mich die Schnelligkeit seiner Anfrage. Unwillkürlich hat man den Eindruck, er brauche dringend eine Frau, um den Posten zu bekommen, und geht auf die erstbeste Person zu, die einigermaßen für die Rolle passt, die er spielen will. Bitte, versteh mich nicht falsch, liebste Catherine. Ich will damit nur sagen, dass du dich nicht unter deinem Wert hingeben sollst.

Ich sehe schon, wie du erstaunt die Augenbrauen hebst und mich fragst, was das bedeutet: sich nicht unter Wert hinzugeben. Nun, das ist schnell gesagt: Von Freunden haben wir im letzten Jahre oft gehört und gelesen, dass du dich zu einer angenehmen jungen Frau entwickelt hast, ja dass man dich durchaus als eine Schönheit bezeichnen kann. Ich sage dir das nicht, um deiner Eitelkeit zu schmeicheln, sondern damit du weißt, dass Mr Thompson nicht der einzige Mann ist, der dir einen Heiratsantrag machen wird. Du brauchst also nicht zu denken: Der oder keiner. Beachte bitte, dass du erst siebzehn bist und durch deine Pflegefamilie nicht unvermögend in der Welt dastehst. Es könnten Männer auf dich zukommen, die in weit besseren Verhältnissen stehen als Mr Thompson, und dann könnte es dich reuen, dass du dich so schnell und unbedenklich verheiratet hast.

Wir haben uns übrigens erkundigt, wie die Regeln und Statuten bei der Basler Gesellschaft aufgestellt sind, und haben erfahren, dass durchaus kein Zwang vorliegt, als verheirateter Mann an der Goldküste zu wohnen. Man kann auch als Verlobter dorthin reisen, und wenn man dann sieht, wie die Dinge laufen, kann die Verlobte nach zwei Jahren nachkommen, damit dann an Ort und Stelle eine Hochzeit arrangiert wird. Wenn du diesen Weg beschreitest, wirst du gleichzeitig erkennen, ob deine Liebe zu Mr Thompson nach zwei Jahren immer noch so stark ist, dass du ihm an die Goldküste folgen willst. Es wäre eine gute Zeit der Prüfung für euch beide. Lass dich also nicht von ihm oder von der Gesellschaft unter Druck setzen, sondern gib dir und ihm Zeit, dass sich eure Liebe bewähren kann.

Ach, liebste Catherine, denke nicht, ich möchte dir dein

Glück nicht gönnen, aber du bist für mich wie ein kostbares Geschenk, das ich nicht gern dem ersten besten Mann überlassen möchte. Das ist in Kürze meine und Mr Mulgraves Meinung zu deinem Vorhaben. Möge der gütige Gott dich weiterhin beschützen und bewahren.

Es küsst dich deine liebe Mutter
Lady Catherine Mulgrave

6

Kingston, März 1843

»Cathy, Cathy, Cathy, was bist du doch für eine appetitliche kleine Person!«

Catherine lachte: »Aber George, das ... hört sich gerade so an, als ... als sei ich eine Apfelsine, in die du gleich hineinbeißt!«

»Und genau das werde ich auch jetzt tun«, sagte George Thompson, streifte den breiten Träger von Cathys Kleid über ihre dunkle Schulter und biss spielerisch in ihren Nacken.

»Lass das, George, das kitzelt und ... und wenn uns jemand sieht ...!«

»Und wenn uns jemand sieht, dann sage ich: Oh, Verzeihung, wollen Sie auch etwas von meiner kleinen appetitlichen Frau abhaben?«

»George, das klingt hässlich. Außerdem bin ich gar nicht deine kleine appetitliche Frau!«

»Aber in drei Wochen wirst du's sein.«

George hatte inzwischen Catherines Nacken verlassen und näherte sich der weichen Haut ihres Dekolletés. Mit einer geschickten Handbewegung streifte er gleichzeitig von unten ihr

Kleid hoch und streichelte mit seiner rechten Hand ihren Oberschenkel.

Catherine, die fühlte, wie ihr das Blut in den Kopf stieg, riss sich los und sagte keuchend: »Das reicht jetzt. Schließlich sind wir noch nicht verheiratet.«

»Aber in drei Wochen sind wir es. Was macht es schon aus, wenn wir ein bisschen üben? Also, sei kein Spielverderber.«

»Ich will aber ein Spielverderber sein, weil ich nicht dein Spielzeug bin.«

»Oho! Also, auf den Mund gefallen bist du nicht, was?«

»Nein! Und ich kann bei der Trauung immer noch laut und deutlich Nein sagen, wenn du dich jetzt nicht benimmst!«

George runzelte die Stirn, ließ seine Verlobte los, setzte sich auf einen Baumstamm, der vom Sturm umgerissen worden war, und legte seinen Stock daneben. Dann sagte er mit nüchterner Stimme: »Das meinst du doch nicht im Ernst, oder?«

»Vielleicht doch. Du bist nicht der einzige Mann, der mich heiraten könnte!« Catherine hatte ihre Arme verschränkt und blickte auf ihren verblüfften Verlobten hinunter.

»Ach?«, sagte er. »Ich bin also nicht der Einzige, der dir einen Heiratsantrag gemacht hat? Davon hast du mir nie erzählt!«

Catherine seufzte, ließ die Hände sinken und ging hin und her. »Du verstehst mich falsch. Es gibt zurzeit niemand, der mich heiraten möchte, aber ich habe meinen Wert, hörst du? Wenn ich zu dir bei der Trauung Nein sage, werde ich deshalb nicht den Rest meines Lebens unverheiratet bleiben.«

George lehnte sich erleichtert zurück. »Ach, so ist das. Weißt du, wie man das nennt?«

»Nun, ich höre?«

»Das nennt man: eingebildet sein. Nicht gerade eine christliche Tugend.«

»O nein, Mr Appetitlich-Thompson, das nennt man: sich seines Wertes bewusst sein.«

George kniff seine Augen zusammen und war offensichtlich verblüfft. Er hatte wohl nicht damit gerechnet, dass dieses schwarze Mädchen aus Angola einen so scharfen Ton anschlagen würde. Ihm dämmerte es allmählich, dass sie kein allzeit nickendes demütiges Geschöpf war.

»Und was ist deiner Meinung nach für eine Verlobte schicklich?«, fragte er mit einem spöttischen Unterton. »Ein leichter Kuss auf die Wange? Ein Handkuss? Ein tiefer Blick auf deinen Busen, das stürmische Umfassen der Taille der Verlobten?«

Catherine schwieg. Sie merkte, wie sich ihre heitere Stimmung allmählich auflöste und einer Spur Missmut Platz machte.

Was bin ich eigentlich für ihn? Nur ein Spielzeug, das er sich zum Vergnügen gekauft hat?

»Gibt es für dich auch andere Gesprächsthemen, George, als die Frage: Wie viele Küsse verträgt meine Verlobte?«

George nahm seinen Spazierstock und drehte ihn in der Hand, als würde die Antwort auf dem Holz stehen. Dann gab er sich einen Ruck und sagte: »Natürlich gibt es für mich auch andere Themen, entschuldige. Ich … ich steigere mich manchmal in etwas hinein. Komm, setz dich neben mich.«

Catherine setzte sich neben ihn, nachdem sie mit ihrem Taschentuch den Staub auf dem Holzstamm weggewischt und ihn gründlich nach Ameisen untersucht hatte.

Der Weg, auf dem sie Rast gemacht hatte, führte aus Kingston heraus und gab den Blick frei auf die Meeresbucht. Da eine neuere, breitere Straße gebaut worden war, die außerdem weniger Kurven hatte, kamen auf diesem alten Weg nur gelegentlich ein Pferdewagen oder ein paar Fußgänger vorbei. Die Sonne hatte um diese Zeit den Zenit längst überschritten und ließ die wilden Bougainvilleas am Straßenrand rot und blau aufleuchten. Hinter dem Baumstamm zog sich ein üppig wachsender tropischer Wald den Hang hinauf: Dürre Ölpalmen, von Palmweinjägern ihres Saftes beraubt, wechselten sich mit Laubbäumen mit rötlicher Rinde ab. Dazwischen wuchs ein undurchdringliches Geflecht von niedrigen Büschen. Plötzlich hörten sie über sich ein Kreischen und Rascheln.

George stand auf, blickte nach oben und rief: »Zwei Affen, die sich streiten! Pass auf, gleich wirft der eine einen Ast herunter.«

»Vielleicht ein Affenmann, der etwas zudringlich wurde und der Affenfrau auf den Pelz rückte«, schlug Catherine vor.

»Sag mal«, sagte George und setzte sich wieder, »gibt es für dich auch noch andere Themen?«

Mit spielerischer Leichtigkeit boxte Catherine ihrem Verlobten in die Seite. »He! Du bist ganz schön gemein!«

Statt einer Antwort beugte er sich zu ihr hinüber und küsste sie auf den Mund. Und obwohl sie es seltsam fand, die Lippen so lange aufeinanderzulegen, hielt sie es eine Weile aus und fand es sogar angenehm, bis George versuchte, mit seinen Lippen ihren Mund zu öffnen. Abrupt zuckte sie zurück.

»Was machst du da?«

»Was meinst du?«

»Du hast versucht, meinen Mund zu öffnen!«

»Ja, das ist ganz normal. Das ist ein ... eine andere, tiefere Art sich zu küssen, indem man den Atem austauscht und mit der Zunge spielt.«

Catherine erinnerte sich an nächtliche, geflüsterte Gespräche in Fairfield. Das also war dieser Kuss. Damals hatte sie eine Gänsehaut bekommen, als sie sich das vorgestellt hatte, und jetzt war sie selbst beteiligt oder eher nicht beteiligt. Wie selbstverständlich George dazu übergegangen war! Das war kein Ausprobieren.

»Wo hast du das gelernt?«, fragte sie vorsichtig und spürte gleichzeitig, was die Antwort bedeuten musste.

George zögerte kurz, sagte aber dann mit einem leicht überheblichen Tonfall: »Meine Güte, Cathy, nun tu nicht so, als ob wir auf einer Wolke leben. Ich bin ein Mann von dreiundzwanzig Jahren, und es ist in dieser Zeit gelegentlich vorgekommen, dass ich ein Mädchen geküsst habe.«

Catherine spürte, wie ein kalter Strom ihren Körper durchfuhr.

Ich bin nicht die Erste in seinem Leben. Aber natürlich! Wie habe ich das auch nur annehmen können! Und er hat mit diesen Mädchen – mein Gott, wie viele waren es? – er hat mit ihnen solche Küsse ausgetauscht! Und … und wenn er mich küsst, dann denkt er vielleicht an diese kusswilligen Mädchen.

»Cathy!«, sagte George leise. »Was ist denn los? Macht es dir etwas aus, dass ich vor dir andere Mädchen geküsst habe?«

Sie nickte stumm und sagte mit belegter Stimme: »Es ist ja klar, du bist älter als ich und … und ich habe darüber bis jetzt einfach nicht nachgedacht, dass es solche Küsse gewesen sind.«

Er streckte vorsichtig seine Hand nach ihr aus und streichelte ihre Wange. Sie wehrte sich nicht, aber empfand seine Liebkosung wie eine hilflose Geste. Langsam stand sie auf. Es kam ihr vor, als ob sie um ein paar Pfund schwerer geworden wäre. Als ob eine Last sie niederdrückte.

Soll ich die Hochzeit absagen? Meine Mutter hat wahrscheinlich recht gehabt, als sie mir nahelegte, noch nicht zu heiraten. Aber alle anderen Bekannten haben mir zugeraten. Und was für einen Sinn hätte so eine Absage? Haben nicht alle Männer irgendwelche Mädchen vorher geküsst? Wie soll ich das erklären? Man würde mich nur auslachen, wenn ich sage: Mein Verlobter hat vor mir andere Mädchen geküsst. Und ich hätte es gerne gehabt, wenn ich die Erste gewesen wäre!

»Lass uns zurückgehen!«, sagte sie. »Sonst überrascht uns noch eine Schlange, während wir hier sitzen.«

Sie reichte George ihre Hand und versuchte, heiter und fröhlich zu sein. Er sollte nicht merken, dass jemand ihre Füße und ihre Arme mit Steinen gefüllt hatte und dass das Blut, das durch ihre Adern floss, so dick wie Sirup geworden war.

Ich werde Olla nach diesen Dingen fragen. Olla wohnte in derselben Stadt, war seit fünf Jahren verheiratet und hatte ein kleines Mädchen. Wenn überhaupt jemand ihr helfen konnte, dann sie.

»Schau mal, George!« rief sie und lächelte. »Wie blau das Meer aussieht. Ist es nicht herrlich, dass wir an der Goldküste auch wieder an einem Meer leben werden?«

* * *

Olla wohnte am anderen Ende von Kingston und war mit einem dunkelhäutigen Buchbinder verheiratet, der neben seinem Geschäft einen kleinen Buchladen führte. Die Sklavenbefreiung in Jamaika hatte nicht alles verändert. Es gab zwar das Sklavenverbot, aber Schwarz und Weiß wohnten immer noch in zwei Welten und weiße Kunden kamen nur zögernd. Ollas Mann, Gabriel, vertraute jedoch darauf, dass seine solide Qualitätsarbeit sich herumsprechen würde.

Catherine sparte sich das Geld für eine Kutsche und ging zu Fuß mit Sonnenschirm. Manchmal, wenn sie über ein paar Pfützen kommen wollte, musste sie den Saum ihres Kleides hochheben, aber eigentlich war der Weg ganz annehmbar.

Je näher sie Ollas Haus kam, desto mehr dunkelhäutige Passanten gab es, und Catherine dachte, wie schön es wäre, an der Goldküste zu wohnen, wo die meisten Leute eine dunkle Haut hatten. Seit sie bei Mrs Heath untergebracht war, wurde sie schon mehrere Male für ihre Angestellte gehalten. Sie tat es mit einem Schulterzucken ab. Das war meistens reine Gedankenlosigkeit. Oder würde sie als Angestellte der Basler Gesellschaft wie bei ihren Pflegeeltern in einer weißen Umgebung wohnen?

Jetzt tauchte Ollas Häuschen auf, ein einfacher Holzbau mit einer umlaufenden überdachten Veranda. Die Straße war nicht richtig befestigt, sondern verwandelte sich je nach Wetter in eine Seifenbahn oder in eine harte Lehmkruste. Kinder rannten vorbei, und im Hintergrund quietschte das schlecht geölte Rad eines Holzkarrens. Wie lange hatte sie Olla nicht gesehen? Es musste über zwei Jahre her sein. Sie hatten sich zwar geschrieben und Olla wusste über Catherines Heiratsabsichten Bescheid, aber es ist ein Unterschied, ob man sich schreibt oder Auge in Auge gegenübersteht. Ihr Besuch war also überfällig. *Olla, die ich in Luanda morgens immer wach rütteln musste!*

Als Catherine die Holzstufen nach oben stieg, wurde die Tür aufgerissen, Olla trat heraus und fragte in misstrauischem Ton: »Wollen Sie zu mir?«

»Zu wem denn sonst?«, sagte Catherine auf Portugiesisch und lachte Olla an.

»Nein!«, rief sie. »Ich fasse es nicht, meine kleine Gewe kommt mich besuchen!«

Sie umarmte ihre Cousine heftig und trat danach einen Schritt zurück. »Gütiger Himmel! Du hast dich zu einer Schönheit entwickelt, meine Liebe. Wer hätte das gedacht?«

»Eigentlich heiße ich Catherine Mulgrave«, korrigierte sie ihre Cousine lächelnd.

»Ach was! Ich nenne dich Gewe. Komm rein!«

Sie betraten den Wohnraum.

»Natürlich ist es nicht aufgeräumt. Willst du etwas trinken?«

Gewe nickte: »Ja, das wäre nicht schlecht.«

Sie blickte sich im Wohnzimmer um und fand die mit hellem Baumwollstoff bespannten Sessel um einen schwarz lackierten Tisch fast vornehm. Ein Eichentisch stand unter einem Fenster und auf den Holzdielen lag zwar kein neuer Teppich, aber er passte mit dem hellen Muster zu den anderen Möbeln. Ein paar Bücher stapelten sich in einer Ecke, und unter dem Tisch saß eine Holzpuppe. Mit dieser Art von Unordnung könnte sie gut leben.

Olla, deren Figur fülliger geworden war und nach einer weiteren Schwangerschaft aussah, eilte in die Küche und kam mit einer Karaffe und zwei Gläsern zurück. Sie stellte alles auf den kleinen Tisch und schenkte ein.

»Eine gute Idee, mich zu besuchen«, sagte sie. »Ich habe sogar

Zeit. Margret spielt bei Freunden, das Neue ist noch gut versorgt im Bauch«, sie strich über die leichte Wölbung, »und mein Mann hat eine Verabredung mit seinen Büchern und arbeitet an einem neuen Verfahren, Leim herzustellen.«

Gewe trank dankbar in großen Schlucken von dem lauwarmen Tee. Wie erwachsen Olla geworden ist! Eine Ehefrau und Mutter. Um ihre Augen herum wirkt sie etwas müde …

»Und du bist einfach so aus alter Anhänglichkeit hier vorbeigekommen, Gewe, obwohl wir uns ja auf deiner Hochzeit sowieso sehen würden?«

Gewe setzte den Becher ab und wischte sich über den Mund. »Das war gut. Was für ein Tee ist das?«

»Malve.«

»Na ja«, griff Gewe die Frage auf. »Ich bin ja nicht mehr lange hier, wie du weißt, und auf der Hochzeit kommen wir ja doch nicht dazu, uns richtig zu unterhalten … Also …«

Olla grinste: »Gewe, Gewe. Wenn ich daran denke, was wir alles erlebt haben. Wie geht es Sara?«

»Ich denke, es geht ihr gut. Sie ist noch in Fairfield und kommt kurz vor der Hochzeit nach Kingston.«

»Hm«, machte Olla und blickte ihre Cousine an. »Und dann machst du dich zu Fuß auf den weiten Weg zu mir? Einfach so? Das soll ich glauben?«

Gewe ließ sich in den Korbsessel zurücksinken und hob hilflos die Hände. »Ich sehe schon, man kann dir nichts vormachen. Ich wollte dich schon irgendwie besuchen, vielleicht hätte ich damit noch gewartet, aber gestern wurde es mir richtig dringend.« Sie beugte sich nach vorn. »Olla, ich brauche deinen Rat. Du bist seit fünf Jahren verheiratet, hast ein eigenes Heim, ein oder bald zwei Kinder, und du kennst dich aus, was … nun, was Männer betrifft.«

Olla nickte, als sich ihre Vermutung bestätigt hatte. »Das ist es also … die Männer!«

»Ja, die Männer. Ich weiß zwar ein wenig über diese Liebesdinge, über das Küssen, die Zärtlichkeiten und alles andere … was man in einem Internat von den anderen Mädchen eben so hört, aber doch nicht genug, um alles abschätzen zu können.«

»Und was genau willst du wissen? Denn man kommt bei diesen Dingen nie wirklich ans Ende, das kannst du mir glauben. Wenn du denkst, du hättest alles kapiert, kommt wieder etwas Neues hinzu.«

Gewe atmete laut ein und aus: »Gestern war ich am Boden zerstört und habe mich in den Schlaf geweint, als mir allmählich dämmerte, dass mein lieber George wahrscheinlich die eine oder andere Frau schon geküsst hat …«

Sie hob die Hand, weil Olla den Mund aufmachte. »Warte! Ich meine damit keinen flüchtigen Kuss, sondern mit …«, sie blickte sich um und flüsterte weiter: »… mit offenem Mund, verstehst du? Wenn ich mir vorstelle, dass er das mit vielen anderen Mädchen auch schon gemacht hat, wird mir ganz übel. Und ich überlege ernsthaft, ob ich nicht die Hochzeit abblase.«

Olla schwieg nachdenklich und Gewe fügte hinzu: »Wie war das bei dir? War es mit Gabriel auch so …?«

Olla lachte. »Nein, nein. Gabriel ist ein anderer Mensch. Vielleicht lernst du ihn nachher kurz kennen. Er hat ganz bestimmt vor mir mit keiner Frau etwas gehabt. Dazu ist er viel zu schüchtern. Ich musste ihm erst einiges beibringen …«

»Du? Aber woher …?«

»Erinnere dich an unsere miserable Schiffsfahrt. Die Matrosen haben mit mir manches Spielchen getrieben und dabei waren diese Küsse noch das Harmlosere davon. Es war ein Wunder, dass ich nicht schwanger geworden bin.«

»Du hast …? Die Seeleute haben …?« Gewe schwieg erschrocken.

»Gabriel und ich haben ausführlich darüber geredet, bevor wir geheiratet haben. Ich wollte wissen, woran ich bei ihm bin. Es war für ihn zuerst ein Schock, aber er hat gemerkt, dass er mich trotzdem liebt. Und jetzt haben wir … nun … ziemlich viel Freude daran. Das Ergebnis siehst du ja.«

»Olla! Wie kannst du nur so reden …?«

Die Cousine lachte. »Ach, Gewe. Ich will dir mal was sagen: Wenn dein George die Mädchen nur geküsst hat, dann sei doch froh. Er hätte auch noch ganz andere Sachen mit ihnen anstellen können.«

Olla sah, dass Gewes Augen sich vor Schreck weiteten, als sie sich diese neue Möglichkeit vorstellte. Sie stand rasch auf, setzte sich neben ihre jüngere Cousine und nahm sie in den Arm. »Es tut mir leid, Gewe. Ich bin … manchmal in diesen Dingen etwas grob.«

Zärtlich streichelte sie über ihre straff gespannten Haare und spürte, dass Gewes Schultern zuckten. »Nicht weinen. Das war doch nur so ein Gedanke. Es muss ja nicht sein.«

Gewe sagte nichts, sondern schniefte laut. Olla zog aus ihrem Ärmel ein Taschentuch und reichte es Gewe. Sie griff halbherzig danach, tupfte sich damit über die Augen und putzte sich die Nase.

»Das ist mir so unangenehm«, seufzte sie. »Ich besuche dich und fange gleich an zu weinen. Aber in diesen Tagen bin ich so … so empfindlich. Die winzigsten Ereignisse nehmen mich mit. Mir vorzustellen, dass mein George diese widerlichen Mädchen nicht nur geküsst hat, sondern mit ihnen …«

Olla nahm Gewes Hand in ihre und sagte: »Sieh mich an, Gewe!«

Ihre Cousine hob den Kopf und sah Olla an.

»Und nun hör mir mal zu. Ich habe vielleicht ein bisschen unbedarft geredet, aber auf der anderen Seite ist es gut, wenn du dir das Schlimmste vorstellst, weißt du. Dann bist du gewappnet.«

Gewes Augen füllten sich wieder mit Tränen.

»Schluss jetzt mit dem Geheule! Lass mich ausreden. Du bist sicher nicht die Erste, die solche Erfahrungen vor der Hochzeit macht. Denn es gibt sehr viele Männer, die vor ihrer Heirat alles

Mögliche ausprobiert haben. So sind sie nun mal. Und es gibt Frauen, die das durchaus schätzen.«

»Ich gehöre jedenfalls nicht dazu!«

»Schön, du gehörst nicht dazu. Das habe ich verstanden. Aber es ist so, dass diese Männer, wie wild sie auch gewesen sein mögen, durch eine Ehe in ein ... milderes Temperament wechseln und gezähmt werden können. Viele verstehen dann, dass mit ihrer Heirat ein neues Leben beginnt, und wenn alles gut geht, lieben sie ihre Ehefrauen und bleiben ihnen treu.«

»Wenn alles gut geht ...«, wiederholte Gewe mit tonloser Stimme.

»Ja«, nickte Olla. »Glaub mir, die Hochzeitszeremonie und das feierliche Versprechen vor dem Altar hinterlassen einen tiefen Eindruck und hindern sie daran, der nächstbesten Frau, die ihnen über den Weg läuft, den Hof zu machen. Außerdem werden sie auch von Frauen gemieden, wenn sie verheiratet sind.«

Gewe schnäuzte sich wieder laut die Nase und holte tief Luft. »Ach, Olla, ich bin froh, dass ich dich aufgesucht habe. Auch wenn es schmerzhaft ist, tut es gut, mit dir darüber zu sprechen.«

Sie nahm den Becher und trank einen Schluck.

Olla lächelte und streichelte ihrer Cousine über die Wange. »Siehst du, so gefällst du mir besser. Also, sei nüchtern, blicke den Dingen ins Gesicht und du wirst schon sehen, dass sich alles zurechtrückt. Ihr werdet einen Hausstand gründen, Kinder haben. Und das alles bringt einen noch näher zusammen, glaube mir. Auch für deinen George wird das eine neue Welt sein. Wann geht es denn los?«

»In ein paar Monaten«, sagte Gewe, »wenn die Regenzeit dort allmählich nachlässt und es trockener wird.«

»Na, dann hast du jedenfalls noch genügend Zeit, dich in deiner neuen Rolle zu üben.«

Gewe hielt ihre Hände vors Gesicht und sagte dumpf: »So viel Neues an einem Tag.«

»Komm«, sagte Olla. »Das reicht fürs Erste. Lass uns auf den Markt gehen und auf dem Rückweg Margret abholen, damit sie auch etwas von ihrer Großtante hat.«

»Was willst du denn zum Mittagessen kochen?«, fragte Gewe interessiert.

»Oh, heute essen wir mal etwas aus der Vergangenheit!«

»Vergangenheit?«

»Ja, was deine Mutter manchmal gekocht hat: Reis mit Cassavablättern, getrockneten Fischen und viel Palmöl!«

»Dann kannst du mich zurückrollen«, lachte Gewe.

7

Basel, August 1843

Über die weißen Zeltplanen lief das Wasser und sammelte sich in den Kuhlen. Zwei Kinder machten sich einen Spaß daraus, gegen den ausgebeulten Stoff zu drücken und das Wasser ablaufen zu lassen, ohne selbst nass zu werden. Zerknautschte Papiergirlanden lagen in einer Pfütze und färbten sie rot und gelb. Nur die Zierpalmen in den Kübeln schienen den Regen zu genießen und stellten ihre Blätter, die voller Wasserperlen hingen, stolz zur Schau.

Nach dem Wolkenbruch trauten sich die Gäste allmählich wieder auf den feuchten Rasen. Die Damen mit ihren langen Röcken hoben sie mit der rechten Hand leicht an, wenn sie von einem Stand zum nächsten gingen. Man hörte wieder lebhaftes Stimmengewirr und ab und zu ein Lachen. Am Himmel wurden ein paar blaue Flecken sichtbar und die Sonne malte in die verregnete Szene frische, blitzende Farben.

Junge Männer in dunklen Anzügen und Westen nahmen die Decken von den Ständen. Andere stellten die Tische mit den Kuchenplatten wieder nach draußen. Für fünf Rappen konnte man sich ein Stück davon kaufen und gleichzeitig für die Heiden in Afrika, Indien und Asien Geld spenden.

Johannes Zimmermann, siebzehnjährig, eine fertige Bäckerlehre in der Tasche, war von seinem ehemaligen Nachbarn Johannes Rebmann zum diesjährigen Basler Missionsfest eingeladen worden. Noch hatte er Rebmann nicht entdeckt, der hier sein letztes Jahr verbrachte, und kaufte sich gerade einen Kuchen, probierte ihn und las gleichzeitig in einem Buch, das man zu einem herabgesetzten Preis erwerben konnte.

»Ich hätte mir ja denken können, dass ich dich bei den Büchern antreffe«, sagte Wilhelm Gabler, ein Freund aus Gerlinger Tagen, der in Basel Goldschmied lernte und ebenfalls zum Missionsfest gekommen war.

»Wilhelm!«, rief Johannes überrascht aus. »Ich hab dich halb erwartet und gehofft, dass ich dich hier treffe. Und nun bist du da.«

Sie gaben sich die Hand und Wilhelm blickte interessiert auf das Buch. »Was liest du denn da?«

Johannes schluckte den Bissen hinunter, nickte anerkennend und sagte: »Das Kuchenrezept muss ich mir besorgen. Ich lese ein lehrreiches Buch über den Anbau von Weizen in tropischen Ländern.«

»Du bist und bleibst ein Bauer, auch wenn du Bäcker gelernt hast«, lachte Wilhelm.

»Natürlich bleibe ich ein Bauer. Ist es nicht etwas Großartiges, Getreide anzubauen und zu ernten?«

»Und immer noch Afrika im Kopf?«

Johannes wandte sich ihm erstaunt zu. »Sonst wäre ich ja wohl kaum hier. Die Strecke von Gerlingen nach Basel zu Fuß ist nicht eben kurz. Ich werde mich hier zur Ausbildung bewerben. Und stell dir nur mal vor«, setzte er ohne Übergang hinzu und hielt das Buch hoch, »wenn man Weizen in Afrika anbaut, dann hat man vielleicht mehr Ernten als hier. Mit dem Mehl kann man hungernde Menschen ernähren und den Überschuss vielleicht noch nach Europa verkaufen. Es gäbe in diesen armen Ländern einen neuen Wohlstand und …«

»Ja, ja«, seufzte sein Freund. »Wenn du dir etwas in den Kopf gesetzt hast, bringt man dich so schnell nicht von deinen Träumen ab. Weißt du noch, wie du als Bub unbedingt Edelsteine im Gerlinger Steinbruch finden wolltest? Du warst davon überzeugt, dass ein riesiger Schatz unter unseren Füßen liegt …«

Johannes grinste und nickte. Dann klappte er das Buch zu. »Das nehm ich.«

Er kramte in seiner Hosentasche nach Geld und legte zwei Franken auf den Tisch.

Wilhelm war inzwischen bei einem kolorierten Plakat hängen geblieben, das zwei Wege abgebildet hatte: den breiten und den schmalen Weg, wie er im Evangelium beschrieben ist. Auch das konnte man kaufen.

»Schau mal, wie genau hier alles gezeichnet ist«, sagte Wilhelm. »Die Spielhallen und Wirtshäuser auf dem breiten Weg und sogar eine Feuer speiende Eisenbahn, die geradewegs in die Hölle rast, was ich übrigens für übertrieben halte.«

»Man sagt«, wandte Johannes ein, »dass eine Dampflok so schnell fahren kann, dass das Gehirn nicht mehr richtig durchblutet wird. Ich glaube, die Höchstgeschwindigkeit liegt bei 40 Meilen in der Stunde.«

Wilhelm bekam große Augen. »Das ist wirklich sehr schnell. Aber man kann ja die Geschwindigkeit drosseln.«

Johannes betrachtete nun das Bild ebenso und sagte nach einer Weile: »Aber weißt du, was hier wirklich völlig falsch ist?«

»Das Bild vom himmlischen Jerusalem am Ende des schmalen Wegs?«

»Nein. Das wissen wir ja nicht, wie es aussieht, aber der Zeichner hat den schmalen und breiten Weg fein säuberlich getrennt. Und das entspricht nicht dem Leben. Die beiden Wege kreuzen sich in der Wirklichkeit ständig. Dauernd muss man sich neu für einen Weg entscheiden. Und: Der schmale Weg kann auch schnurstracks durch ein Gasthaus laufen. Jedenfalls bei meinem Großvater tut er das!«

Wilhelm sagte nichts und dachte nach. Schließlich nickte er. »Ja, ich glaube, du hast recht, Johannes.«

Johannes hatte genug gesehen, legte den Arm um die Schulter des Freundes und zog ihn weiter. »Übrigens, Wilhelm, etwas ganz anderes: Du kennst doch ein paar der maßgeblichen Männer hier, weil du ab und zu ein paar handwerkliche Aufträge für die Mission übernimmst. Das hast du mir jedenfalls geschrieben. Kannst du mich nicht mal vorstellen? Im Augenblick finde ich den Rebmann nicht.«

»Du willst dich wirklich als Kandidat bewerben und hier in Basel studieren?«

»Warum nicht?«

»Das Gespräch ersetzt natürlich nicht deine schriftliche Bewerbung.«

»Natürlich nicht. Aber es ist immer besser, wenn man sich persönlich gesehen hat und die Herren merken …«

»… dass du ein gescheiter und frommer Bursche bist, gell?«

»Bin ich das nicht?«

Wilhelm lachte. »Doch, doch! Unbedingt.«

Während der kleinen Unterhaltung hatte er sich umgesehen und jemand entdeckt. »Komm!«, sagte er zu Johannes und nahm ihn am Arm. »Dort drüben habe ich Pfarrer Barmer erkannt. Er gehört zum Komitee.«

Sie gingen langsam auf einen Mann zu, der um die fünfzig schien, einen Backenbart trug und einen Zylinder aufgesetzt hatte, an dessen Rand noch dunkle Regenflecken zu erkennen waren. Barmer war in ein Gespräch vertieft, und die beiden jungen Gerlinger warteten respektvoll, bis es beendet war. Dann trat Wilhelm mit Johannes näher und begrüßte das Komiteemitglied.

»Herr Pfarrer, hier habe ich meinen Freund aus Gerlingen mitgebracht, der sich schon immer für die Mission begeistert und ein Herz für Afrika hat. Er möchte sich gerne bewerben.«

»Sieh an, Gabler, der Goldschmied.« Pfarrer Barmer nickte ihm freundlich zu und nahm Johannes Zimmermann kritisch in Augenschein. »Schon wieder einer aus Gerlingen? Das scheint ja ein ganz besonderer Flecken zu sein. Haben Sie einen Beruf, junger Mann?«

Johannes nickte: »Ja, ich bin Bäcker, aber interessiere mich besonders für Sprachen und habe auch nebenher Latein gelernt.«

»So, so, ein Bäcker, der Latein versteht. Ungewöhnlich. Und Sie wollen also Kandidat bei uns werden und sich zum Missionar ausbilden lassen?«

Johannes nickte heftig. »Ja, es wäre mein größter Wunsch. Und ich denke, dass man ganz anders in Afrika arbeiten könnte, wenn man die Schwarzen nicht mehr als Wilde betrachtet, sondern als Menschen, die von Gott geliebt sind und ...«

Wilhelm räusperte sich und unterbrach den Redefluss seines Freundes: »Ja, er hatte schon immer originelle Ideen.«

»Ich bin auf einem Hof aufgewachsen«, redete Johannes weiter, »und liebe den Beruf des Bauern. Man könnte sicher auch neue Anbautechniken in Afrika anwenden, weil doch das Helfen und die Predigt Hand in Hand gehen sollten, nicht wahr? Dann könnte man die Erde wieder in einen Garten Eden verwandeln!«

»Nun ... ob das alles gelingt ... ähm, das zeigt sich erst so richtig vor Ort«, sagte Barmer vorsichtig und fuhr fort: »Im Augenblick haben wir Probleme mit Kandidaten aus Europa, weil sie das Klima schlecht vertragen und viel zu früh am Fieber sterben. Wir schicken deshalb lieber schwarze Missionare dorthin.«

»Ach«, sagte Johannes, »das stört mich nicht. Wenn es sein muss, dann muss eben gestorben sein. Lieber für eine gute Sache sterben, als alt und versauert durchs Leben zu stolpern.«

»So, so«, sagte der Pfarrer und schmunzelte. »Nun, bevor Sie Ihr Leben allzu schnell wegwerfen, sollten Sie sich zunächst einmal ganz ordentlich bewerben mit einem Lebenslauf und allem, was dazugehört. Wie war doch gleich Ihr Name?«

»Johannes Zimmermann aus Gerlingen, Herr Pfarrer.«

»Aha. Zimmermann. Gut.« Er wandte sich zum Gehen. »Wir werden dann in brieflicher Form von Ihnen hören. Auf Wiedersehen.«

Er nickte den beiden jungen Männern zu, lüftete kurz den Zylinder und näherte sich mit großen Schritten dem Hauptgebäude.

»Johannes«, sagte Wilhelm in strengem Ton, »dass du immer gleich mit deinen Überzeugungen um dich wirfst! Ich weiß nicht, ob es so klug war, den Sprachgebrauch der Gesellschaft zu kritisieren, wenn sie von Wilden sprechen. Und dann hebst du die Landwirtschaft so hervor, als ob sie genauso wichtig wäre wie die Ausbreitung des christlichen Glaubens.«

Johannes zuckte mit den Schultern. »Ist sie das nicht auch? Was hilft die Predigt, wenn die Leute verhungern? Und außerdem: Früher oder später werden sie doch meine Meinung hören. Und dann sag ich's lieber gleich.«

Sie wollten weiterreden, wurden aber von lauten Posaunenklängen unterbrochen, die einen beliebten, modernen Choral spielten. Die meisten blieben andächtig stehen, die Herren nahmen die Hüte ab und viele sangen mit: »Harre, meine Seele …«

Johannes betrachtete beim Singen die in der Sonne blitzenden Blasinstrumente und erinnerte sich an Gerlinger Feste, die auch von Posaunen begleitet wurden. Aber hier war alles größer und gewaltiger. Basel war wie ein weltweiter Umschlagplatz für das Reich Gottes. Man sah indische Frauen, in einen Sarong gehüllt, und Männer mit Turban. An manchen Ständen konnte man riesige Trommeln bewundern oder geschnitzte Figuren. Und neben einem Zelt entdeckte Johannes auch ein paar dunkle Gesichter.

Als die Posaunen zu Ende gespielt hatten, stieß Johannes seinen Freund an. »Was ist denn das für ein Paar?«

»Welches?«

»Da hinten, die beiden mit der dunklen Haut. Sie haben nicht mitgesungen. Kommen sie von einer Missionsschule in Afrika?«

Wilhelm schüttelte den Kopf. »Nein, nein. Sie kommen aus Jamaika, haben eben geheiratet und gehen als Lehrer an die Goldküste. Du weißt doch, was Pfarrer Barmer gesagt hat: Man schickt jetzt mehr und mehr schwarze Missionare in diese Länder, weil wir aus Europa das Klima nicht vertragen.«

»Was? Du meinst, diese beiden sind Missionskandidaten?«

»Ja, es sind schwarze Missionare. Sie reisen im Herbst nach Christiansborg an die Goldküste. Hauptsächlich als Lehrer. Übrigens, ein unglaubliches Schicksal.«

»Wieso?«

»Besonders die Frau. Sie heißt Catherine Thompson, ist als kleines Mädchen aus Angola durch ein Sklavenschiff entführt worden, konnte entkommen und ist in Jamaika aufgewachsen. Dann heiratete sie George Thompson, der schon eine Ausbildung in einer Schule der BMG erhalten hatte. Die beiden haben den Choral nicht mitgesungen, weil sie Englisch sprechen.«

»Ach so, deshalb.« Johannes schaute mit Wohlwollen das Ehepaar an, das sich gerade mit einer Gruppe älterer Herren unterhielt, und ließ seinen Blick auf der Frau ruhen.

Catherine Gewe Thompson drehte den Kopf ein wenig zur Seite und sah für einen Augenblick Johannes an, dann lächelte sie und wandte sich wieder der Gruppe zu.

»Du hättest dich gerade sehen sollen, Johannes«, sagte Wilhelm.

»Wieso?«

»Du hast wie ein Idiot Frau Thompson angestarrt.«

»So? Habe ich das?«

»Ja, das hast du.«

»Das ist die erste Schwarze, die ich sehe.«

»Gut, das mag deinen Blick entschuldigen, und jetzt gehen wir über den Rhein in die Brantgasse auf mein Zimmer und du skizzierst deine Bewerbung mit Lebenslauf.«

»Jawohl, Sir William!« Johannes tat so, als ob er salutierte.

Wilhelm reagierte gar nicht auf den gutmütigen Spott und fuhr fort: »Wir geben deine Bewerbung in dieser Woche noch bei Pfarrer Barmer persönlich ab und dann warten wir in Basel auf die Antwort. Das wird vielleicht zwei Wochen dauern. Solange kannst du bei mir wohnen. Einverstanden?«

Johannes nickte. »Großartig. Ich hatte sonst vor, mich bei einer Bäckerei vorzustellen. Und wenn es klappt, kann ich auch dort unterkommen. Nachher gehen wir aber nochmals auf das Gelände. Ich habe noch nicht alle Bücher gesehen, die sie da haben.«

»Das Fest ist noch lange nicht zu Ende. Gegen Abend wird irgendein Prälat sprechen und ein Mann aus Indien erzählt von dem Wachstum der indischen Kirche«, beruhigte Wilhelm seinen Freund. »Und jetzt hab ich endlich auch den Rebmann gesehen. Weißt du was? Dann machen wir heute Abend nach der Veranstaltung ein Gerlinger Treffen bei einer Flasche Rotwein.«

Johannes blickte seinen Freund erstaunt an. »Hier im Missionshaus kann man Wein trinken?«

Wilhelm lachte. »Natürlich nicht. Aber in Basel gibt es gemütliche Weinstuben.«

»Und wenn wir in der Weinstube sitzen«, fragte Johannes und gab seiner Stimme einen ernsthaften Ton, »befinden wir uns dann auf dem schmalen oder auf dem breiten Weg?«

Wilhelm blickte in das undurchdringliche Gesicht seines Freundes. »Bei Schwaben gelten andere Regeln«, sagte er. »Schwaben brauchen ab und zu ihr Viertele Rotwein.«

»Da kann ich dir nur zustimmen!«, lachte Johannes.

Als die drei Gerlinger abends gegen neun das Gelände des Missionshauses verließen und zum Barfüßerplatz hinunterstiegen, meinte Johannes: »Entweder es waren zu viele Besucher da, oder der Platz ist zu klein.«

»Der Platz wird wirklich zu klein«, bestätigte Johannes Rebmann. »Das nächste Fest wird wohl privat gefeiert werden bei Leuten, die einen größeren Garten haben. Und früher oder später wird die Mission aus dem Leonardsgraben ausziehen und jenseits der Stadtmauern bauen müssen.«

Auf dem Barfüßerplatz herrschte ein munteres Treiben. Es war noch hell, Paare gingen spazieren, manchmal ganze Gruppen, ein Lied auf Baseldeutsch drang schrill aus einer Seitengasse, und hinter ihnen kläffte irgendwo ein Hund. Eine Kutsche polterte über das Pflaster. Man musste gut aufpassen, dass man nicht in Pferdeäpfel trat.

Plötzlich drehte Johannes sich um, weil jemand gerufen hatte, und blieb wie angewurzelt stehen. Die anderen beiden lächelten nur. Sie hatten so etwas schon öfter gesehen: Zwei Männer kamen in einer großen Geschwindigkeit näher. Sie saßen auf einem Laufrad, bestehend aus zwei Rädern, die mit einem Holzgestell verbunden waren. In der Mitte, auf einem Sattel, saß der Fahrer und stieß sich mit den Beinen ab.

»Ich habe so etwas bisher nur in der Zeitung gesehen!«, rief Johannes. »Fantastisch!«

Die Freunde gingen langsam weiter und Wilhelm Gabler erklärte: »Die neueste Erfindung ist übrigens ein Hochrad. Das Vorderrad ist so groß wie ein Mann. Du schwingst dich im Fahren auf und trittst auf Pedale, die das Rad durch eine Kette antreiben.«

»Und fällt das Hochrad denn nicht um?«

Rebmann schüttelte den Kopf. »Nicht unbedingt, wenn das Ding erst mal fährt. Aber es gibt trotzdem eine Menge Unfälle.«

Als sie durch eine Seitengasse gingen, stolperten sie über zwei Kinder in Lumpen, die bettelten. Johannes blieb stehen. Sogleich stürzte ein Junge aus einer Tür und schrie: »Geld oder Leben!«

Johannes zuckte zusammen. Rebmann schüttelte nur den Kopf, lachte über den Satz und warf dem Jungen ein Geldstück hinterher.

»Dass es in so einer reichen Stadt bettelnde Kinder gibt …« Johannes schwieg bedrückt.

Inzwischen hatten Rebmann und Gabler eine Weinstube entdeckt und steuerten zielbewusst auf ein Haus zu, an dessen Wand eine schmiedeeiserne Traube hing. »Das ist ein gutes Lokal«, erklärten sie. »Solide Preise und wenig Geschrei.«

»Wie bei meinem Großvater«, sagte Johannes, der sich von den bettelnden Kindern gerne ablenken ließ. »Wenn der merkt, dass jemand zu viel trinkt und laut wird, nimmt er ihm den Wein weg und begleitet ihn freundlich nach draußen.«

Als sie eintraten, schlug ihnen Essensdunst und Weingeruch entgegen. Ein Gemurmel von allen Seiten hüllte sie ein. In einer Ecke saßen ein paar Männer und rauchten ihre Pfeifen. Die drei Schwaben bekamen gerade noch einen freien Tisch und bestellten eine hiesige Weinsorte. Als die Flasche mit den drei Gläsern kam, war Johannes auf den Wein neugierig geworden und behielt das Getränk eine Weile im Mund, bevor er es hinunterschluckte.

»Was hältst du davon?«, fragte Rebmann.

»Nun, ich glaube, unser Gerlinger Tropfen muss sich neben dem alemannischen nicht unbedingt schämen. Man kann sie allerdings nicht richtig vergleichen.« Er nahm noch einen zweiten Schluck, kaute darauf herum und fuhr fort: »Er hat mehr Sonne und diesen welschen, fruchtigen Geschmack. Unser Gerlinger ist trockener, aber genauso bekömmlich.«

»Unverbesserlicher Schwabe«, rief Wilhelm aus. »So gut ist unser Gerlinger Trollinger nun auch wieder nicht. Der Basler hat einen ganz anderen Gehalt.«

»Trotzdem, dieser typische Geschmack, der durch unseren Keuperboden kommt, hat seinen besonderen Reiz.«

»Streite dich nie mit einem Weinbauern über seinen Wein«, meinte Rebmann. »Sein eigener ist immer der beste!«

Johannes trank einen Schluck und stellte das Glas auf den Tisch. »Der letzte Sommer war sehr warm«, sagte er, »und wir haben bis zum Umfallen in unserem Weinberg geschuftet. Ich glaube, dass der 42er kräftiger ausfallen wird als der übliche. Ich bin gespannt.«

»Tja«, sagte Rebmann und nahm ebenfalls noch einen Schluck, »da sitzen wir nun in einer Basler Weinstube und werden bald in alle Winde zerstreut sein, wenn der Johannes angenommen wird.«

»Und du bist ja schon so gut wie weg«, sagte Wilhelm zu Rebmann. »Wie ich gehört habe, wird dich die Church Missionary Society in London übernehmen.«

Rebmann nickte. »So Gott will, geht es dann nach Ostafrika.«

»Und du, Zimmermann? Wo zieht's dich hin?«

»Wo immer ich gebraucht werde, aber wenn ich ehrlich sein soll, zieht es mich auch nach Afrika, nicht nach Indien. Schon als Kind habe ich von Afrika geträumt.«

»In Westafrika, an der Goldküste, werden gerade durch die Basler neue Gebiete erschlossen«, ergänzte Rebmann.

Johannes seufzte und leerte sein Glas. »Aber worauf ich mich am meisten freue, das sind zunächst einmal die Sprachstudien in Basel. Ich kann es kaum erwarten, Griechisch und Hebräisch zu lernen. Stellt euch vor, die Sprachen, in denen die Bibel geschrieben wurde!«

»Ach, du liebe Zeit!«, rief Wilhelm aus. »Das würde mich eher abschrecken.«

»Na ja«, sagte Johannes, »zuerst muss ich ja angenommen werden. Es muss herrlich sein, hier zu studieren. Adlige, Bürgerliche und Handwerker lernen alle zusammen für eine Aufgabe. Die Standesunterschiede fallen weg! Eine neue Zeit bricht an! Fast schon wie im Himmel. Hoffentlich werde ich genommen!« Er griff in seine Rocktasche und holte mehrere eng beschriebene Blätter heraus. »Hier ist ein Entwurf meines Lebenslaufs. Was haltet ihr davon, wenn ich ihn euch vorlese? Rebmann kann mir vielleicht sagen, ob meine Worte angemessen sind.«

»Nur zu«, ermunterten ihn die Freunde.

Johannes fing erst ein wenig zögernd an, aber je mehr er las, desto mehr kam er in Fahrt, vielleicht hatte auch der Basler Tropfen mit dem welschen Geschmack seine Zunge gelöst. Als er fertig war, herrschte zunächst an ihrem Tisch Schweigen. Der Lärm der anderen Männer in der Stube fiel ihnen jetzt erst richtig auf.

Schließlich räusperte sich der Goldschmied und sagte: »Du hast ja kein Blatt vor den Mund genommen. Eine so schonungslose Offenheit hinsichtlich deiner Jugendsünden hat mich … Ich weiß nicht … Wie hießen die Sätze noch mal?«

Johannes blätterte zurück und las: »… als ich älter wurde, hatte die Sünde schon eine große Macht über mich. Besonders fesselte mich eine Sünde, die man in dieser frühen Jugend nicht erwartet, nämlich die Sünde der verbotenen Zuneigung zum anderen Geschlechte. Sie ward endlich so mächtig in mir, dass ich durch andere verleitet in einen verbotenen Umgang hineingeriet und schon in meinem dreizehnten Jahre ein Sklave dieser Sünde ward …«

»Was meinst du, Rebmann? Ist das nicht zu viel des Guten?«

Rebmann goss seinen Becher halb voll, nahm einen Schluck und wiegte den Kopf hin und her. »Das hat christliche Tradition. Der Kirchenvater Augustinus war in seinen Confessiones auch sehr direkt. Unser schwäbischer Pietismus hindert uns nicht gerade daran, mit unseren Sünden hinter dem Berg zu halten.«

»Ach, ich weiß nicht«, meinte Wilhelm, »ob man das wirklich so schreiben soll. Vor allem weiß ich trotz der offenen Worte immer noch nicht so richtig, was du eigentlich meinst, Johannes. Hast du dich von Dirnen verführen lassen? Hast du mit einer Frau …? Du weißt schon … Was meinst du mit: hineingeraten in einen verbotenen Umgang?«

Johannes spürte, wie sein Kopf anfing zu glühen, und er hoffte, dass man in der schwachen Beleuchtung nicht sehen würde, dass er rot geworden war.

»Nein, nein! Nichts von alledem«, wehrte er die Vermutungen ab. »Ich bin nicht mit irgendwelchen Frauen gegangen …«

»Ja, aber was …?«, fing Gabler an.

»Lass ihn, Wilhelm«, unterbrach ihn Rebmann. »Es ist doch klar, was er meint. Er hat sich in Gedanken zu viel mit Frauen beschäftigt und … eben manches ausprobiert. So wie viele aus der Welt, die ihre Organe reizen …«

»Ach so, das meinst du.«

»Danke, Rebmann«, nickte Johannes. »Es wurde so schlimm, dass ich fast nicht mehr allein sein konnte, ohne an Frauen zu denken. Ich … stellte mir Frauen vor, die ich gesehen hatte, wie sie sich vor mir auszogen …«

»Ja, ja, gut«, nickte der Goldschmied. »Aber tun wir das nicht alle irgendwann?«

»Kann sein«, sagte Johannes leise, »aber bei mir wurde es zu einer … zu einem Zwang. Es war aufregend und gleichzeitig lästig.«

Die Männer schwiegen.

Schließlich sagte Wilhelm Gabler: »Trotzdem … Ich finde nicht, dass du diese Andeutungen schreiben solltest. Überhaupt diese Offenheit und Direktheit! Ich kann mich nicht daran gewöhnen an diese neue Mode. Überall wollen die Leute heutzutage direkt sein. Diese engen weißen Hosen, zum Beispiel, die die Franzosen tragen – schamlos! Und die Musik, die der Herr Schubert schreibt, oder noch schlimmer: der Beethoven. Da werden dir die Seele und alle deine Gefühle förmlich aus dem Maul gerissen und auf den Tisch gelegt, damit jeder sie sehen kann.«

»Das lasse ich nicht gelten«, warf Johannes hitzig ein. »Der Schubert hat wunderbare Musik gemacht, etwa die deutsche Messe. Oder ich denke an den langsamen Satz seiner letzten Symphonie. Wunderbar! Ich habe zu Hause eine Bearbeitung für das Harmonium. Du fühlst dich wie von Wolken getragen und es ist gleichzeitig so traurig schön. Und erst der Schumann …«

»Zugegeben, der Schubert hat vielleicht gute Musik gemacht, aber trotzdem: Alles wird schamloser. Gleichheit überall. Man setzt die Könige ab oder bringt sie um …«

»Außer in unserem Württemberg …«, warf Johannes schnell ein.

Wilhelm tat die Bemerkung mit einer Handbewegung ab und sagte: »Unseren König gibt es doch nur, weil der Napoleon es so gewollt hat! Und dann: Kinder verdienen in den Fabriken Geld wie Erwachsene! Was ist das für eine verkehrte Welt! Und wenn ich an den Orient denke … Gerade wurde ein Krieg zwischen Ägypten und der Türkei verhindert, der halb Europa hineingezogen hätte. Aber es brodelt weiter. Und zu allem Überfluss ist die Armut in unserem Land erschreckender denn je. Diese Bettelei überall. Ich habe gehört, dass Eltern ihre Kinder zu Krüppeln machen, damit sie mehr Geld bekommen.«

»Ja, ja, Wilhelm«, meinte Johannes gutmütig und klopfte ihm auf die Schulter, »bei dir hört es sich an, als ob in der nächsten Woche die Welt untergeht. Vorher will ich aber noch in Basel studieren und dann nach Afrika aufbrechen. Ich glaube übrigens, dass sich viele soziale Fragen in Württemberg dadurch lösen ließen, wenn mehr Schwaben in die Länder nach Übersee ausreisten.«

»Was?« Jetzt war sogar Rebmann erstaunt. »Wie meinst du das?«

»Ganz einfach«, sagte Johannes und goss sich noch einen Schluck ein. »Wenn unsere wackeren schwäbischen Handwerker in die weite Welt gingen, gäb es hierzuland weniger Arbeitslose. Und die Schwaben würden mit ihrem Fleiß in Afrika und Indien die Armut vertreiben …«

»Unverbesserlicher Träumer«, sagte Gabler. »Die Schwaben, die Retter der Welt!«

»Freilich, und warum nicht? Schließlich gehen der Rebman und ich auch los! Aber zurück zu meiner Frage von vorhin«, fuhr Johannes fort: »Denkt ihr, ich sollte bei meinem Lebenslauf nicht so offen sein? Ich liebe nun mal die Ehrlichkeit! Andererseits, so war es eben, bis ich mein Leben ganz dem Herrn gab und …«

»… und seitdem bist du so fromm und schaust keine Frau mehr an, was, Johannes?«, unterbrach ihn Wilhelm.

Johannes schüttelte mit gespielter Verzweiflung den Kopf. »Natürlich schaue ich mir die Frauen an, Wilhelm. Ich hasse alles Fanatische, Extreme …«

»Na, na! Was du heut alles so erzählt hast, das klingt für mich schon ziemlich extrem! Du hättest ihn sehen sollen, Rebmann«, wandte sich Wilhelm spöttisch an den Älteren, »wie er am Nachmittag Frau Thompson angestarrt hat.«

Johannes haute auf den Tisch, dass die Gläser wackelten. »Nun reicht es aber, Wilhelm. Ich habe nie behauptet, dass mir die Frauen vollkommen gleichgültig sind. Und Mrs Thompson war eben die erste Schwarze, die ich g'sehen hab.«

Wilhelm lachte und verteilte den Rest der Flasche gleichmäßig in die Gläser.

Rebmann räusperte sich: »Lass deinen Lebenslauf so stehen, Johannes. Das ist nun mal dein Leben und deine Erfahrung. Ich würde mich jedenfalls freuen, wenn du nach Basel kommst. Leider bin ich dann nicht mehr lange hier.«

»Wisst ihr was?«, schlug Wilhelm vor. »Lasst uns zahlen und, solange es noch hell ist, ans Rheinufer gehen. Vielleicht treffen wir ein paar Bekannte. Man kann auf den warmen Steinen sitzen und auf das Wasser schauen.«

* * *

Komitee der Basler Missionsgesellschaft
An Herrn J. Zimmermann, z. Hd. Wilhelm Gabler
Brantgasse 5

Basel, den 31. August 1843

Geehrter Bruder Zimmermann,
Ihr Bewerbungsschreiben ist ordnungsgemäß bei uns eingegangen. Wir freuen uns, dass Sie über den Dienst in Übersee nachdenken und auch eine gewisse Berufung verspüren, nach einer angemessenen Zeit der Ausbildung mit der Basler Gesellschaft dorthin zu reisen.

Das Komitee hat getagt und Ihr Ansinnen durchgesprochen. Sosehr wir es auch begrüßen, dass Sie sich für die Arbeit der Mission im Weinberg des Herrn begeistern, müssen wir doch aufgrund Ihres noch sehr jugendlichen Alters von siebzehn Jahren ein gewisses Bedenken laut werden lassen und sehen uns daher nicht in der Lage, Ihre Bewerbung anzunehmen. Jedoch denken wir, dass nach einer geraumen Zeit eine erneute Bewerbung von Ihrer Seite ins Auge gefasst werden kann. Nutzen Sie die Zeit für weitere Studien.

In Gott befohlen,

Pfr. Sigismund Barmer im Namen des Komitees.

8

ZEHN ENGLISCHE SEEMEILEN VOR MADEIRA, SEPTEMBER 1843

Der Himmel schimmerte in einem Grau, das von weißen Schlieren durchzogen war. Ab und zu sprühte feine Gischt über die Luvseite des Schiffes, das in einer leichten Brise von fünf Knoten segelte.

Catherine Thompson stand an der Reling und fühlte sich an der frischen Luft wohl. Ihr Gesicht, das gestern noch nach Milchkaffee ausgesehen hatte, in das hellgraue Farbe gemischt worden war, fing wieder an zu glänzen und dunkler zu werden. Es blieb nur ein unangenehmes Ziehen im Bauch zurück, das gestern angefangen hatte, als sie gestürzt war. Sicher, sie war schwanger. Vielleicht gehörte das dazu? Auf jeden Fall war sie froh, dass sie nicht mehr spucken musste und dass sie sich vor dem Essen nicht mehr ekelte.

Wieder dieses Ziehen, eine Art Krampf. Sie beugte sich nach vorn, um den Schmerz zu lindern. Es war, als ob ein Leiden zu Ende ging und dafür ein neues aufbrach.

O Gott! Wann ist diese Reise zu Ende? Ich muss mich dringend auf mein Bett legen! Wo George nur wieder ist? Ich dachte, er wollte auch nach oben kommen!

Von weiter vorne hörte sie das Glasen: vier Schläge mit der Schiffsglocke. Inzwischen wusste sie, dass damit zwei Stunden Wache zu Ende waren. Sie riss sich von der Reling los und wankte auf die Tür zu, die zum Zwischendeck hinunterführte. Als sie sie öffnete, kam ihr einer der Offiziere entgegen.

»Geht es Ihnen nicht gut, Madam?«

Sie nickte und flüsterte: »Ob Sie mich wohl zu meiner Kabine begleiten könnten? Und dann meinem Mann Bescheid sagen, dass ich …«

Sie konnte nicht mehr weitersprechen, weil dieser Krampf

sie wieder packte. Dankbar klammerte sie sich an den Arm des Offiziers.

»Wo sind Sie untergebracht?«, fragte er.

»Im ... im Zwischendeck, in der Richtung.« Sie zeigte vage nach unten.

»Ah ja, ich erinnere mich: Backbord in dem kleinen Notraum hinter den Hühnern.«

Er half Catherine bei den engen Stufen nach unten.

Zum Glück haben wir einen Raum für uns, auch wenn er nach Hühnern stinkt.

»Nummer zweiundzwanzig«, sagte sie leise.

Der Offizier klopfte und machte die Tür auf.

»Soll ich Ihnen helfen, auf das Bett zu ...«

»Nein, danke, das schaffe ich schon. Haben Sie vielen Dank.«

Er nickte ihr zu und schloss die Tür.

Catherine schleppte sich zu dem unteren Bett, setzte sich vorsichtig darauf nieder, knöpfte in unglaublicher Langsamkeit ihre Stiefel auf, zog sie von den Füßen und ließ sich erleichtert auf die Tagesdecke sinken. Auf ihr Korsett hatte sie schon seit einigen Wochen verzichtet. Behutsam legte sie ihre Hand auf den Bauch, dahin, wo das noch winzige Kind heranwuchs. Nach den Aussagen der maßgeblichen Frauen in Kingston müsste sie ungefähr im dritten Monat sein.

Sie spürte schon die Veränderungen, die in ihrem Körper vor sich gingen, besonders an ihrer Brust, deren Haut empfindlicher wurde. Das wäre alles gut, wenn nur dieses Ziehen nicht wäre. Sie atmete tief ein und aus und spürte, wie sie ruhiger wurde.

Zum Glück war der Seegang nicht besonders stark und das leichte Schaukeln und das ständige Knarren der Schiffsbalken beruhigten sie ein wenig. Zwischendurch drangen Erinnerungen aus ihrer Kindheit in ihr Bewusstsein: der Abend, an dem sie geraubt worden war, die ersten Tage auf dem Sklavenschiff in dem abgesperrten Raum. Und das Wissen, dass sich das Schiff immer schneller von Luanda entfernte. Die Wochen im Schiffsbauch in einem Käfig. Die unruhigen Nächte, der Hunger. Alles stand so frisch und lebendig vor ihr, als sei es erst gestern passiert.

Wie eingebrannt in meinem Kopf. Werde ich das jemals vergessen?

Aber nun lag sie hier, in Sicherheit, und genoss den Vorzug einer eigenen Kabine. Allerdings nur, weil sie schwanger war. Sonst hätte sie mit den anderen Frauen in einer Sammelkabine schlafen müssen. Die Mission zahlte keine Luxusüberfahrt. Sie hörte, wie die Tür aufging, und öffnete ihre Augen. Es war George, der einen besorgten Gesichtsausdruck zeigte. *Ach Gott, ich weiß nie, ob er sich wirklich Sorgen um mich macht oder nur so tut!* Letzten Endes wusste sie es doch, denn sonst würde sie nicht darüber nachdenken.

»Cathy!« Ihr Mann warf sich neben ihrem Bett auf die Knie. »Wie geht es der werdenden Mutter?«

»George, du übertreibst immer so maßlos. Du sollst nicht vor mir knien. Mir ist … Ich fühle mich nicht gut. Das ist alles. Vorhin dachte ich, ich würde umfallen, weil ich so einen Krampf hatte, aber jetzt, wo ich liege, geht es … einigermaßen.«

Er stand auf und klopfte sich den Staub aus den Hosenbeinen.

»Wo warst du eigentlich?«, fragte sie mit einem leisen, vorwurfsvollen Unterton.

»Ich … ich habe kurz nach dir unsere Kabine verlassen, habe dich dann verpasst und dich gesucht«, sagte er.

»Aber ich war doch nicht weit weg. Einer der Offiziere hat mich nach unten begleitet.«

»Soll ich warmen Tee für dich besorgen?«

»Ja, Tee. Das wäre herrlich. Ich glaube, das könnte mir guttun.«

Als er hinausging, zog Catherine die Luft ein. Mit George war ein neuer Geruch in den Raum gekommen. Warum war man in der Schwangerschaft nur so empfindlich gegenüber Gerüchen? Gestern Abend, als George ihr einen Gutenachtkuss gab, musste sie die Luft anhalten, weil ein fürchterlicher Gestank aus seinem Mund strömte. Das war ihr früher nie aufgefallen.

Sie richtete sich auf, weil sie den Tee nachher nicht im Liegen zu sich nehmen wollte, und merkte sofort, dass die Bewegung zu schnell war. In ihrem Kopf drehte sich alles. *Mein Gott! Wie soll ich das harte Leben an der Goldküste ertragen, wenn es mir hier schon so schlecht geht?*

Wieder ging die Tür und George kam herein mit einem Tablett, auf dem eine Tasse und eine kleine Metallkanne standen.

»So ist es recht«, sagte er erleichtert. »Du hast dich aufgerichtet.«

Er setzte sich neben sie, stellte das Tablett auf den Boden, wartete die Bewegung des Schiffes ab und goss den Tee ein.

»Danke, George. Du kümmerst dich so liebevoll um mich.« Sie wollte etwas Nettes sagen.

»Das ist doch selbstverständlich, Cathy. Für dich und unser Kind tue ich alles.«

Würdest du es auch tun, wenn ich kein Kind von dir erwartete?

»Ja, so bist du eben: ein treu sorgender Ehemann.«

Catherine trank mit geschlossenen Augen einen Schluck Tee und seufzte vor Behagen.

»Die Offiziere meinen«, sagte George, »dass wir höchstens noch zehn Tage unterwegs sind.«

»Zehn Tage!« Catherine kam es wie eine endlose Zeit vor. Nebenan hörten sie das aufgeregte Gackern der Hühner. Wahrscheinlich suchte der Koch nach Eiern.

»Ach Cathy«, sagte George, »du siehst in deiner Schwangerschaft immer noch reizend aus.« Er beugte sich zu ihr hinüber und küsste sie auf den Hals und Catherine spürte, dass er eigentlich mehr wollte, als nur ihren Hals zu küssen.

»Nicht, George, ich verschütte sonst den Tee!«

»Dann stellen wir den Tee eben kurz weg.« Er nahm ihr die Tasse aus der Hand und stellte sie auf den Boden.

»Und deine Brust ist größer geworden«, flüsterte er ihr ins Ohr und strich mit einer Hand über ihren Busen.

»Nein, George, bitte. Das geht jetzt nicht. Mir ist nicht gut!« Sie wehrte ihn mit der Hand ab.

»Meine Güte, nun sei doch nicht gleich so kratzbürstig, nur weil ich dir ein Kompliment mache. Es gibt nicht viele Männer, die ihrer schwangeren Frau Komplimente machen. Das kannst du mir glauben.«

Warum kann er mich nicht einfach in Ruhe lassen, damit ich meinen Tee trinken kann?

»Woher weißt du das?«, fragte sie.

»Was?«

»Nun, dass die meisten Männer ihren schwangeren Frauen keine Komplimente machen? Hast du alle Ehemänner von schwangeren Frauen deswegen befragt?«

George stand brüskiert auf. »Was soll das? Ich glaube, meine Gegenwart ist hier unerwünscht. Ich werde mich eine Zeit lang an die frische Luft begeben!« Er ging und schloss die Tür etwas zu laut.

Cathy seufzte, bückte sich, goss sich eine zweite Tasse Tee ein und trank in langsamen Schlucken.

»Ist es denn so schwer zu begreifen«, murmelte sie, »dass ich im Augenblick keine Lust auf Zärtlichkeiten habe? Mein Gott, wenn dieses Ziehen die ganze Schwangerschaft so geht, dann ...« Sie führte den Gedanken nicht weiter, weil sie selber nicht wusste, was sie dann tun würde. »Sicher wird alles besser werden, wenn wir erst angekommen sind, wenn das Kind da ist und wir wissen, was wir zu tun haben«, beruhigte sie sich, trank den Tee aus und legte sich wieder auf ihr Bett.

Sie dämmerte in einen Halbschlaf und wachte davon auf, dass sie zwischen ihren Beinen etwas Kaltes spürte. Als sie mit der Hand danach tastete, wurde sie feucht. Ein Schreck durchzuckte sie, als sie Blut entdeckte. Langsam und behutsam setzte sie sich auf und stellte sich auf die Füße. Ein dunkler Fleck hatte sich auf der Tagesdecke ausgebreitet. »Ich muss den Schiffsarzt aufsuchen«, murmelte sie.

Sie riss ein Stück Papier von einer Zeitschrift ab und kritzelte ein paar Zeilen darauf, dann schleppte sie sich mit zusammengebissenen Zähnen zur Tür und machte sie auf. Halb hoffte sie, auf George zu stoßen, und rief seinen Namen. Aber er war nirgends zu sehen.

Immer wenn ich ihn brauche, ist er nicht da!

Stattdessen kam eine ältere Frau in dem engen Gang auf sie zu. Sie sah mit einem Blick, dass mit Catherine etwas nicht stimmte. Ohne viel zu sagen, legte sie ihren Arm um Catherines Hüfte.

»To the doctor«, sagte die Kranke.

»Doktor?«, wiederholte die Frau. Es war das einzige Wort, das sie verstanden hatte.

Catherine nickte heftig und zeigte der Frau ihre Finger: »Blood!« Das war deutlich.

Gemeinsam schafften sie es, den Gang entlangzugehen. Ab und zu trafen sie auf andere Passagiere. Als sie überhaupt nicht mehr wussten, wo sie waren, sprach Catherine eine Dame an, die ihnen entgegenkam.

»Entschuldigen Sie, wir suchen den Schiffsarzt.«

Die Frau war mittelgroß, dunkelhaarig und sehr elegant. »Sind Sie nicht Mrs Thompson?«, fragte sie zurück.

»Ja, ich bin Mrs Thompson«, nickte Catherine. »Kennen wir uns?«

»Nur von Weitem. Ich sah Sie mit Ihrem Mann. Geht es Ihnen nicht gut?«

»Ich habe Beschwerden wegen der Schwangerschaft.«

»Oh, das tut mir leid. Wenn Sie den Gang entlanggehen, dann die erste Abzweigung nach links. Gute Besserung, Mrs Thompson.« Sie nickte und ging weiter.

Als Catherine sich nach ihr umdrehte, meinte sie, ein Lächeln auf ihrem Gesicht zu sehen, das aber sofort verschwand. Jetzt fiel ihr wieder ein, dass sie diese Frau in der Begleitung eines weißhaarigen Mannes gesehen hatte. Sie dachte, es sei ihr Vater gewesen. Aber vielleicht war es auch ihr Ehemann. Irgendetwas war ihr noch aufgefallen, aber sie kam nicht mehr darauf. Jedenfalls stimmte die Wegbeschreibung der dunkelhaarigen Dame, denn sie fanden tatsächlich die Tür, hinter der der Schiffsarzt arbeitete.

Der Raum war in ein Halbdunkel getaucht. Die Hälfte der einfachen Feldbetten, die man am Boden festgeschraubt hatte, war mit Kranken belegt, einer davon stöhnte, aber sonst schien der Arzt alles im Griff zu haben. Von der Decke hingen zwei Öllampen, die jeweils mit drei Ketten am Deckenbalken befestigt waren, um das Schwanken auszugleichen. Trotzdem tanzten die Schatten im Seegang über die Wände, als ob die Kranken hin und her schwebten. Es gab zwar ein vergittertes quadratisches Fenster, aber die Sonne stand hinter den Wolken und warf nur hellgraue Quadrate aus Licht auf den Boden. Es roch nach medizinischem Alkohol, Arnika und Fäulnis.

Der Arzt, ein alter Mann mit einem weißen Haarkranz und fleckigem Halstuch, führte Catherine zu einem der Betten und half ihr, sich hinzulegen.

»Ich bin schwanger«, sagte sie, »und ... vorhin war hier Blut.« Sie deutete auf die Stelle.

Der Arzt nickte.

»Entschuldigen Sie«, sagte er, »aber ich muss mir das genauer ansehen.«

Die ältere Frau, die neugierig dabeigestanden hatte, wurde mit ein paar Worten in den Nebenraum geschickt. An der Wand hing ein Kerzenhalter. Der Arzt zündete die Kerze an, nahm das Licht in die linke Hand und schob mit der rechten Catherines Rock nach oben. Aber Catherine hielt seine Hand fest.

»Nicht weiter, bitte.«

Der Mann seufzte. »Es tut mir leid, Madam, aber ich kann Ihnen nur helfen, wenn ich weiß, was los ist. Glauben Sie mir, ich habe in meinem Leben schon viele Frauen untersucht und dieser Raum hier eignet sich überhaupt nicht zu irgendwelchen anderen Dingen.«

»Aber meinem Mann wäre das sicher nicht recht, wenn Sie ...«

»Wo ist denn Ihr Mann?«

»Ich weiß es nicht. Ich konnte ihn nicht finden. Herr Doktor, was ... was könnte es denn sein?«

»Nun, um ehrlich zu sein, vermute ich eine Fehlgeburt. Hatten Sie in den letzten Stunden ein schmerzhaftes Ziehen im Unterleib oder leichte Krämpfe?«

Catherine nickte heftig.

»Hat die Übelkeit aufgehört?«

Wieder nickte Catherine.

»Ja, das passt leider zusammen. Tragen Sie eine offene Unterhose oder eine zugenähte?«

»Eine zugenähte.«

»Nun, dann müssen Sie sie ausziehen.«

Catherine gehorchte, öffnete die Schleife an der Taille, zog die Hose aus und ließ sie auf den Boden fallen. Dann schob sie ihr Kleid nach oben und bemühte sich, den Arzt nicht anzuschauen.

Der sagte in nüchternem Ton: »Winkeln Sie Ihre Beine an, während ich Ihnen eine flache Schüssel unterschiebe.«

Sie stellte ihre Füße auf die Unterlage, hob ihr Becken und ließ es auf das kalte Metall gleiten. Nachdem der Arzt die Stelle gesehen und abgetastet hatte, stand er wortlos auf, holte ein paar Stoffstreifen und untersuchte seine Patientin weiter. Catherine, die ihre Augen aus Scham geschlossen hatte, fühlte die Hand des Arztes an einer Stelle, die eigentlich nur ihr Mann berühren durfte. Wieder spürte sie etwas Feuchtes zwischen ihren Schenkeln, hörte, wie der Arzt mit der Schüssel hantierte, ihre Scheide abtupfte und den Kerzenhalter auf den Boden stellte.

»So, ich ziehe jetzt die Schüssel heraus, und Sie bleiben noch ein bisschen liegen.«

Er wartete, bis Catherine ihr Kleid glatt gezogen hatte, dann nahm er ihre Hand, blickte sie an und sagte: »Es ist so, wie ich vermutet habe. Der Embryo ist abgegangen. Es tut mir leid.«

»Kann ich … Kann ich ihn sehen?«

Der Arzt schüttelte den Kopf. »Besser nicht. Er ist nicht vollständig. Das Gute an der Geschichte«, fuhr er ohne Pause fort, »besteht darin, dass es Ihnen bald wieder besser gehen wird. Wollen Sie noch ein wenig liegen bleiben?«

Catherine nickte.

Als der Arzt mit der Schüssel gegangen war, drehte Catherine ihren Kopf zur Seite und fing leise an zu weinen. Das erste Kind – eine Fehlgeburt. Tot. War das ein Zeichen Gottes? Nachdem sie sich eine Zeit lang bemitleidet hatte, merkte sie, wie das Schiff an Fahrt zunahm, denn der sanfte Seegang hatte aufgehört. Über ihr hörte sie Schritte, das übliche Knarren wurde stärker, und die Schatten tanzten stärker über die Wände.

Vorsichtig richtete sie sich auf. Es wurde ihr zwar schwarz vor Augen, aber sie hielt durch und dann ging die Schwäche langsam zurück.

»Probieren Sie, ein paar Schritte zu gehen«, hörte sie den Arzt, der an einem anderen Bett saß und sie beobachtet hatte. »Ich bin ja hier, und Ihre Begleiterin kann Sie in Ihre Kabine bringen. Und passen Sie beim Gehen auf. Der Wind hat aufgefrischt und das Schaukeln nimmt zu.«

Catherine stand auf, hielt sich an der Wand fest und ging ein paar Schritte umher. Die alte Frau kam zu ihr herüber. Sie deutete wortlos den Gang entlang und hob fragend die Schultern.

»Ja«, nickte sie. »Wir gehen zurück.«

Während die beiden Frauen auf die Tür der Krankenstation zusteuerten, sagte Catherines Begleiterin etwas in einer anderen Sprache und deutete auf ihren eigenen Bauch.

»Sie wollte Ihnen sagen«, übersetzte der Arzt, »dass sie auch schon dasselbe durchgemacht hat wie Sie.«

Catherine machte ein freundliches Gesicht, so gut sie es

in ihrem Zustand vermochte, und hakte sich bei der Frau ein. Dann blieb sie stehen und wandte sich dem Arzt zu, der sie verabschiedete.

»Kostet es etwas?«

»Diesmal nicht. Wir haben ja keine Medikamente verbraucht.«

»Vielen Dank, Herr Doktor.«

»Und legen Sie sich öfters mal hin, Mrs …?«

»Thompson.«

»Überschätzen Sie sich nicht, Mrs Thompson. Bis Sie wieder ganz bei Kräften sind, dauert es noch ein paar Wochen.«

Er drehte sich um, griff nach einem Bündel, das in Zeitungspapier eingeschlagen war, und reichte es ihr: »Ihre Unterhose. Ich habe dafür keine Verwendung.«

Als die beiden Frauen den Gang entlanggingen, spürte Catherine, wie ihre Lebensfreude aus ihr herausfloss und im Boden versickerte. Sie hatte sich so auf das Kind gefreut und nun das!

Aber wenigstens ist mir nicht mehr schlecht und das Ziehen hat aufgehört.

Die alte Frau blieb stehen und hob fragend ihre Hände, als der Gang sich teilte. Catherine wusste auch nicht mehr genau, wo sie vorhin gegangen waren, und so bogen sie auf gut Glück rechts ab.

Als sie ein paar Schritte gegangen waren, hörte Catherine ein Männerlachen, das ihr bekannt vorkam, und eine weibliche Stimme. Sie blieb stehen. Das war doch George, oder nicht? Er amüsiert sich, während ich eine Fehlgeburt habe! Wo kommt das Lachen nur her? Ah, hinter dieser Tür. Sie ließ sich nicht anmerken, dass sie das Lachen erkannt hatte, und schleppte sich mit ihrer Begleiterin weiter, bis sie nach einigem Hin und Her an der Kabine angelangt waren. Mehrmals dankte sie der Frau und verabschiedete sich.

Als sie die Tür schloss, blieb sie stehen und lauschte auf die Schritte, die sich allmählich entfernten. Sie warf die eingewickelte Hose auf ihr Bett, dann öffnete sie die Tür wieder leise, spähte den Gang entlang und ging den Weg zurück, den sie soeben gekommen war. Ab und zu blieb sie stehen, biss ihre Zähne zusammen und setzte weiter einen Fuß vor den anderen. Sie hatte sich genau die Richtung gemerkt und auch die Zimmernummer, hinter der sie das Lachen von George gehört hatte.

Mit klopfendem Herzen blieb Catherine vor der Tür stehen. Zwei Stimmen konnte sie hören. Aber was sie genau sagten, war nicht zu verstehen. Nur eines war klar: Es handelte sich nicht um ein ernsthaftes Gespräch. Und die männliche Stimme gehörte George. Oder doch nicht? War es vielleicht nur eine gewisse Ähnlichkeit?

Sollte sie die Tür aufreißen und so tun, als habe sie sich in der Nummer geirrt? Nein, das konnte sie nicht. Sie wusste nicht, was dann passieren würde. Wenn es tatsächlich George war, dann … dann würde er sie für immer hassen, weil sie ihn so bloßgestellt hatte. Ob man sich hier verstecken konnte? Catherine blickte sich um. Es gab nichts. Nur das Ende des engen Flurs. Diese Ungewissheit!

Sie biss sich vor Ungeduld auf die Unterlippe. Dann fasste sie einen Entschluss. Sie raffte ihren Rock hoch und ging so schnell, wie sie es konnte, in Richtung ihrer Kabine. Sie würde überhaupt nichts tun. Womöglich hatte sie sich getäuscht und George war schon zurück oder hatte ihren Zettel gelesen und den Schiffsarzt aufgesucht.

Als sie die Tür öffnete, war George immer noch nicht da. Ihre Notiz lag unberührt auf dem Boden.

9

Gerlingen, Königreich Württemberg, 1844

Über den Feldern lag das Licht einer milden Frühjahrssonne. Trotzdem färbte der Schweiß Johannes' Hemd an Rücken und Brust dunkel, und er musste sich mehrmals mit der linken Hand, die die Zügel hielt, über die Stirn wischen, während er den Pflug mit der Rechten in die Erde drückte. Zwischendurch nickte er einem unsichtbaren Begleiter zu, als er feststellte, dass die Schar des Wendepfluges, die er gestern geschliffen hatte, die Erde leichter durchschnitt und die Schollen lockerer zur Seite warf als früher. Nur die beiden Räder musste er nachher ölen. Es hatte sich gelohnt, den alten Beetpflug durch diesen neuen Wendepflug zu ersetzen. Alles ging schneller, und man musste nicht um eine Mittelspur herumpflügen.

Er blickte nach hinten, um die Spur der Furchen zu sehen, und stutzte kurz. Hatte da nicht jemand am Rande des Feldes gestanden? Die winzige Bewegung hatte schon gereicht, um eine leichte Beule in der sonst geraden Spur zu pflügen.

»Noch sechs Furchen, dann bin ich durch«, sagte er zu sich. Er konzentrierte sich, brachte die Furche zu Ende und wendete das Pferd. Nein, er hatte sich nicht getäuscht. Am anderen Ende stand tatsächlich jemand und winkte ihm. Nun, er würde jetzt sowieso in diese Richtung pflügen und sehen, wer das war.

Langsam kam er der Gestalt näher und kniff die Augen zusammen. Es war eine junge Frau, die einen Strohhut auf ihren blonden Haaren trug. Sie hielt ihn mit der linken Hand fest, denn über das Feld wehte gerade ein leichter Wind.

Als er am Ende des Ackers angekommen war, brachte er das Pferd zum Stehen, lenkte es auf den Feldweg und klopfte ihm auf den Rücken. Das Pferd bog seinen Hals nach unten und nutzte die Pause für eine Zwischenmahlzeit.

»Grüß Gott, Johannes«, sagte die junge Frau und lächelte. Jetzt wusste er auch, wer sie war. Bei dem Klang ihrer Stimme und an der Art, wie sie ihn begrüßte, hatte er sie erkannt. Er wischte seine schweißigen Finger an der Hose ab. Dann ergriff er die schmale Hand, die sie ihm entgegenstreckte, und schüttelte sie kräftig.

»Grüß dich, Olga! Mit dir hab ich hier überhaupt net grechnet!«

»So? Worum denn net?«

»Koi Ahnung«, erwiderte er lächelnd, »mir haben uns ewig net g'sehn, aber es ist eine gute Überraschung.«

»Du freust dich also, mich zu sehen?«

»Was für eine Frage, wenn eine alte Freundin plötzlich auftaucht!«

»So alt bin ich nun auch wieder nicht.«

»Du verdrehst einem das Wort im Mund, Olga. Wie früher, wenn ich dir vorgelesen habe.«

»Hast du heute Zeit?«

Er drehte sich zu dem Feld um und sagte: »Das muss ich noch zu Ende pflügen, dann eggen und einsäen, und am Nachmittag bin ich in unserem Weinberg und muss die Reben schneiden. Vater hat Rebläuse gesehen, also werden wir mit Seifenlauge und Petroleum an die Wurzeln gehen. Wie lange bist du denn hier?«

»Ich bin eine Woche in Gerlingen.«

Sie blickten sich wortlos an, dann meinte Johannes: »Du siehst aus wie eine feine Dame.«

»Ist das jetzt gut oder schlecht?«, lachte sie und strich eine strohblonde Haarsträhne zur Seite.

»Nun … eher gut.«

Er streckte den Arm aus und zeigte auf das Feld. »Schau! Das bist du!«

»Was? Ich versteh dich nicht. Wo soll ich sein?«

Johannes grinste. »Die Beule da in der Furche. Das bist du.

Ich hab dich beim Zurückblicken kurz gesehen und war abgelenkt.«

»Wer seine Hand an den Pflug legt und blickt zurück, der ist nicht geschickt zum Reich Gottes«, zitierte sie.

Er überlegte kurz und antwortete: »Wenn man einen braven Bauern bei der Arbeit stört, sollte man sich nicht mit Bibelzitaten herausreden.«

»Immer das letzte Wort. Ganz der Alte.«

Sie blickte auf den Boden, weil er nichts dazu sagte, dann hob sie den Kopf. »Also, wenn du zwischen dem Acker und dem Weinberg Zeit hast ... Du weißt ja, wo du mich findest. Ich werde dir etwas Kühles zum Trinken hinstellen, wenn du kommst.«

Sie drehte sich um und ging den Weg zurück ins Dorf. Johannes blieb stehen und sah ihr nach, sah ihre schlanke Gestalt, die beim Gehen ihrem langen hellen Rock einen gewissen Schwung gab. Und er hatte den Eindruck, sie wusste, dass er hinter ihr hersah. Es war insgesamt ein erfreulicher Anblick.

Zwei Stunden später trat er in sein Elternhaus, wusch sich Gesicht und Hände, trocknete seinen schweißnassen Körper mit einem Handtuch ab und zog ein frisches Hemd und eine andere Hose an.

»Wo willschn na?«, fragte sein Bruder, der gerade aus der Stube kam.

»Über d' Straß. D'Olga isch komma. I bleib abr net lang.«

Er wurde schon erwartet, denn die Türe öffnete sich, bevor er an der Messingglocke geläutet hatte. Es war Olgas Mutter, die ihn willkommen hieß und mit einem übertrieben vertraulichen Tonfall sagte, dass Olga im Esszimmer sitze. Als sei es ein Geheimnis, das man nur ihm anvertraute.

Er klopfte, hörte ein Rascheln und Olgas Stimme, die »Herein« rief. Zögernd betrat er den bekannten Raum mit den dunklen Deckenbalken, der von einem gewaltigen Esstisch dominiert war. Olga sah an dem großen Tisch etwas verloren aus. Sie tat so, als hätte sie gerade in einem Buch gelesen und wäre nun völlig überrascht, dass er gekommen war.

»Zum zweiten Mal: Grüß Gott, Olga«, sagte er und fügte gleich hinzu: »Jetzt hab ich gar nichts mitgebracht. Und ich kann net lang bleiben.«

Sie stand auf. Johannes bemerkte, dass sie sich umgezogen hatte: einen dunkelblauen knöchellangen Rock zu einer weißen hochgeschlossenen Bluse. Ihre dicken blonden Zöpfe hatte sie sich kunstvoll um den Kopf gewickelt und ein rotes Band in die Frisur geflochten. Sie wirkte dadurch formeller, aber ihr schlanker Hals kam durch die hochgesteckten Haare noch besser zur Geltung.

»Ach, du musst mir doch nichts mitbringen«, sagte sie, aber es klang nicht überzeugend. »Setzen wir uns. Du siehst, ich habe Wort gehalten und etwas zum Trinken besorgt.«

»Das ist nett, danke.« Er griff zu dem gefüllten Becher Apfelmost und leerte ihn in einem Zug. »Entschuldige, aber ich habe einen großen Durst.«

Sie nickte nur und goss nach.

»Und wie geht es dir, Johannes? Was machst du so? Bist du endgültig Bauer geworden?«

»Ich arbeite und warte. Weißt du, ich kann nicht untätig herumsitzen.«

»Und worauf wartest du?«

»Ich hab mich bei der Basler Gesellschaft beworben, um als Kandidat aufgenommen zu werden.«

»Ah! Davon hab ich gehört, dass du als Missionar nach Übersee gehen willst wie der Rebmann.«

»Es ist eigentlich die zweite Bewerbung. Bei der ersten fanden die Herren, dass ich noch zu jung sei.«

Sie blickte ihn forschend an, senkte aber gleich wieder den Blick. »Ja, das passt zu dir. Du hast mir schon als Junge begeistert von Afrika vorgelesen. Es war dein Traum, einmal dort zu leben.«

»Und du?«, fragte er. »Was machst du?«

»Weißt du das wirklich nicht?«

»Ich hab nur gehört, dass du eine Lehre als Schneiderin gemacht hast ... Und dann bist du wohl auch in Frankreich gewesen bei einer Familie ...«

»Ja, das stimmt beides. Du bist gut unterrichtet.« Sie nickte, als sei das ein gutes Zeichen, dass er sich für ihren Werdegang interessiert hatte. »Wir haben uns tatsächlich ein wenig aus den Augen verloren«, sagte sie, »seitdem du mit der Bäckerlehre angefangen hast.« Sie zögerte. Schließlich sagte sie: »Bist du ... Ich meine, hast du inzwischen ein Mädchen?«

»Ich?« Er lachte. »Sehe ich so aus?«

»Ich weiß nicht, wie man aussehen muss, wenn man befreundet ist.«

»Vielleicht etwas würdiger, denke ich mal, und zurückhaltender, was andere Mädchen betrifft.«

Sie blickte ihn an und lachte: »Nein, du siehst nicht danach aus.«

»Und du?«

Sie senkte den Blick und er sah, dass sie schöne, lange Wimpern hatte. »Ich war eine Zeit lang mit einem Jungen zusammen. Und es sah so aus, als würden wir uns verloben, aber ...«, sie blickte ihn an. »Es wurde dann doch nichts daraus. Vielleicht besser so.«

Johannes hatte plötzlich das Gefühl, dass Olga zu einem ganz bestimmten Zweck nach Gerlingen gekommen war und nicht nur zufällig Zeit für ihn hatte. Er griff nach dem Becher und nahm einen kleinen Schluck, während er sie dabei streifte.

Dieser neue Gedanke stellte Olga in einem ganz anderen Licht dar. Sie war nicht nur eine Freundin aus Kindertagen, sondern eine Freundin, die an ihre Zukunft dachte und dazu einen Mann brauchte. Und wenn ... wenn er sich mit Olga verlobte? Abwegig war der Gedanke nicht. Er hatte sich mit Olga immer gut verstanden. Ihre Einfälle waren zwar manchmal überraschend und störend, aber am Ende kamen sie doch wieder zusammen. Sie würde zweifellos eine gute Frau und eine gute Mutter sein. Aber hätte sie auch das Zeug, in Übersee zu leben? In einem mörderischen Klima, das die Hälfte der Europäer, die dort hinkamen, umbrachte? Und was wäre …

»Du bist so nachdenklich geworden, Johannes. Woran denkst du?«

Er schreckte auf. »Woran ich denke? Nun … wenn ich dich sehe, fallen mir eine Menge kleiner Geschichten ein, die wir zusammen erlebt haben.«

»Zum Beispiel?«

»Unser Blumenbeet hinter dem Haus. Es war genau abgeteilt. Auf deinem wuchsen eine Menge bunter Blumen – und ich hatte Kartoffeln und Bohnen gepflanzt. In dem feuchten Sommer sind meine Kartoffeln verfault, aber deine Blumen sind gut gewachsen.«

»Ja, du hast oft an das Ende gedacht und wolltest alles verbessern«, nickte sie. »Und dann hast auch eine Menge seltsamer Dinge getan. Diese Schatzsuche nach Edelsteinen. Weißt du noch? Du warst überzeugt, dass in dem Steinbruch Edelsteine waren … Und ich war zum Schluss auch überzeugt … Und mit … mit …Wie hieß er noch?«

»Wilhelm.«

»Richtig. Mit Wilhelm haben wir Dutzende von Löchern gegraben. Was macht er eigentlich?«

»Er lernt das Goldschmiedehandwerk in Basel.« Johannes stand auf. »Du, ich muss los. Der Weinberg …«

»Ich bring dich noch zur Tür.« Sie stand ebenfalls auf. »War schön, dass du mich besucht hast.«

Sie gaben sich die Hand und für einen Augenblick sahen sie sich an. Johannes bemerkte, dass sie blaue Augen hatte. Bisher war ihm das nie aufgefallen. Dann drehte er sich um und ging zurück in die Kirchstraße Nummer fünf, um sich für die Arbeit im Weinberg umzuziehen.

Er hatte schon ein Drittel der Pflanzen beschnitten und richtete sich gerade auf, als Olga plötzlich neben ihm stand. Diesmal aber nicht als feine Dame, sondern mit Kopftuch und in einem grauen Rock, dessen Enden sie in den Gürtel gesteckt hatte, um sich leichter zu bewegen. In der rechten Hand hielt sie eine Rebschere. Er hatte sie nicht kommen hören und überhaupt nicht mit ihr gerechnet.

»Erstaunt?«, lachte sie und gab ihm die Hand.

»Allerdings.«

»Irgendwie riecht es hier nach ...«

»... nach Petroleum«, fuhr er fort. »Rebläuse. Ich hab das Mittel schon angesetzt. Nachher muss ich bei den Wurzeln den Boden lockern und das Zeug darübergießen.«

Olga nickte. »Gut, dann fang ich schon mal mit dem Schneiden an.«

»Weißt du«, sagte sie und schnitt mit Routine die überflüssigen Triebe einer Rebe ab, »ich bin nicht gleich darauf gekommen, dass ich dir ja helfen könnte. Warum sollte ich allein in der Stube herumsitzen? Früher habe ich oft im Weinberg mitgeholfen. Nur die letzten Jahre bin ich nicht mehr dazu gekommen.«

Auch Johannes bückte sich wieder und schnitt weiter. Heimlich betrachtete er ihre Waden, die weiß und fest aussahen. Der Tragekorb, in den man sonst die Trauben sammelte, diente jetzt als Behälter für die überflüssigen Reben.

»Olga«, sagte Johannes, »versuch, die Triebe so tief wie möglich abzuschneiden ...«

»... damit die Reben gezwungen werden, tiefere Wurzeln zu treiben, ich weiß!«, kam Olgas Stimme von der Seite.

Eine Zeit lang sagte keiner etwas und nur das Schnippen der Schere war zu hören.

»Was hältst du davon«, fing Johannes nach einer Weile an, »wenn du heute Abend zu uns zum Abendessen kommst? Und dann könnte ich dir hinterher noch etwas vorlesen.«

»Hm. Was gibt es denn bei euch zu essen?«

»Mutter hat Linsen und Spätzle gemacht.«
»Ich komme.«

10

Christiansborg, Goldküste, Westafrika, Oktober 1844

Es schüttete wie aus Eimern. Als ob der Regen eine lang zurückgehaltene Wut auf alles in einer wässrigen Explosion loswerden wollte. Der Wind half ihm dabei. Die dürren Ölpalmen beugten sich fast waagerecht vor seiner Herrschaft und wurden dabei hin und her geschüttelt wie unartige Kinder. Blitze zuckten über die Grasdächer und Lehmhäuser der Einheimischen und über die Steinhäuser der Weißen. Die Straßen hatten sich in braunrote Schlammbäche verwandelt und führten grüne Kokosnussschalen, zerfetzte Bananenblätter, Holzstücke, Gras und tote Ratten mit sich.

Trotz dieser fast täglichen Regenflut am Spätnachmittag fühlte sich Catherine so wohl wie schon lange nicht mehr. Seit sie ihr Haus bezogen hatte und wusste, dass das jetzt ihr Platz für die nächsten Jahre war, kam sie innerlich zur Ruhe.

Sie gehörte mit ihrem Mann zu der Gruppe der Weißen – und das führte gelegentlich zu unangenehmen Situationen. Peinlich war eine Einladung im Haus des englischen Bezirksbeamten gewesen, als der dunkle Bedienstete sie nicht ins Haus lassen wollte, weil sie nicht weiß waren. Erst als der Gastgeber alarmiert wurde und an die Tür kam, durften sie eintreten.

Auf der anderen Seite war es ein wunderbares Gefühl, wenn sie auf dem Markt einkaufte, ihren bunt bedruckten Wickelrock anzog, der hier üblich war, und unter den Frauen kaum auffiel.

Man lernte auch mit der Zeit die Leute hier kennen. Natürlich vor allem den Zirkel der Europäer. Mit der dunkelhaarigen Dame und ihrem weißhaarigen Ehemann, die sie auf dem Schiff getroffen hatte, kam Catherine näher in Kontakt. Sie hieß Charlotte Woolsey. Ihr Mann arbeitete mit dem englischen Gouverneur William Winniett zusammen und war zuständig für alle juristischen Belange. Seine Frau langweilte sich offensichtlich zu Tode und hatte aus lauter Verzweiflung angefangen zu malen.

Vielleicht könnte sie Charlotte einmal zu sich einladen? Warum sollte sie nicht auch Kinder unterrichten können oder den Mädchen Fertigkeiten beibringen wie Nähen und Stricken? Die Kinder waren so zutraulich, wenn man ihnen etwas Liebe entgegenbrachte.

Es war, als ob der Regen um Catherine herum einen behüteten Raum schuf, und so blieb sie trotz des lauten Prasselns auf ihrer Veranda in dem leicht abgeschabten Schaukelstuhl sitzen und wippte auf und ab. Mit tiefen Zügen zog sie die kühle Luft ein, die der Regen mit sich gebracht hatte. Sie genoss das großartige Schauspiel, das ihr der Sturm kostenlos bot: wie an einer Seite die Wolken aufrissen und gelbes Licht die schwarzen Massen noch schwärzer aussehen ließ. Wie Blitze über den Himmel zuckten, als würde eine riesige, unsichtbare Hand Buchstaben einer unbekannten Sprache über den Himmel schleudern.

Noch heute Mittag war es drückend und schwül gewesen und jede kleinste Bewegung hatte die Stirn mit Schweißperlen überzogen. Selbst das Essen hatte einen zum Schwitzen gebracht. George hatte in seiner spöttischen Art die Mahlzeit mit einem Bibelzitat kommentiert: »Im Schweiße deines Angesichts sollst du dein Brot essen!« Aber die schwüle Hitze war vergessen. Jetzt kühlte der Wind die Erde und ließ die heißen Steine auf der Straße dampfen.

Catherine schaukelte weiter vor sich hin und erinnerte sich an ihre Kindheit, an die Zeit vor dem verhängnisvollen Fischen am Strand von Luanda. Es war die gleiche Stimmung gewesen, wenn nach einem schwülen Tag der Regen kam. Sie lächelte, als sie daran dachte, wie sie mit Sara halbnackt auf der Straße getanzt und den Regen wie einen Freund begrüßt hatte. Jamaika war zwar auch warm gewesen, aber es hatte nicht diese extremen Unterschiede gegeben.

Hinter ihr kamen Geräusche aus dem Zimmer. George war dabei, ein Schränkchen zu zimmern, in dem sie ihre Bücher und das Unterrichtsmaterial aufbewahren konnte, ohne Angst zu haben, dass Ameisen, Termiten oder Kakerlaken sie auffraßen. Es gab ein wirkungsvolles Mittel, dieses Ungeziefer von einem Schrank fernzuhalten: Man stellte einfach die Holzbeine des Möbelstücks in Blechdosen, die mit Petroleum gefüllt waren. So ähnlich wie bei den Burgen in der Schweiz, um die man einen Wassergraben zieht.

Catherine schloss die Augen, hörte das Trommeln der Regentropfen und murmelte ein Dankgebet für all das, was sie gut überstanden hatte. Und was hatte sie schon alles erlebt! Das letzte Unglück war auf dem Schiff passiert, als sie ihr Baby verloren hatte und George nirgends zu finden gewesen war. Sie dachte an die gereizte Stimmung hinterher! An diesem Tag hatte sie nur Schlimmes für ihre Zukunft befürchtet. Aber seitdem George eine Aufgabe hatte, gab er sich wirklich Mühe mit allem. Das Unterrichten schien ihm sogar Freude zu machen.

Oh, mein Gott! Wenn ich daran denke, dass ich erst vor ein paar Monaten mit verweinten Augen in Ollas Wohnzimmer gesessen habe! Kaum vorstellbar!

Und jetzt war sie selbst eine verheiratete Frau und wohnte in ihrem eigenen Haus, das zwar der Mission gehörte, aber sie konnte darin schalten und walten, wie sie wollte.

Das Hämmern im Haus nahm zu. Catherine drehte sich kurz nach hinten und sah Georges Rücken. Wie kräftig er war! Manchmal fast zu kräftig, fand sie. Aber nein, sie wollte nicht undankbar sein. Nicht jetzt, wo es ihr so gut ging.

Denn es war genau so, wie sie es sich gedacht hatte: Wenn

sie erst in ihren eigenen vier Wänden wohnten, würde das Misstrauen gegenüber George, das zuweilen in ihr hochstieg wie Pfeffersoße, irgendwann von selbst aufhören. Diese brennenden Gedanken, dass er etwas mit anderen Frauen haben könnte, ließ sie nun seit ein paar Wochen einfach nicht mehr zu. Sie schob die Vorstellung beiseite. Man sollte kein Sklave seiner Gedanken sein. Eigentlich hatte sie nie richtige Beweise seiner Untreue gehabt. Nur Vermutungen – und denen wollte sie nicht nachgeben. *Ich kann nicht dauernd misstrauisch sein. Das liegt mir nicht.*

George war nun mal ein charmanter Mann, und es war ganz natürlich, dass Frauen auf ihn reagierten. Sollte eine Frau nicht sogar stolz sein, wenn ihr Mann attraktiv war? Wie hatte es Olla damals gesagt? Männer würden durch die Ehe gezähmt ... Offensichtlich machte George das gerade durch. Und wenn er auf dem Schiff einer Frau schöne Augen gemacht hatte? Gut, dann war es eben so. Hier in der Stadt konnte sie sich jedenfalls nicht über ihn beklagen.

Sie hörte einen unterdrückten Schrei. Erschrocken drehte sie sich wieder um. George hatte den Daumen in den Mund gesteckt.

»Was ist los?«

»Der Hammer ist abgerutscht.«

»Ach, du Armer!«, sagte Catherine und lachte.

»Lach nicht«, knurrte George von drinnen. »Es tut weh. Aber ich bin beinahe fertig.«

Catherine stand nun doch auf und betrat das Zimmer, das sie später als Kinderzimmer nutzen würden.

»Lass mich mal dein Werk betrachten, George!«

Er lehnte sich gegen die Wand und wies auf den Schrank, dem die Tür noch fehlte.

»Ach, George, das sieht wirklich gut aus!«

Sie kam näher und drückte seinen Arm.

»Wo ist denn der arme Daumen?«

Wortlos hielt George ihr den Daumen hin. Sie nahm ihn in die Hand und streichelte ihn sanft, während er sie in seine Arme schloss und sie küsste. Inzwischen genoss sie seine Umarmungen, und das, was Olla später zu ihr gesagt hatte, war ebenfalls richtig gewesen. Sie fand wirklich Vergnügen daran, wenn George sie küsste. Selbst bei diesen anderen Küssen, die sie früher so erschreckt hatten.

Plötzlich fühlte sie sich hochgehoben.

»George, was machst du?«

»Ich trage dich auf unser Bett«, sagte er und öffnete mit einer Hand die Tür zu ihrem schmalen Schlafzimmer. Vor einem halben Jahr hätte sie noch protestiert, aber jetzt konnte sie es zulassen und schloss die Augen.

»Du hast ein Kind verloren und wir haben die verdammte Pflicht, ein neues zu machen!«

»George, könntest du das nicht netter ausdrücken? Das klingt so ... so unchristlich!«

»Wir wollen unseren Beitrag zur Schöpfung Gottes leisten. Klingt das besser?«

»Viel besser!«

»Eine gute Sache hat der Regen«, sagte George und ließ seine Frau auf das breite Bett gleiten. »Es kommen keine Moskitos, und wir brauchen das Netz nicht herunterzulassen, in dem man sich verheddern könnte.«

»Noch etwas Gutes hat der Regen«, sagte sie und ließ es zu, dass George die Knöpfe ihrer Bluse öffnete.

»Und das wäre?« Er streifte das Kleidungsstück über ihren Kopf.

»Keiner kommt bei diesem Unwetter auf die Idee, uns zu besuchen und an die Tür zu klopfen.«

»Gesegnet sei der Regen«, murmelte er und hakte die Öse auf, die ihren Rock festhielt. Sie half etwas nach. Dann stand er auf und zog sich selbst aus.

»Ja, gesegnet sei der Regen«, murmelte er, legte sich neben

seine Frau, fing an, Catherines Busen zu streicheln, und ließ seine Hand tiefer gleiten.

»Was tust du, George?« fragte sie, ohne eine Antwort zu erwarten.

11

Gerlingen, 1844

»… Die Mutter hielt mich hoch und zeigte mich ihrem Kind, das mich sofort packte und meinen Kopf in den Mund steckte. Ich schrie so jämmerlich los, dass der kleine Kerl erschrak und mich fallen ließ. Ich hätte mir unfehlbar das Genick gebrochen, wenn die Mutter nicht rasch die Schürze untergehalten hätte. Plötzlich hörte ich hinter mir ein Geräusch, als ob eine Nähmaschine in vollem Betrieb sei. Ich sah mich um und stellte fest, dass es vom Schnurren der Katze herrührte, die auf einem Stuhl saß und über den Tisch blickte. Sie war dreimal so groß wie ein Ochse …«

»Meine Güte, wenn ich mir vorstelle, dass meine Katze so groß wäre!«, rief Olga.

»Dann würde sie dich vielleicht fressen«, meinte Johannes.

»O nein, ich würde ihr meine Stricknadeln in den Rachen bohren.«

»Das würde Gulliver wahrscheinlich auch machen, wenn er eine Frau wäre.«

Olga schüttelte den Kopf: »Dieser Jonathan Swift hat wirklich Fantasie. Lies weiter!«

Sie saßen nach einem Arbeitstag im Wohnzimmer in der Kirchstraße fünf und Johannes las vor. Ab und zu hörte man das Knarren der Dielen. Die Familie bemühte sich, das Paar nicht zu stören, und blieb dem Wohnzimmer fern.

»Der Säugling«, las Johannes weiter, »dem ich mit knapper Not entkommen war, fing an, herzzerreißend zu weinen, als er sein lebendiges Spielzeug vermisste. Um das Kind zu beruhigen, setzte die Amme eine Art Rassel in Bewegung, die einem mit Steinen gefüllten Kessel glich und mit einem Tau um den Bauch des Säuglings festgebunden war. Aber das half alles nichts, sodass die Mutter zum letzten Mittel greifen und das Kind an die Brust legen musste. Ich gestehe, dass mich selten etwas so erschreckt hat wie der Anblick dieser monströsen Brust. Sie ragte sechs Fuß …«

Johannes stutzte und hörte mit Lesen auf.

»Warum liest du nicht weiter, Johannes?«

»Nun, das hört sich doch ziemlich unschicklich an. Wir überspringen das mal lieber.« Er blätterte ein paar Seiten weiter.

»Nein!«, protestierte Olga. »Warum denn? Ich will es hören!«

»Aber ich will es nicht lesen. Ich finde es peinlich …«

Mit einem raschen Griff riss Olga ihm das Buch aus der Hand. »Dann will *ich* es wenigstens lesen!«

»Nein, Olga! Gib mir das Buch zurück!«

Sie sprang von der Bank auf, lachte und las, während sie in die Ecke des Zimmers flüchtete, laut weiter: »Die Brust ragte sechs Fuß vor und hatte einen Umfang von sechzehn Fuß. Die Brustwarze …«

Johannes hatte seine Freundin erreicht und griff halbherzig nach dem Buch, das sie ihm geschickt entzog. Unbekümmert las sie laut weiter: »… Die Brustwarze war halb so groß wie mein Kopf …« Sie konnte nicht mehr lesen, weil sie lachen musste: »O weh, stell dir das einmal vor! Warum bist du denn so … so komisch deswegen!«

Johannes wurde plötzlich ernst: »Ich … bin wegen dieser … Dinge zu weit in die Sünde hineingeraten … Das kannst du nicht verstehen.«

Während er redete, hatte er sich Olga genähert. Plötzlich packte er sie und kitzelte sie an der Taille. Olga kreischte auf und ließ Gullivers Reisen fallen. Schnell bückte sich Johannes und hob das Buch auf. Gleichzeitig öffnete sich die Tür und Bernhard, Johannes' Bruder, stand im Türrahmen.

»Was ist denn hier los?«

»Olga hat mir mein Buch weggenommen und ich hab sie gekitzelt.«

»Ich musste es ihm wegnehmen«, rief Olga aufgebracht, »weil er nicht mehr weiterlesen wollte. Er hat behauptet, es stehen Dinge drin, die ich nicht hören darf!«

»Ja, unschickliche, peinliche Worte …«

»Zum Beispiel: Brustwarzen so groß wie halbe Köpfe!«, lachte Olga.

»Bist du wohl still, Olga!«

Bernhard, der das Ganze nicht verstand, schüttelte nur den Kopf und hielt etwas in der Hand. »Die Abendpost. Ein Brief aus Basel für dich. Ich hab das Geld für dich ausgelegt.«

Schlagartig änderte sich Johannes' Stimmung. Er riss seinem Bruder den Brief aus der Hand, öffnete das Siegel, entnahm das Schreiben und überflog das Ganze mit großen Augen. Dann ließ er das Blatt sinken und sagte: »Ich bin in Basel angenommen. Mein zweiter Antrag, den ich mit einer Empfehlung von Pfarrer Stange abgeschickt habe, hat gewirkt. Die Ausbildung beginnt in einer Woche.«

Bernhard und Olga blickten ihn erstaunt an. Schließlich räusperte sich Olga, ihre ausgelassene Stimmung war verschwunden, und sagte mit belegter Stimme: »Und das bedeutet, dass du … dass du die nächsten fünf Jahre in Basel wohnen wirst?«

Johannes nickte und steckte den Briefbogen wieder in den Umschlag zurück. Bernhard war schon gegangen, um die Neuigkeit der Mutter und den Geschwistern zu erzählen.

Olga ließ sich schwer auf die Holzbank fallen und sagte leise: »Jetzt bekommt dein Leben ein Ziel, und was für eins!«

Es schien, als habe Johannes Olgas Bemerkung gar nicht gehört. Er ging hin und her. Dann blieb er stehen.

»Ich habe zwischendurch schon überlegt, ob mich der König nicht zum Militärdienst ziehen wird, aber jetzt … Das ist das, was ich …«

»… was du dir immer schon gewünscht hast«, ergänzte Olga den Satz.

»So ist es.«

»Dann werden wir uns wahrscheinlich nicht mehr so häufig sehen, Johannes …«, sagte sie. Es blieb unklar, ob dies eine Frage oder eine Feststellung war.

Während des letzten Satzes hatte er auf den Boden geblickt. Jetzt hob er den Kopf und sagte: »Olga, hör mir zu. Was ich …«

Er kam nicht mehr dazu, den Satz zu vollenden, denn die Tür wurde wieder geöffnet, als Johannes' Stiefmutter den Raum betrat.

»Stimmt es, was Bernhard gesagt hat, dass du in Basel angenommen worden bist?«

Johannes nickte. »Ja, es stimmt. In einer Woche geht die Ausbildung los. Aber es fällt mir schwer, euch zu verlassen. Die Arbeit auf dem Hof und im Weinberg wird nicht weniger.«

Die Mutter blickte Johannes an und sagte nur: »Ach, weißt du, ich seh dich lieber in Basel als in der Kaserne. Ich glaube, dass es Gottes Weg ist, Johannes. Aber wir werden dich vermissen.«

Er trat auf seine Mutter zu und nahm sie in den Arm. »Glaubst du wirklich, dass ihr ohne mich zurechtkommt?«

»Wir werden schon zurechtkommen, Johannes. Aber Olga wird dich vermutlich noch mehr vermissen als wir.«

Johannes löste sich aus der Umarmung und sah zu Olga hin, die auf der Bank saß und unbestimmt durch das Fenster blickte. Er ging zu ihr.

»Komm, Olga, lass uns nach draußen gehen. Ich muss etwas mit dir bereden.« Er nahm sie bei der Hand, und es sah so aus, als ob sie sich nur widerwillig mitziehen ließ.

Sie schlugen den Weg in die Richtung der Weinberge ein und

ließen ihre Hände los. Der Laternenanzünder machte sich gerade an der großen Lampe am Markt zu schaffen, und aus einigen Häusern schimmerte gelbes Licht auf das Pflaster. Wortlos gingen sie nebeneinander die alte Steige nach oben, während allmählich die Dämmerung kam. Aus einem offenen Fenster hörte man ein Kind schreien.

»Bist du glücklich?«, fragte Olga nach einer Weile.

Johannes ließ einen kurzen Augenblick verstreichen und sagte: »Ja, das bin ich. Ich weiß jetzt endlich, wie ich die nächsten fünf Jahre verbringen werde.«

Olga schüttelte den Kopf und sagte mit festem Ton: »Nicht nur die nächsten fünf Jahre, Johannes, den Rest deines Lebens. Du wirst, wenn du in Basel fertig bist, irgendwo in Übersee arbeiten.«

Er blieb stehen und sah sie an. »Ja, du hast recht. Heute Abend ist die Entscheidung für den Rest meines Lebens gefallen. So schnell kann es gehen. Eben waren wir noch im Land der Riesen …«

»… und der gigantischen Brustwa…«, setzte Olga hinzu. Aber Johannes legte schnell die Hand auf ihren Mund. Sie griff nach seinem Handgelenk und bog es sanft zur Seite.

»Schon gut. Ich werde mich zusammenreißen. Wolltest du nicht etwas mit mir bereden?«

»Ja, genau.«

»Was denn?«

»Als ob du das nicht schon längst wüsstest. Nachdem ich doch nun weiß, wie mein weiteres Leben verlaufen wird …«

»Ich weiß nicht, was du meinst.« Sie hob mit der rechten Hand ihren Rock und ging mit großen Schritten ganz unelegant die alte Steige weiter, als wollte sie vor ihm fliehen. Das letzte Haus hatten sie hinter sich gelassen und vor ihnen lagen wie dunkle Klumpen die Weinberge.

Zuerst war Johannes verdutzt, dass Olga ihn einfach stehen ließ. Es war doch alles klar. Warum verstand sie ihn denn nicht?

Oder wollte sie es nicht verstehen? Mit raschen Schritten holte er sie ein, fasste sie an den Schultern und drehte sie zu sich herum.

»Olga, willst du meine Frau werden?«

Sie senkte den Blick, und Johannes hatte trotz der Dämmerung den Eindruck, dass sie rot wurde, was er gerade bei ihr gar nicht erwartet hatte. Plötzlich hob sie den Kopf, blickte ihm in die Augen und sagte schlicht: »Ich kann mir keinen besseren Mann vorstellen. Nur: wie soll ich in Afrika oder Indien oder China leben? Das ist mir noch unklar. Aber wenn du dabei bist, wird es wohl gehen. Und wenn ich weiß, dass es Gottes Wille ist. Also sage ich: Ja.«

Statt einer Antwort nahm er sie in die Arme und küsste sie.

Eigentlich wollte er ihr nur einen flüchtigen Kuss geben, aber Olga hielt fest und ihre Lippen lagen warm und weich auf seinen. Johannes spürte, wie er erregt wurde und wie der Stoff an seiner Hose anfing zu spannen. Olga musste das merken. Aber anstatt sich von ihm zu lösen, drückte sie sich noch fester an ihn.

Mit zitternden Händen machte er sich frei und sagte keuchend: »Und ... und jetzt schnell nach Hause! Damit wir die Neuigkeit den anderen sagen können.«

Als sie nach ein paar Minuten noch ganz außer Atem das Wohnzimmer betraten, waren die Schwestern und auch die Großeltern da. Man hatte sie verständigt.

»Johannes!«, sagte der Großvater und nahm ihn in den Arm. »Dein Wunschtraum wird wahr. Gottes Segen wünsche ich dir!«

»Danke, Großvater.«

Johannes wandte sich an die anderen und sagte mit freudiger Stimme: »Es gibt noch eine zweite Neuigkeit: Olga und ich werden heiraten.«

Auf diese Nachricht hin setzte ein aufgeregtes Stimmengemurmel ein. Olga wurde umarmt und geküsst, und Johannes musste alle Hände schütteln. Die Mutter hatte währenddessen eine Flasche Wein geholt, sie entkorkt und die guten Gläser aus dem Wohnzimmerschrank geholt. Dann wurde auf das junge Paar angestoßen.

Der Großvater räusperte sich und sagte scherzhaft: »Nun, Olga, ich gratuliere dir von Herzen, obwohl du ja eine starke Konkurrentin hast!«

Es wurde still. Auf Johannes' Stirn bildete sich eine steile Falte. »Ich weiß nicht, was du meinst, Großvater. Ich habe kein anderes Mädchen!«

»Conrad!«, rief seine Frau Johanna. »Was ist mit dir los? Bist du betrunken?«

Auch die anderen fragten verwundert, was der Großvater damit meinte. Und Olga blickte Johannes verwirrt an. Aber der schien ihren Blick nicht zu spüren.

»Nun, nun«, beruhigte Conrad Zimmermann die Familie. »Es war nicht so ernst gemeint, wie es klingt. Eigentlich mehr ein Scherz. Mir fiel nur ein, dass Johannes einmal, ich glaube, es war das Jahr mit dem strengen Winter – er muss wohl neun oder zehn gewesen sein – also, da hat er gesagt: Ich will später eine Frau aus Afrika heiraten mit einer ganz schwarzen und weichen Haut so wie Samt.«

Johannes' Stirn wurde wieder glatt, als er etwas zu laut lachte. »Also wirklich, Opa, du kannst einem einen ziemlichen Schrecken einjagen.«

Die Unterhaltung wurde wieder aufgenommen, Gläser klirrten, Stimmen summten. Olgas Lächeln wirkte immer noch etwas gezwungen.

»Und nun«, tönte wieder die Stimme von Conrad Zimmermann durch den Raum, »lasst uns beten und das junge Paar Gott anbefehlen.«

12

Christiansborg, Goldküste, 1847

»Ke ofie kolo le ni o haale gbe, etso ono«, murmelte Catherine, während sie den Satz auf Ga in ein kleines Notizbuch schrieb und die Übersetzung gleich daneben: »Wenn du ein Tier in die Enge treibst, wendet es sich gegen dich.«

»Was schreibst du denn da, Ma?«, fragte ein etwa dreijähriges Mädchen.

»Ich versuche die Sätze der Leute aufzuschreiben, um sie besser zu verstehen.«

»Aber du verstehst doch alle«, erwiderte es, stellte sich auf die Zehenspitzen und blickte auf das Blatt.

»So recht und schlecht. Weißt du, es gibt keine Bücher und nicht einmal eine Bibel in dieser Sprache. Man muss die Worte mit den englischen Buchstaben mühsam aufschreiben, aber dazu fehlt mir oft die Zeit und die Muße.«

»Wer ist die Muße? Kenn ich die?«

»Ja, du kennst sie«, lachte Catherine. »Sie hält sich oft bei den Kindern auf.«

»Wie sieht sie denn aus?«

»Hm. Ich stelle sie mir wie eine junge Frau vor, die in einer Hängematte liegt und vor sich hinsummt.«

»So eine Frau habe ich bei uns noch nie gesehen.«

»Natürlich nicht, weil sie unsichtbar ist.«

»Aber … aber … warum kannst du sie dann sehen?«

»Ich habe sie auch noch nicht gesehen, nur von ihr gehört, und manchmal hat sie mich berührt.«

Rosine, Catherines Erstgeborene, rannte davon. Diese Neuigkeit von der unsichtbaren Frau in der Hängematte musste sie ihrer Freundin erzählen.

»Rosine!«, rief Catherine. »Ich bin in der Schule.«

»Is gut!«

Es war eine Erleichterung, dass sie das Mädchen in dieser Gegend in Sicherheit wusste. Jeder kannte sie, daher konnte sie praktisch nicht verloren gehen. Und wenn sie in ein Haus hineintappte, nahmen die Leute sie mit Begeisterung auf und gaben ihr manchmal ein Stück Mango oder eine Tasse mit süßem Reis.

Catherine öffnete die Tür zum Wohnzimmer und schaute auf die Kuckucksuhr, die sie in der Schweiz vor ihrer Ausreise gekauft hatten und die für alle Besucher die größte Attraktion war. Manchmal blieben alte, ehrwürdige Männer so lange davor stehen, bis der Vogel herauskam. Dann klatschten sie vor Begeisterung in die Hände. Es war zehn Minuten vor halb drei. Die letzte Unterrichtseinheit begann gleich nach der Mittagspause und sollte bis vier Uhr dauern. Eigentlich war der Weg zum Schulhaus nicht weit, aber Catherine wusste, dass man nicht durch die Gegend gehen konnte, ohne die Leute zu begrüßen. Und das hielt auf.

Sie nahm ihre Umhängetasche aus Bast, tat die Bücher und Hefte hinein, eine lange Kreide und einen Schwamm und ging los. Die Hitze hatte nur wenig nachgelassen und das Licht zitterte über den Mauersteinen, die die Blumen vor den Tieren schützten. Für Catherine war es immer wieder überwältigend, was für wunderbare Blumen hier wuchsen, wenn man sie bewässerte. Nach der Trockenzeit und beim Einsetzen des Winterregens schossen die Pflanzen manchmal innerhalb von Tagen in die Höhe.

Aus einer Seitengasse humpelte ihr ein Mann entgegen, der einen anderen mit einem Stock hinter sich herzog. Ein fast alltägliches Bild: ein Blinder, der geführt wurde. Sie kam an einem Haus vorbei.

»Ich grüße dich, Ma Thompson«, sagte ein alter Mann, der kaum noch Zähne hatte und vor seinem kleinen Lehmhaus saß. »Dein Haus ist ruhig?«

»Ja, ist ruhig, Pa Akyem.«
»Deine Leute?«
»Danke, sie leben.«
»Deine Kinder?«
»Sie sind wohlauf. Und du, Pa Akyem? Ist dein Haus ruhig?«
»Ist ruhig.«
»Deine Leute?«
»Sie leben.«
»Deine Kinder?«
»Sie sind wohlauf.«
»Nun, einen guten Tag.«

Der Alte brummte etwas und rief ihr hinterher: »Mögen deine Kinder so zahlreich sein wie die Kokosnüsse auf deinen Palmbäumen.«

Catherine nickte und ging weiter. Ein Satz, den der Alte immer sagte, wenn sie sich sahen. Es waren jetzt nur noch ein paar Schritte zu dem zweistöckigen Schulgebäude, das auf beiden Stockwerken eine umlaufende Veranda besaß. Catherine sah, wie unten die Tür aufging und einer der älteren Schüler mit einem Hammer auf das Eisenrohr einschlug, das an einem langen Strick von einem Ast baumelte. Er hatte die ehrenvolle Aufgabe, in dieser Woche die »Schulglocke« zu läuten, und trug wie einen Schatz die Schultaschenuhr mit sich herum.

Als Catherine ihre Klasse betrat, in der es summte wie in einem Bienenstock, wurde es allmählich ruhig. Ihre Mädchen in blauen Röcken und mehr oder weniger weißen Blusen standen auf und schrien: »Einen guten Tag wünschen wir Ma Thompson.«

»Ja, das wünsche ich euch auch. Setzt euch! Kennt ihr noch das Lied, das ich euch gestern beigebracht habe? Mögt ihr es?«

»Wom' sumo, wom' sumo – wir lieben es, wir lieben es«, schrien die Kinder durcheinander.

»Wer kann es aufsagen?«

Ein Dutzend Arme schossen in die Höhe.

»Ja, Feo?«

Feo, ein Mädchen mit riesigen Ohren und dürren Armen brüllte: »Wonjontso Jesu! Bo dsielo, womba omasei ... Unser Herr Jesu, du unser Retter, wir kommen zu dir ...«

Catherine schrieb die ganze Strophe an die Tafel, sang einen Anfangston, alle standen wieder auf, sie hob ihre Arme und ein vielstimmiges Lied, dessen Töne nicht immer der europäischen Tonfolge entsprachen, füllte den Raum. Der Lehrerin wurde es warm ums Herz, als sie den Eifer und die Begeisterung der Kinder sah, dann sagte sie: »Setzt euch. Heute werden wir zusammen das Rechnen üben.«

Eineinhalb Stunden später, ein paar Minuten nach vier, kreischten ihre Mädchen, als sie aus dem Gebäude stürmten, um sich auf den Nachhauseweg zu machen. Catherine ordnete gerade ihre Bücher und Blätter, da hörte sie ein Geräusch an der Tür. Sie dachte, dass noch eine Schülerin vorbeikommen wollte, um sie etwas zu fragen, aber sie sah nur einen dunkelbraunen Arm, der etwas Helles in ihr kleines Zimmer schleuderte und sich blitzschnell zurückzog.

Catherine war so überrascht, dass sie nicht gleich aufsprang, sondern ein paar Augenblicke brauchte, bis sie die Tür erreichte und nach draußen spähte. Da war aber der Bote schon nicht mehr zu sehen. Sie ging wieder in ihr Zimmer zurück und bückte sich. Es war ein Brief, an sie adressiert. Die Handschrift sah nach einem dreizehn- oder vierzehnjährigen Schreiber aus. Eher nach einer Schreiberin. Was mochte in dem Brief stehen? Wollte sie jemand ärgern?

Sie setzte sich und riss den Umschlag auf, der mit selbstgemachtem Leim aus Maismehl und Wasser zugeklebt worden war.

»Verehrte Ma Thompson«, las sie auf Englisch. »Im Namen Gottes grüße ich Dich und hoffe, Du befindest Dich in guter Gesundheit. Der Grund meines Briefes ist leider ein trauriger.

Schon länger hat Dein verehrter Ehemann, Pa Thompson, ein Verhältnis zu einer älteren Schülerin. Sie wurden beobachtet, als sie sich heimlich in einem Raum trafen. Sie waren beide unbekleidet.

Möge Gott Dir Weisheit geben, das Richtige zu tun,

eine aufrichtige Freundin.«

Catherine blieb nach dem Lesen wie erstarrt auf ihrem Stuhl sitzen. Das Blatt glitt ihr aus der Hand, während gleichzeitig eine Kältewelle ihr Herz streifte. Sie hatte gedacht, dass ihre Sorgen in dieser Hinsicht endgültig ausgestanden seien. Und nun das! Es konnte natürlich auch nur ein böser Scherz sein.

Lieber Gott, lass es ein Scherz sein!

Mühsam stand sie auf, blickte sich im Raum um, nahm ihre Sachen auf, tat sie mechanisch in ihre Basttasche, verließ ihr Zimmer und schloss die Tür ab. Wie im Traum ging sie den Weg zurück unter dem Schatten der Guavenbäume. Diesmal hatte sie kein Auge für die Blumen.

Ich muss jetzt ganz klar denken. Ganz klar denken. Das alles kann ein böser Streich sein. Bevor ich nicht mit George darüber geredet habe, gehe ich davon aus, dass es nicht stimmt.

Mit diesem Entschluss betrat sie ihr Haus und roch den Duft von gekochtem Yams mit der üblichen Erdnusssoße, in der kleine, geräucherte Fischstücke schwammen. Abei, ihre Köchin, rumorte in der Küche. Bald würden fünf oder sechs Personen, je nachdem, wer von den Freunden ihrer Tochter da war, um den Esstisch herumsitzen. Sie musste diese Zeit durchstehen, ein freundliches Gesicht zeigen und danach mit George reden. Nein, nicht gleich, er würde nach dem Essen ein kurzes Nickerchen machen. Das wollte sie noch abwarten.

Sie ging in das Wohnzimmer, wo in einer Ecke ihr Schreibtisch stand und der kleine Schrank, den George ihr vor Jahren gezimmert hatte, und sortierte Bücher und Zettel. Sie musste irgendetwas tun, um sich abzulenken. Sie könnte auch nach den Hühnern sehen, ob sie genügend Wasser hatten. Ja, das war besser, denn sie brachte ihre Zettel jetzt sowieso nur durcheinander. Rasch stand sie auf, ging in die Küche und holte einen Eimer.

»Ich schaue nach den Hühnern«, rief sie der erstaunten Abei zu.

Nur jetzt keine Unterhaltung beginnen, sonst fange ich noch an zu weinen!

Sie ging nach draußen, hinter das Haus, wo das Gehege mit den Hühnern stand. Fast alle hatten sich im Schatten eines Flamboyantbaumes mit seinen flammendroten Blüten zusammengeschart.

Unter dem vorspringenden Hausdach stand eine Tonne mit Wasser. Catherine tauchte den Eimer ein, öffnete das Holztor und schüttete Wasser in den hohlen Bambustrog. Als sie aufblickte, sah sie George kommen. Er winkte ihr zu. Sie winkte zurück. Zum Glück machten Rosine und ihre Freundin etwas Kinderlärm beim Essen, sodass sie sich nicht unterhalten und nur das Notwenige sagen musste.

Lächle, Cathy, lächle. Niemand soll etwas merken. Und außerdem kann sich alles noch in Wohlgefallen auflösen.

»Was hast du gesagt, George? Entschuldige, ich war in Gedanken noch bei der Schule.«

»Ich sagte, dass die Schüler heute ziemlich daneben waren. Morgen ist ein Feiertag, und einige wollen Verwandte besuchen. Wahrscheinlich ist es die Aufregung.«

»Ja, ja«, nickte Catherine, »das wird es sein. Wir haben heute ein neues Lied geübt: Wonjontso …! Es klappt schon ganz gut. Sie sind immer so eifrig.«

»Ja«, lachte George. »Das sind sie. Eifrig in allem.«

Eifrig in allem? Was meint er damit? Meint er vielleicht auch eine der älteren Schülerinnen? Ruhig, Cathy. Nimm dich zusammen!

Das Essen zog sich in die Länge. Während George sich auf sein Bett legte, beschäftigte sich Catherine mit einer Näharbeit. Sie konnte sich jetzt nicht ausruhen. Endlich hörte sie Geräusche aus dem Schlafzimmer. Sie sprach ein stilles Stoßgebet, öffnete die Schlafzimmertür und sagte mit einer möglichst munteren Stimme: »Hast du eben kurz Zeit, George? Ich hab da eine Frage …«

»Sicher«, hörte sie Georges Stimme. »Für dich hab ich doch immer Zeit, Liebes.« Er öffnete die Tür. Als er ihr Gesicht sah, fragte er: »Ist es etwas Ernstes?«

»Vielleicht. Komm, lass uns in das Schlafzimmer gehen. Da sind wir ungestört.«

Er zuckte mit den Schultern und setzte sich auf sein Bett. »Also, gut. Ich höre.«

»George«, begann Cathy ohne Umschweife, »ich habe vorhin einen Brief bekommen, in dem eine ungeheure Beschuldigung steht.«

»Eine Beschuldigung? Gegen wen?«

Kam es ihr nur so vor, oder war in Georges Stimme ein Zittern zu hören? »Jemand behauptet, dass du ein Verhältnis mit einer älteren Schülerin hast. Ihr seid angeblich beobachtet worden. Nackt.«

»Was?« George sprang auf.

»Bitte, George, sei nicht so laut. Die Fenster sind offen. Ich beschuldige dich ja gar nicht. Ich wollte dir das nur sagen und …« Sie brach ab. Dann fügte sie leise hinzu: »Was sagst du dazu? Ich war natürlich erschrocken, aber dann hab ich mir gesagt: Bevor ich dich verdächtige, möchte ich von dir hören, wie du das siehst …«

George ging in dem kleinen Raum auf und ab. »Eine Ungeheuerlichkeit ist das! Von wem kam der Brief?«

»Anonym. Jemand hat ihn durch die halb offene Tür meines Zimmers in der Schule geworfen.«

»Zeig ihn mir!«

Catherine griff in ihren Ausschnitt und zog das Blatt heraus. George nahm es und überflog den Inhalt.

»Eine Mädchenhandschrift.«

»Aber George«, sagte Catherine mit angespannter Stimme, »du äußerst dich gar nicht zu dem Vorwurf! Du sagst nicht: Es ist eine Lüge!«

George ließ die Hand mit dem Brief sinken und sagte mit erstauntem Ton: »Du glaubst doch nicht etwa diesem … diesem infamen Schrieb?«

»Ich weiß nicht, was ich davon halten soll. Ich will nur eine Erklärung von dir haben.«

»Es ist eine Lüge, vielleicht ein Schulstreich. Und ich kann mir gut vorstellen, wer dahintersteckt.«

»Wer denn?«

»Ich glaube, es war letzte Woche, da habe ich ein paar ältere Schülerinnen erwischt, wie sie … wie sie vor dem Lagerschuppen standen und getuschelt haben. Mir kam es vor, dass sie mit einer Angel durch das schmale Fenster eine Portion Trockenfische herausgeholt haben, die in Bananenblätter verschnürt waren. Ich habe sie zur Rede gestellt, aber sie haben mich frech angesehen und behauptet, sie hätten die Fische eben auf dem Markt gekauft. Ich konnte ihnen nichts beweisen, habe sie aber heftig ausgeschimpft und gesagt, wenn sie noch einmal auffallen, werde ich es ihren Eltern melden.« Er hob seine Hände. »Und das ist ihre Rache. Natürlich würden sie alles abstreiten, wenn man sie fragt.«

Catherine hatte aufmerksam zugehört und wusste nicht, was sie davon halten sollte. Es klang einigermaßen überzeugend. Manchmal machten Mädchen so etwas.

»Aber George, du hast letzte Woche davon gar nichts erzählt.«

Er machte eine wegwerfende Handbewegung und ging wieder auf und ab. »Ich habe später nicht mehr daran gedacht …«

»Und wie heißen denn die Mädchen?«

George blieb stehen. Auf seine Stirn traten Falten. »Hör mal. Das klingt ja fast nach einem Verhör!«

»Es ist kein Verhör. Ich frage doch nur nach. Ich will Gewissheit haben, George. Du kannst dir gar nicht vorstellen, wie erschrocken ich war. Ich konnte keinen vernünftigen Gedanken fassen.«

Es blieb einen Augenblick still. George schien nachzudenken.

»Zu ärgerlich«, sagte er. »Ich weiß nicht mehr, wie sie heißen, aber ich würde sie sofort erkennen, wenn sie sich noch mal etwas leisten.«

Sie schwiegen beide.

»Am besten«, fing George an, »wir machen überhaupt nichts. Wir lassen das im Sand versickern. Das ist die richtige Art, wie man mit anonymen Briefen umgeht. Man behandelt sie wie Dreck. Was sie ja auch sind: böswillige Gerüchte.«

Catherine saß auf ihrem Bett und war noch nicht überzeugt. »Du sagst also, dass kein Wort davon wahr ist? Du hattest nie ein Verhältnis mit einer Schülerin?«

George stemmte die Hände in die Hüften und sah auf seine Frau herunter. »Also, jetzt reicht es mir, Cathy. Nicht einmal du vertraust mir. Soll ich schwören und mich vor deine Füße werfen? Ich – bin – verleumdet – worden. Begreifst du das? Vielleicht kommst du irgendwann heute noch auf die Idee und entschuldigst dich bei mir!« Empört ging er an ihr vorbei, riss die Tür auf und knallte sie zu.

Catherine schloss die Augen, blieb noch eine Weile sitzen, stand langsam auf und ging ins Wohnzimmer. Von George keine Spur.

Habe ich etwas falsch gemacht? Hätte ich verständnisvoller sein sollen?

Sie fuhr geistesabwesend über die Bücher auf ihrem Schreibtisch und nahm ihr Notizbuch zur Hand. Als sie es aufschlug, las sie den Satz auf Ga, den sie heute Nachmittag aufgeschrieben hatte: »Wenn du ein Tier in die Enge treibst, wendet es sich gegen dich.«

Ein paar Sekunden stand sie da wie vom Donner gerührt, dann wischte sie sich mit der linken Hand über die feuchten Augen und rief nach ihrer Tochter.

13

Basel, 1847

Auf dem Barfüßerplatz schneite es. Ein nasser Schnee, der nur in den kalten, dunklen Winkeln liegen blieb und den Schmutz gnädig zudeckte. Von den Bäumen, die gerade in einer Sonneninsel standen, tropfte es schon unregelmäßig auf das Kopfsteinpflaster.

Johannes zog überrascht den Kopf ein, als er die Tropfen spürte, und blickte blinzelnd in den blassen Himmel. Neben ihm ratterten Kutschen vorbei, und er musste aufpassen, dass er nicht von ihnen gestreift wurde. Der geschmolzene Schnee hatte auch die Pferdeäpfel freigelegt, die die Basler im Frühling gerne wegholten, um ihre Gärten zu düngen, aber im Winter kamen die Straßenkehrer kaum hinterher. Johannes wusste inzwischen schon, dass er sich hüten musste, in die matschigen Halbkugeln zu treten. Es gab einfach hundertmal mehr Schmutz in einer Großstadt als in Gerlingen.

Er hatte die Hände in seiner Jacke vergraben, weil die Handschuhe in seinem Zimmer lagen, und näherte sich dem Rathaus. Ein Bettler, der sich in unzählige Lumpen gehüllt hatte, streckte seine Hand aus. Fetzen eines dreckigen Tuches hingen von seinem Arm herunter. Aber Johannes hatte im Augenblick dafür keinen Sinn. Er konjugierte im Geist die hebräischen Verben: »Katál, Kateláh, katálta, katált …« Plötzlich blieb er stehen. Er kniff die Augen zusammen und hielt seine Hand über der Stirn, um besser sehen zu können.

»Aber, das ist doch …«, murmelte er und ging zögernd weiter, den Blick auf zwei Frauengestalten geheftet, die am Rathaus vorbeischlenderten, um ans Rheinufer zu gelangen. »Ich bilde mir das wahrscheinlich nur ein, aber einen Blick werde ich wohl riskieren müssen«, sagte er zu sich selbst. Er beschleunigte seinen Schritt und überholte die beiden Frauen. Dann, als sei ihm etwas eingefallen, blieb er abrupt stehen, drehte sich um und kam auf die weiblichen Spaziergänger zu, die an ihm vorbeisahen.

»Entschuldigung, die Damen, aber wenn ich mich nicht sehr täusche, bin ich mit der einen von Ihnen verlobt.«

Die Frauen waren stehen geblieben und schauten auf. Beide hatten ihre Hände in Pelzmuffs gesteckt, und zwischen ihren Pelzmützen und dem Mantelkragen blickten ihn neugierige Mädchenaugen an. Die eine trug einen eleganten Mantel mit Pelzbesatz an den Ärmeln, die andere steckte in einem einfachen Wollmantel, der schon leicht abgetragen wirkte.

»Sie müssen sich wohl täuschen, junger Mann«, erwiderte die eine in dem abgetragenen Wollmantel. Unter ihrer Mütze lugte eine blonde Strähne heraus. Die letzten Worte hatte sie mit zitternder Stimme gesprochen, aber jetzt konnte sie sich nicht länger zurückhalten und fing an zu lachen.

»Olga!«, rief Johannes. »Du bist es also doch! Wie um alles in der Welt kommst du hierher?«

»Mit einer sehr, sehr langsamen Postkutsche.«

»Aber ... Was willst du in Basel und ... und ...«

»Was ich hier will? Ich besuche meinen Verlobten. Und weil ich nicht sicher war, ob das heilige Komitee damit einverstanden ist, wenn eine weibliche Person im Missionshaus auftaucht, bin ich einfach gekommen. Ich nehme wohl an, dass ich nicht in deinem Zimmer übernachten kann?«

Johannes blickte Olga erschrocken an. »In meinem Zimmer?«

»Ja, ich könnte doch den Missionsdirektor bitten, mir eine Matratze zu spendieren ...« Sie lachte schon wieder, als sie Johannes' verdutztes Gesicht sah. »Nein, nein, keine Angst. Ich wohne bei Veronika, die ich dir hiermit vorstelle.«

Johannes reichte Veronika erstaunt die Hand, die sie schnell aus dem warmen Muff gezogen hatte, hauchte einen Kuss auf Olgas Wange und begleitete die beiden Mädchen zum Rheinufer.

»Hm«, sagte Olga, während sie am Ufer standen und der kleinen Fähre zusahen, die auf dem Wasser schaukelte, das übersät war mit Tausenden von glitzernden Sonnenpunkten, wenn sich die gelbe Scheibe zwischen die Wolken drängte. »Ich hatte eigentlich gedacht, dass du dich mehr freuen würdest, mich zu sehen.«

»Aber das tu ich doch, Olga«, erwiderte Johannes und bemühte sich, seiner Stimme eine freudige Note zu geben. »Ich bin nur einfach überrascht. Wie ... wie lange willst du denn bleiben?«

Olga hob die Schultern. »Ich weiß noch nicht. Es kommt darauf an, wie lange es Veronika mit mir aushält.«

Johannes wandte sich an Olgas Freundin: »Und Sie wohnen ganz allein in Basel?«

»Nein, nein«, erwiderte sie lächelnd. »Ich wohne bei meiner Familie und habe ein eigenes Zimmer. Wir haben ein zweites Bett hineingestellt.«

»Du musst nämlich wissen«, fing Olga wieder an, »dass Veronika das Lyceum besucht und gerade Winterferien hat. Wir haben uns in Stuttgart bei einer Hochzeit kennengelernt. Und seitdem hat sie mich immer eingeladen, sie einmal zu besuchen. Weil doch auch mein Verlobter in Basel ist und so weiter. Ich glaube, es waren vier Briefe nötig, um mich hierherzulocken. Für mich war es ja eine größere Reise, die die Familie schließlich spendiert hat. Außerdem war ich mir nicht sicher, ob es dir recht ist, wenn dich ein Mädchen besucht und die heiligen Hallen stört.«

Auf Johannes' Stirn bildete sich eine Unmutsfalte. »Heilige Hallen! Du machst dich über das Institut lustig. In diesen Hallen lernen junge Männer, sich auf einen ernsten Dienst vorzubereiten, der vielleicht manchen frühzeitig das Leben kosten wird.«

»Entschuldige!« Olga drückte Johannes' Arm. »Ich bin manchmal so ... so ...«

»... übermütig«, ergänzte Veronika.

»Ja«, seufzte Olga und hob hilflos ihre Arme. »Ich kann nichts dagegen tun. Es überkommt mich manchmal. Aber ich … ich sollte die Dinge des Lebens ernster nehmen.«

»Schon gut, Olga«, murmelte Johannes, »schließlich kenne ich dich schon sehr lange.«

Sie drehte sich zu ihm um und rief: »Und du warst früher auch richtig übermütig und hast mich zum Lachen gebracht. Du bist ernster und blasser geworden, Johannes.« Sie griff nach seiner Hand. »Komm, lass uns am Ufer entlanggehen. Ich fange an zu frieren und außerdem habe ich einen riesigen Hunger. Veronika und ich haben uns heute beim Essen abgemeldet. Wir haben Geld bekommen, um etwas in der Stadt zu essen.« Olga senkte ihre Stimme und fuhr fort, als verrate sie ein Geheimnis: »Veronikas Vater ist nämlich vermögend.«

»Olga!« Veronikas Stimme klang vorwurfsvoll. »Wie das klingt: vermögend!«

»Aber es stimmt doch«, sagte Olga. »Vermögend und etwas freizügig. Wenn meine Mutter wüsste, dass wir beiden Mädchen allein durch eine Großstadt gehen! Aber nun haben wir ja einen männlichen Schutz.«

»Mein Vater würde mir das nicht überall erlauben«, sagte Veronika, während die drei die Stufen zum Uferweg hinunterstiegen. »Aber Basel ist eine ziemlich sichere Stadt. Es hält sich hier kein richtiges Gesindel. Ab und zu ein Bettler vielleicht.«

Da der Uferweg nicht so breit war wie die Geschäftsstraßen, ließ Veronika dem verlobten Paar den Vortritt und ging hinter ihnen her. Immer noch hing ein blasser Himmel über dem Rhein, aber die Sonne, die zwischendurch aufblitzte, kam gegen die nasse Kälte nicht an, die jetzt vom Fluss herüberwehte. Schwäne waren zu sehen, die stolz und hungrig nach Spaziergängern Ausschau hielten in der Hoffnung, ein Stück Brot zu ergattern. Manchmal hingen die Zweige der Weiden oder Erlen über den Weg, sodass Johannes und Olga sich bücken mussten. Olga hatte ihren Muff weggesteckt, ihre Wollhandschuhe angezogen, sich bei ihrem Verlobten untergehakt und genoss den Spaziergang zu zweit, während Johannes seine Blicke über die höher gelegenen Wege gleiten ließ.

»Was schaust du denn immer hin und her?«, beschwerte sie sich nach einer Weile. »Du bist mit dem Herzen gar nicht bei mir.«

»Ach, Olga«, sagte er, »wir leben hier in Basel in einer sittenstrengen Stadt. Wenn mich von den Lehrern jemand sehen würde, wie ich mit einer jungen, hübschen Frau Arm in Arm am Rhein entlangspazierte, würde das ein strenges Gespräch nach sich ziehen.«

»Und wenn?«, fragte sie schnippisch. »Dann erklärst du den Herren eben, dass du mit deiner Verlobten zusammen warst.«

»Auch das würde sie nicht beeindrucken. Im Gegenteil, sie würden weiterfragen: Wie lange ist denn Ihre Verlobte schon hier? Wie häufig treffen Sie sich? Ist es nicht eine zu starke Ablenkung für Ihre Studien? Vielleicht würden sie einen Brief nach Hause schreiben …«

»Hm«, brummte Olga nur und ging stumm weiter. »Ich glaube, ich bringe dir nur Unannehmlichkeiten.« Ihre Stimme zitterte. Wütend warf sie einen Zweig, der auf ihren Ärmel gefallen war, ins Wasser.

»Es tut mir leid, Olga. Trotz allem finde ich es gut, dass du gekommen bist. Wirklich! Das hält die Erinnerung wach und deine … deine lebendige Gegenwart macht mich froh und … stolz. Ja, stolz, dass ich mit einer so schönen und lieben Frau verlobt bin.«

»Wirklich? Das hört sich gut an.« Johannes spürte, dass sie nach seinen Worten viel beschwingter weiterging. »Weißt du was?« Sie drückte seinen Arm ein wenig. »Ich werde es so einrichten, dass wir uns einmal in Ruhe bei Veronika zu Hause unterhalten können. Da geht alles mit rechten Dingen zu und niemand kann dich beobachten.«

»Aber … wie willst du mich benachrichtigen, ohne dass du in deiner übermütigen Art in unser Institut stürmst?«

Olga lachte. »Ich werde dieses große Haus nicht betreten, das schwöre ich. Und ich werde schon einen Weg finden, dir eine Nachricht zukommen zu lassen, ohne dass irgendjemand das Geringste davon bemerkt. Und überhaupt: Was machst du eigentlich gerade?«

»Ich lerne Hebräisch. Eine unglaublich interessante Sprache. Viel origineller als Griechisch. Manchmal bekomme ich direkt eine Gänsehaut, wenn ich mir vorstelle, dass Jesaja oder der König David so geredet haben. Es hört sich an, als ob man beim Sprechen Klötze aus einem Steinbruch schlägt. Weißt du, es gibt in dieser Sprache im Grunde nur zwei Hauptzeiten: das Unvollendete und das Vollendete. Die Feinheiten ergeben sich aus dem Zusammenhang.« Johannes' Augen glänzten vor Begeisterung.

»Hm«, meinte Olga. »Aber manchmal steckt man doch richtig dazwischen und erlebt alles gleichzeitig: Wir sind verlobt, aber noch nicht verheiratet. Mein Verlobter ist vollendet da, aber auch unvollendet da.«

Johannes musste unwillkürlich lachen, wie praktisch Olga seine Sprachstudien anwandte.

»Sag mal was auf Hebräisch!«, forderte sie ihn auf.

»Katál, kateláh, Katálta, katált, katálti …«

»Und was heißt das?«

»Er tötet, sie tötet, du tötest maskulin, du tötest feminin, ich töte …«

»Gruslig! Und so etwas lernt man in einer Missionsschule!«

»Olga, du bist unmöglich, das sind doch nur Beispiele! Vielleicht klingt der erste Satz aus dem dreiundzwanzigsten Psalm besser. »Adonái roi, lo ächesaht – Der Herr ist mein Hirte, mir mangelt nichts.«

»Ja. Schon besser. Es hört sich im Rachen so an, als ob die Hebräer Schweizer sind. Aber ich glaube, wir sollten jetzt lieber die Stufen nach oben gehen, auf den breiteren Weg, damit Veronika nicht böse auf uns wird, weil sie immer hinter uns hergehen muss wie ein Hündchen. Sonst … ehm … katheáh! Außerdem habe ich, wie gesagt, einen Bärenhunger!«

»Was willst du denn essen?«, fragte Johannes, der sich von Olga gelöst hatte und seine Hände rieb.

Veronika hatte die letzte Frage gehört und sagte schnell: »Du musst Rindsgschnetzeltes in einer Dunkelbiersoße essen. Oder Rindsläberli, und zwar mit einer Prise Pfeffer!«

»Pfeffer?«, fragte Olga. »Ist das nicht dieses scharfe Gewürz, das einem die Zunge wegbrennt?«

Veronika lachte. »Es reicht eine winzige Prise davon.«

»Aber auf jeden Fall will ich euren Basler Kaffee probieren. Schön heiß mit Milch.«

»Ich glaube, dann werde ich die Damen jetzt allein lassen«, sagte Johannes, »obwohl sich Rindsgschnetzeltes in einer Dunkelbiersoße ganz gut anhört. Ich wollte mich eigentlich in einer Buchhandlung umsehen.« Er trat schnell zu Olga und gab ihr einen züchtigen Kuss auf die Wange.

»Bis bald«, flüsterte sie.

Johannes ging rasch weiter, drehte sich noch einmal um und winkte Olga zu, dann sah er das Messingschild mit dem darauf gemalten Buch und betrat den Laden, wobei es laut klingelte.

Drinnen war es angenehm warm. In der Ecke stand ein gusseiserner Ofen und bullerte leise vor sich hin. Im hinteren Teil des Ladens, wo das Tageslicht nicht mehr ausreichte, hing eine Petroleumlampe von der Decke. Johannes begrüßte den Inhaber, einen etwas zu kurz geratenen Mann, der hohe Absätze trug, sehr aufrecht ging und versuchte, einerseits ein wachsames Auge auf seine Kunden zu haben und ihnen gleichzeitig das Gefühl zu geben, dass sie sich ungestört umschauen konnten.

Johannes' Füße fanden den Weg wie von allein in die Ecke, wo ein Holzschild mit der Aufschrift »Theologie und Philosophie« an einer Kette von der Decke hing. Während der Student die Buchrücken entzifferte, merkte er, dass er nicht ganz bei der Sache war. Die Begegnung mit Olga wühlte ihn noch auf. Einerseits freute er sich, sie zu sehen, ihre muntere, frische Art war immer belebend, aber auch irgendwie unberechenbar. Ihre Einfälle verwirrten ihn manchmal. Sie begeisterte sich nicht wie er für eine Idee, sondern es kam ihm so vor, als ob wie ein Windstoß in sein Leben fegte und einen Turm umwarf, den er gerade so schön aufgebaut hatte. Ja, das war's. Er liebte es, immer wieder neue Türme zu bauen, und sie warf mit ihrem Lachen und ihren manchmal frechen Bemerkungen alles über den Haufen. Ob das auf Dauer gut ging?

Er fand es im Grunde gar nicht so schlecht, hier in Ruhe zu studieren. Es gab so viel Neues zu lernen. Und Olga hatte vollkommen recht gehabt, dass er sich im ersten Augenblick eher gestört gefühlt hatte, als sie aufgetaucht war. Johannes seufzte. Wie würde sich Olga in Afrika verhalten? Würde sie vielleicht Lachanfälle bekommen, wenn sie Frauen sah, die ihre Lasten auf dem Kopf trugen und die ohne Scham ihre Kinder auf dem Markt stillten?

Einen Tag später, Johannes stand gerade in der Eingangshalle der Basler Gesellschaft und unterhielt sich mit zwei Lehrern, wurde vorsichtig die Tür aufgemacht. Ein Junge von ungefähr zehn Jahren trat zögernd über die Schwelle und trug in der Hand ein Päckchen. Scheu blickte er sich um. Johannes ging auf ihn zu und fragte: »Na, was suchst du denn?«

»Cherr Zimmermann!«

»Na, da hast du ja Glück. Der Herr Zimmermann steht vor dir.«

»Hier isch die Bschtelling vor am Buach!«, bemühte der Junge sich mit seinem bestem Deutsch und hielt Johannes ein Päckchen hin. Sobald Johannes es an sich genommen hatte, rannte der Junge auch schon davon.

»Ah, eine Buchbestellung!«, nickte einer der Lehrer. »Hoffentlich ein Buch für den Unterricht?«

»Ja, ja, sicher«, sagte Johannes, lächelte und ging auf sein Zimmer. Er wusste nicht, dass er ein Buch bestellt hatte. Außerdem musste er jeden Rappen umdrehen und konnte sich so einen Luxus gar nicht leisten.

Zum Glück war sein Kamerad nicht auf dem Zimmer. Er war wohl schon zum Mittagessen gegangen. Im Stehen öffnete Johannes das Papier und blickte auf den Buchtitel: »Hebräische Lernhilfen zum Alten Testament«.

Als er die Seiten durchblätterte, fiel ein Zettel heraus und landete auf dem Bett. Johannes griff danach und las eine Notiz in der zierlichen Handschrift eines Mädchens: »Morgen um halb vier in der Schnabelgasse 4. Bitte komm, sonst: Katál … oder so ähnlich.«

Johannes musste grinsen. »Olga! Unglaublich!«

Er faltete den Zettel zusammen, steckte ihn ein und ging zum Mittagessen. Es gab Basler Mehlsuppe und Bratkartoffeln mit Schinkenwürfeln, so viel hatte er in der Halle schon gerochen.

* * *

Am nächsten Tag kurz vor halb vier ging Johannes mit klopfendem Herzen die Spalenbergstraße hinunter. Er bemühte sich, langsam zu gehen und nicht aufzufallen. Die übernächste Straße würde die Schnabelgasse sein.

Es war nicht so kalt wie gestern. Eine dicke, geschlossene Wolkendecke hatte die Wärme am Boden gehalten und das trübe Buttermilchlicht verwischte das dumpfe Rot der Dachziegel und verwandelte das saftige Grün der Tannenzweige auf den Fenstersimsen in ein mattes Blaugrün. Diesmal hatte Johannes seine Handschuhe angezogen, damit der erste Händedruck Olga nicht erschauern ließ.

Während er nach dem Straßenschild Ausschau hielt, fragte er sich, was er sich von diesem Nachmittag eigentlich erhoffte. Veronikas Eltern würden es sicher nicht gut heißen, wenn ihre Wohnung dazu diente, dass ein fremder Mann mit der Freundin ihrer Tochter allein zusammen war. Also würde Veronika bei ihnen sein, um den Anstand zu wahren. Und was sollte man dann reden? Die Dinge, die Johannes auf dem Herzen hatte, konnte er dann doch nicht sagen. Und sonst? Viel mehr, als sich an den Händen zu halten, wäre wohl nicht passend.

Ach, dass Olga gekommen war, machte alles so schwierig. Sie verwirrte ihn nur! Und doch ... ihre Gegenwart machte ihn auf angenehme Art unruhig. Ihr frisches Gesicht, ihre Figur, die sich unter dem Mantel abgezeichnet hatte. Wie sie ihn mit ihrer Hand leicht berührt, wie sie sich beim Unterhaken an ihn gedrängt hatte! Es wäre schön, wenn er sie einmal in Ruhe küssen könnte, ohne dass jemand dabei war. Er erinnerte sich noch genau an ihren warmen, weichen Mund ...

Ah hier, Schnabelgasse. Nummer vier war nicht schwer zu finden. Er zog an der Klingel und wartete.

Hinter der Tür hörte er Schritte. Man erwartete ihn. Ein junges Mädchen im dunklen Kleid mit einer weißen, gestärkten Schürze öffnete und fragte: »Herr Zimmermann?«

»Ja, der bin ich.«

»Darf ich Ihnen den Mantel abnehmen?«

Johannes nickte, zog seinen Mantel aus und reichte ihn ihr. Sie hängte ihn an die Garderobe und sagte: »Kommen Sie. Die Herrschaften sind gerade nicht da, aber die jungen Damen erwarten Sie schon.« Sie ging voraus und öffnete eine dunkle Tür. »Bitte schön.«

Er hörte das Rascheln von Stoff und eilige Schritte.

»Da bist du ja!«, rief Olga, wollte ihn umarmen, besann sich aber und gab ihm nur die Hand.

Sie sah entzückend aus. Über ein dunkelblaues Kleid, das an den Ärmeln und an dem Saum mit weißen Spitzen verziert war, trug sie eine eng anliegende Jacke, die ihre Figur betonte. Ihr blonden Haare hatte sie hoch gesteckt, zu einer kunstvollen Frisur gebunden und hellblaue Bänder darin verwoben. Im Hintergrund hatte sich Veronika erhoben, kam auf ihn zu und begrüßte ihn freundlich.

»Es wird gleich Kaffee und Kuchen serviert«, sagte Olga und kicherte. »Es wird serviert! Wie das klingt. Irgendwie vornehm. Und stell dir vor«, fuhr sie fort und zeigte auf ein Klavier, das an der rechten Wand stand, »Veronika hat Noten von diesem Schuhmacher und …«

»Schumann, Olga!«, korrigierte Veronika.

»Schumann! Es sind so entzückende kleine Stücke. Veronikas Mama hat uns etwas vorgespielt und es hörte sich so … so innig und schlicht an, dass einem schier die Tränen kommen … und dann klang es plötzlich überraschend, dass man lachen muss. Veronika ist erst in den Anfängen, aber du kannst doch auch spielen, Johannes! Spiel uns etwas!«

Johannes musste unwillkürlich lachen bei diesem Ansturm, und Veronika sagte in gespieltem ernsten Ton: »Nun lass ihn doch erst mal hier ankommen, Olga. Wir trinken Kaffee und dann kann er etwas spielen, nicht wahr, Herr Zimmermann!«

»Genau so. Und wenn ich dann …« Er wurde unterbrochen, weil die Tür aufging und das Mädchen von vorhin mit einem Tablett erschien und Tassen, Kaffee und Gebäck auf einem kleinen runden Tisch verteilte, über den eine weiße Damastdecke gebreitet war, die fast bis zum Boden reichte. An einer Seite schaute ein besticktes Fußkissen heraus.

Johannes sah sich unauffällig weiter um: Dunkelrote Samtvorhänge an den Fenstern, mit einem Band zusammengerafft. An der Wand, gegenüber dem Klavier, stand ein Bücherschrank mit Glastüren und über dem Kamin, in dem ein Feuer brannte, hing das Bild einer Berglandschaft. Es war draußen so ein trübes Licht, dass die Gaslampe an der Decke brannte und einen weichen Lichtschimmer in das Zimmer warf.

Gut situierte Leute, dachte Johannes und probierte den Kaffee. Er schmeckte ihm ausgezeichnet. Und auch die Äpfelitarte, die ihm Veronika empfohlen hatte, machte Lust auf mehr. In der Missionsschule konnte man sich solch einen teuren Kaffee und diesen wunderbaren frischen Apfelkuchen nicht leisten.

Während die beiden Mädchen noch mit Kaffeetrinken beschäftigt waren, stand Johannes auf, fragte, ob er das Klavier benutzen durfte, und ging dann hinüber zu dem Pianoforte. Oben auf dem Instrument lag ein in Leinen gebundenes, dünnes Buch. Johannes öffnete den Deckel und las: »Werke für Klavier zu zwei Händen von Robert Schumann, Band 1, Leipzig, C. F. Peters.« Er blätterte um und sah, dass die ersten Stücke unter der Überschrift »Kinderszenen« zusammengefasst waren. »Von fremden Ländern und Menschen« hieß das erste. Es war nur eine Seite lang, und was er beim flüchtigen Notenlesen sah, war nicht so schwer vom Blatt zu spielen. G-Dur, keine schnellen Läufe und eher langsam. In der linken Hand ein gleichbleibender bewegter Rhythmus, der jeweils von der rechten Hand übernommen wurde, und darüber: eine scheinbar leicht beschwingte Melodie.

Johannes klappte den Deckel auf, setzte sich auf den Hocker, stellte ihn auf seine Größe ein und begann langsam zu spielen. Im Hintergrund hörte er die Mädchen flüstern, die bald damit aufhörten und ruhig wurden. Das Stück klang wie ein langsamer, gleichmäßig dahinströmender Fluss, über dem eine liebliche Melodie schwebte. Oder war es ein Segelboot, das auf den Wellen tanzte? Bei der Wiederholung war außer dem Zischen der Gaslampe und dem Knistern des Feuers nichts zu hören. Die Mädchen saßen wie gebannt da.

Johannes stockte bei einer Stelle.

Ah, ein raffinierter Zwischenschluss mit Ritardando, der unauffällig wieder in das Anfangsthema gleitet.

Er wiederholte die Stelle. Sie gefiel ihm. Johannes spielte das ganze Stück noch einmal von vorne. Jetzt, wo er die Gesamtkomposition verstand, konnte er sich von den fließenden Klängen entführen lassen in fremde Länder, zu fremden Menschen mit dunkler Haut.

Olga und Veronika klatschten begeistert. Ihre Gastgeberin stand auf.

»Wunderbar vom Blatt gespielt, Herr Zimmermann.«

»Nun«, sagte Johannes, »es war nicht besonders schwer, wenig Vorzeichen, fast ein Adagio …«

»Du musst nicht Herr Zimmermann sagen«, beschwerte sich Olga. »Er heißt Johannes! Nicht wahr, das ist dir doch auch recht?«

»Natürlich.«

»Und jetzt«, fügte Veronika ohne Übergang hinzu, um den peinlichen Augenblick zu überbrücken, »zeig ich euch mein Zimmer – oder zurzeit unser Zimmer.«

Die drei stiegen eine Etage nach oben und Johannes stand bald darauf in einem Raum, dessen zartblaue Tapete und weiße Kommode mit Spiegel ihn sofort an ein Mädchenzimmer denken ließ. Das zweite Bett, in dem Olga schlief, stand direkt neben Veronikas und ließ den Raum kleiner erscheinen.

Bevor Johannes reagieren konnte, sagte Veronika: »Ich lass euch beide jetzt allein. Ich muss nämlich noch etwas Dringendes besorgen. In einer halben Stunde bin ich zurück.«

Ohne eine Antwort abzuwarten, war sie so schnell wie der Wind verschwunden.

Johannes und Olga blickten sich überrascht an.

»Ist sie nicht bezaubernd?«, flüsterte Olga. »So … so feinfühlig.«

»Ich weiß nicht«, murmelte Johannes. »Wie ich dich kenne, hast du ihr wahrscheinlich einen kleinen Hinweis gegeben.«

»Und wenn? Darf ich denn nicht mit meinem Verlobten eine kleine Weile allein zusammen sein, ohne dass uns jemand stört?«

»Ich weiß nicht, ob das Veronikas Eltern recht ist, wenn wir … wenn wir…«

»Wenn wir uns zum Beispiel küssen?«, fragte Olga, umarmte Johannes und hielt ihm mit geschlossenen Augen ihren Mund hin. Dieses Angebot konnte er schlecht ausschlagen, und er genoss die Wärme von Olgas Körper, ihre weichen Lippen und den Rhythmus ihres Atems. Vielleicht ist sie doch die richtige

Frau für Afrika, dachte er und legte seine Hand auf ihre Taille. Braucht man nicht etwas Zärtlichkeit in einer Gegend, wo Europäer tödliche Krankheiten bekommen? Johannes fuhr mit seiner Hand an ihrem Rücken entlang bis zum Nacken.

Langsam machte sich Olga los. »Puhh! Mir wird ganz anders!«, sagte sie schwer atmend. »Ich muss mich setzen. Die Hitze steigt mir in den Kopf!«

Johannes lächelte, setzte sich neben sie auf das frisch gemachte Bett und hielt ihre Hand. Sie war einfach reizend, schön und impulsiv wie die Musik von Beethoven. Es gab sicher keine bessere Frau für sein Leben als Olga.

Plötzlich drückte sie Johannes' Hand und zuckte zusammen.

»Was ist?«, fragte Johannes besorgt.

»Ich glaube, ich habe einen Schluckauf«, lachte sie. »Vom Küssen!«

14

Christiansborg, Goldküste, 1849

»Wo bist du, George?«, rief Catherine und ließ sich von ihrer Köchin das Mieder schnüren. Eigentlich war es zu heiß dafür, aber an diesem Abend brauchte man Haltung.

»Ich bin im Schlafzimmer und öle meine Haare«, hörte sie die bekannte Stimme.

»Danke, Abei, den Rest schaffe ich allein«, sagte Catherine zu ihrer Haushaltshilfe.

Er ölt sich die Haare, wiederholte sie in Gedanken und dachte dabei an ihren Vater, den Häuptlingssohn, der in Luanda eine Stelle als Sekretär gehabt hatte und sich regelmäßig seine Haare ölte, um sie glatter zu machen. Wenn er seine kleine Gewe auf den Arm nahm und sie »minha gatinha« nannte, »mein kleines Kätzchen«, dann roch sie den süßen Geruch von Vaters Haaröl. Und sie mochte das. Sollte George sich ruhig seine Haare ölen und einen guten Eindruck machen, schließlich waren sie nicht so oft bei Captain Whoolsey eingeladen, der rechten Hand des britischen Gouverneurs Winniett.

Catherine seufzte und überlegte: Ich wollte doch Charlotte, seiner gelangweilten hübschen Frau vorschlagen, mir beim Unterrichten zu helfen. Vielleicht ergibt sich heute Abend eine Gelegenheit. – »Böse Cathy«, murmelte sie, während sie eine frisch gebügelte Bluse anzog. »Charlotte kann ja nichts dafür, dass sie sich langweilt.«

Sie fuhr mit der Hand über ihre Haare. Zum Glück hielt ihre Frisur von heute Morgen noch: ein Mittelscheitel und streng zur Seite geflochtene Haare. Es musste für die weißen Frauen lästig sein, wenn sie sich alle paar Stunden neu frisierten. Manchmal hielten afrikanische Haare eine ganze Woche, wenn sie ordentlich geflochten und gebunden waren.

Catherine verließ die Küche und ging ins Schlafzimmer, um sich in dem einzigen Spiegel, den sie hatten, anzusehen und einen kritischen Blick auf die geölten Haare ihres Mannes zu werfen.

»Gut, dass du kommst, Liebes«, sagte George, der vor dem Spiegel stand und zwei Krawatten in der Hand hielt. »Was meinst du, welche passt besser zu dem dunklen Anzug, die rot gepunktete oder die gelb gestreifte?«

»Die gestreifte!«

Jemand klopfte an die Eingangstür. »Wir kommen!«, rief George.

»Warum warten sie auf uns?«, fragte Catherine.

»Wir haben abgemacht, dass es besser ist, wenn wir als Missionare alle gemeinsam ankommen«, sagte George. »Du weißt ja, wir werden sowieso eine eigene Gruppe sein.«

Catherine nickte, während sie mit George zum Ausgang ging und an der Tür die Petroleumlaterne mitnahm, die gefüllt und gereinigt war und auf kleiner Flamme brannte. Die anderen Gäste, ein paar britische Verwaltungsbeamte mit Frauen, ein dänischer Offizier und zwei, drei Durchreisende aus Europa, ließen manchmal spitze Bemerkungen fallen, wenn sie die Missionare sahen, als wären sie fremde Eindringlinge und wollten das Land schädigen. Dabei war es doch genau andersherum: Wer schleppte denn Gold und Elfenbein aus diesem Land heraus und bereicherte sich? Sie dagegen brachten Bildung und Gottesfurcht und versuchten, die einheimischen Sprachen zu erforschen.

Draußen war es schon dunkel. Jeden Tag um die gleiche Zeit ging die Sonne unter, immer gegen halb sieben, das ganze Jahr über. Darauf konnte man sich jedenfalls verlassen.

Catherine drehte am seitlichen Rädchen den Docht ihrer Lampe höher, damit es etwas heller wurde und sie nicht in ein Straßenloch trat. Die Lichter der Handlaternen schaukelten durch die enge Gasse, die bald in eine breite Geschäftsstraße mündete, in der ihnen der Abendlärm entgegenströmte. Überall sah man jetzt Kerzen und Leute dabei, die in der Dämmerung noch etwas verkaufen wollten: Fische, Früchte und Stoffe. Hunde streunten umher, und ein klappriger Wagen, von einem Esel gezogen, holperte über die Erdstraße. Aber es war nicht nur der Lärm, der sie umspülte, sondern auch die Hitze, die zwar jetzt allmählich nachließ, aber immer noch so viel Kraft besaß, dass sie den Schweiß auf die Stirn trieb, ohne dass man sich groß bewegte. Es roch nach altem Öl und nach Fisch.

Catherine gesellte sich beim Gehen zu Anna, einer deutschen Krankenpflegerin, die vor drei Monaten mit dem Schiff angekommen war. Es war kein angesehener Beruf und Anna hatte dafür kämpfen müssen. Eigentlich sollte Anna hier heiraten, war von der Basler Gesellschaft ausgesucht worden, um einem Missionar die Einsamkeit zu nehmen. Eine arrangierte Fernehe. Der zukünftige Bräutigam hatte Anna sehnlichst erwartet, aber war nach kurzer Krankheit gestorben, einen Tag, bevor das Schiff gelandet war. Ein weiteres Opfer der Ruhr.

Annas Trauer hielt sich in Grenzen, weil sie ihren künftigen Ehemann nicht gekannt hatte. Und als sie ihn im Sarg liegen sah, schauderte sie und sandte ein Dankgebet zum Himmel. Eine Knollennase ragte aus seinem eingefallenen, bärtigen Gesicht, und seine Lippen waren dünn wie Rasiermesser.

Anna war klein und zierlich, aber konnte gut zupacken und hatte sich in die Arbeit geworfen, sodass Catherine sie bremsen musste.

»Hier gilt die Regel, dass man etwas weniger arbeitet als zu Hause«, hatte sie erklärt, »sonst wird man krank. Das Klima zu ertragen, ist schon Arbeit genug. Rudolf, dein Fast-Ehemann, kannte keine Grenzen. Vielleicht ein Grund, warum er der Krankheit keine Kraft entgegensetzen konnte.«

Anfangs hatte Anna sie ungläubig angestarrt, aber nach vier Wochen bewegte sie sich tatsächlich um eine Spur langsamer, wenn sie durch die Straßen ging oder die Treppen hochstieg.

Manchmal musste Catherine lachen, wenn Anna ein paar lustige Ausdrücke im Englischen verwendete und sie mit ihrer süddeutschen Sprachmelodie vermischte. Sie stammte aus dem Nordschwarzwald und hatte manchmal sogar Probleme, von ihren eigenen Landsleuten verstanden zu werden. Dann sagte sie ärgerlich: »Sapperlot!«, ein merkwürdiges Wort, das aber nichts mit Essen zu tun hatte.

»Was machen wir eigentlich bei den Whoolseys?«, fragte Anna und hob ihren langen Rock, der sich sonst in einem stachligen Gestrüpp verfangen hätte. »Da sitzen wir doch nur herum, oder?«

»Oh nein, Anna, es wird nett. Es gibt etwas Gutes zu essen. Das lernt man nach einer Zeit hier durchaus zu schätzen. Für uns ist so eine Einladung ein Fest. Die Männer freuen sich auf Zigarren und Whisky, man knüpft Kontakte, versucht, die Arbeit der Mission gut darzustellen und darauf hinzuweisen, dass es Gott gibt …«

»Trinken denn unsere Missionare Whisky?«

»Natürlich nicht!«, erwiderte Catherine. »Sie lehnen jedes Mal höflich ab, obwohl mein Mann in Jamaika nicht ganz so strikt war, aber hier …«

»Hm, wenn es Wein gäbe, würde ich wohl ein Gläschen probieren«, sagte Anna.

»Du trinkst Alkohol?«

»Dort, wo ich herkomme, trinken wir alle ab und zu abends ein Gläschen Wein. Auch für Christen ist es ganz normal, Wein zu trinken. Und hat nicht unser Herr Wasser in Wein verwandelt?«

Catherine nickte. »Das stimmt schon. Aber ich denke, wenn er heute hier auf der Erde gelebt hätte, wäre er wohl mit seinen Worten und Taten vorsichtiger gewesen …«

»Aber zu seiner Zeit in Israel wurden die Leute doch auch betrunken, oder nicht?«

»Wir sind da«, sagte Catherine stattdessen.

Die Gruppe der Missionare wurde hereingebeten und gleich auf die Terrasse geführt, die zum Meer hin offen war. Ein einheimischer Angestellter servierte auf einem Tablett kalte Getränke. Rings um die Terrasse steckten Fackeln in der Erde und verbreiteten ein flackerndes Licht. Zwei Kanonen an den Ecken zielten unbestimmt auf das Meer – ein Überbleibsel aus kriegerischen Zeiten. Ungefähr fünfzehn oder zwanzig Leute standen in Gruppen zusammen und genossen die Aussicht auf das Wasser, das an diesem Abend völlig ruhig dalag. Eine erfrischende Brise strich ab und zu über die feuchten Gesichter der Gäste.

»Ach, der Sternenhimmel hier ist einfach atemberaubend«, flüsterte Anna Catherine zu. »Ich kann mich nicht sattsehen. Bei uns im Schwarzwald sieht man längst nicht so viele Sterne, und seit wir Gaslaternen an den Straßen haben, sogar noch weniger. Und der Mond sieht hier wie eine Wiege aus. Es ist so …«

Eine Glocke läutete und unterbrach Annas himmlische Gedanken. Das Zeichen, dass die Gäste zu den Vorspeisen hereingebeten wurden. Die Ehepaare saßen jetzt zusammen, aber Anna hatte es geschafft, einen Platz neben Catherine zu bekommen.

Am Kopfende der Tafel stand Captain Conrad D. Whoolsey auf, strich mit der rechten Hand sein weißes Haar zur Seite und räusperte sich.

»Sehr verehrte Gäste, mein lieber Frederik Brandtstrøm mit Gattin, herzlich willkommen auch die leitenden Angestellten unserer Verwaltungsbehörde mit ihren Frauen, liebe durchreisende Freunde und verehrte Missionare der Basler Gesellschaft. Ich darf Sie wieder einmal als meine Gäste begrüßen und freue mich, dass Sie der Einladung gefolgt sind. Besonders genießt meine Gattin Charlotte Ihre Gegenwart an diesem Abend.« Er neigte seinen Kopf zu seiner Frau, die im hochgeschlossenen dunklen Seidenkleid neben ihm saß, lächelte, ziemlich schwitzte und ihre gewaltige Haarpracht kunstvoll dekoriert hatte.

Meine Güte, was für wunderbare Haare Charlotte hat, dachte Catherine neidisch und fühlte sich mit ihren geflochtenen Haaren irgendwie deplatziert.

»Wie ich gestern erst gehört habe«, fuhr Whoolsey fort, »wird sich im Postwesen einiges ändern, meine Damen und Herren. In den kommenden Monaten werden sogenannte »stamps« oder »Briefmarken«, wie es auf Deutsch heißt, eingeführt. Den dänischen Ausdruck kenne ich nicht. Jedenfalls muss man die stamps kaufen, auf den Brief kleben, worauf sie dann gestempelt werden. Dann erst wird die Post abgeschickt.«

Er lachte etwas gönnerhaft, als sich ein leises Gemurmel erhob, und fügte hinzu: »Ich weiß, ich weiß, eine lächerliche Idee. Da macht man sich nun die Mühe, schreibt einen Brief, damit ein anderer eine wichtige Mitteilung bekommt, und muss obendrein noch bezahlen, anstatt dass der Empfänger wie bisher die Kosten trägt. Nun ich … ahm … denke, dass sich diese Verrücktheit auf Dauer nicht durchsetzen wird. Die Welt heutzutage überschlägt sich ja förmlich mit neuen Erfindungen. Jetzt soll sogar jemand ein Rad erfunden haben, das einen aufpumpbaren Gummireifen hat. Er soll angeblich die Schlaglöcher bei Kutschfahrten dämpfen und das Reisen angenehmer machen. Hoffentlich bekommt man keine Magenkrämpfe, wenn man in so einer Gummikutsche hoch und runter hüpft – und wehe, wenn ein Nagel auf der Straße liegt!«

Einige lachten gedämpft.

»Aber genug von den Neuerungen aus Übersee. Lassen Sie uns die Früchte des Landes als Vorspeise genießen. Ich bitte Missionar Stanger, das Tischgebet zu sprechen!«

Es gab Ananasstücke, Kokosnussfleisch, geröstete Bananen und Maiskolben, Mangostücke und mit Zitronensaft beträufelte Papayas.

»Köstlich«, sagte Anna halblaut zu Catherine. »Übrigens, das mit den Briefmarken, die man vorher kaufen muss, finde ich gar nicht so schlecht. Meine Tante Klärle hat mir während meiner Ausbildung unglaublich viele Briefe geschrieben, die meinen Geldvorrat ziemlich angegriffen haben. Sicher wäre sie mit den neuen Briefmarken zurückhaltender gewesen.«

»Weißt du«, meinte Catherine, »für uns hier ist ein Brief etwas ganz Großes. Und wenn die Leute aus der Heimat dafür zahlen müssen, wenn sie an uns schreiben, überlegt es sich mancher, aber vielleicht werden ja dann die Briefe in Basel gesammelt und mit dem nächsten Schiff einem Bekannten mitgegeben, der sie dann verteilt. Das würde Kosten sparen …«

Anna aß mit großem Genuss von der Ananas und flüsterte: »Und sonst saß wohl Rudolf, mein Fast-Ehemann, hier?«

Catherine nickte: »O ja, er war auch dabei und hatte immer einen gesegneten Appetit.«

»Also«, sagte Anna, »ich bin gar nicht so traurig, dass ich nicht mit ihm verheiratet bin. Er sah so … so gruselig aus in dem Sarg.«

»Aber Anna«, lächelte Catherine, »er war ja auch wochenlang

krank und ganz ausgezehrt. Du hättest ihn vorher erleben sollen. Kein schlechter Mann, glaub mir …«

Jedenfalls nicht so leichtsinnig wie George, dachte sie.

Nach dem Hauptgang, der aus englischem Beef, grünen Bohnen und gekochtem Yams bestand, klopfte Whoolsey an sein Glas. Die Gespräche verstummten.

»Wie mir zu Ohren gekommen ist«, sagte er und blickte in die Richtung des dänischen Offiziers, »trägt sich die dänische Regierung mit dem Gedanken, sich allmählich von der Goldküste und insbesondere von Christiansborg zurückzuziehen. Das würde bedeuten, dass wir Sie, verehrter Brandstrøm, bald nicht mehr als unseren Gast begrüßen könnten …«

Brandstrøm schob den Stuhl nach hinten, stand auf und räusperte sich. »Es ist in der Tat davon die Rede, Captain Whoolsey. Ich schätze, dass es aber noch zwei, drei Jahre dauern wird, bis alles abgeschlossen ist. Dänemark muss ein paar drastische Sparmaßnahmen durchführen und hat nicht die unermesslichen Vorräte eines britischen Weltreiches zur Verfügung. Also, rechnen Sie erst in zwei Jahren mit meinem Weggang. Bis dahin werde ich Ihre ausgezeichnete Gastfreundschaft weiter zu schätzen wissen.« Er setzte sich und nickte den Anwesenden wohlwollend zu.

»Vielen Dank, Mr Brandstrøm. Nun … ahm, dann möchte ich vorschlagen, dass wir vor dem letzten Gang noch eine kleine Pause einlegen und uns die Beine vertreten. Die Herren können gerne von meinen Zigarren nehmen und von dem schottischen Whisky, der Ihnen bei der Verdauung behilflich sein wird. Übrigens ein sechzehn Jahre alter Dalmore, natürlich single malt. Für die Damen wird im Nebenzimmer Tee und Likör bereitstehen.«

Alle erhoben sich, und in dem allgemeinen Gemurmel flüsterte Catherine ihrem Mann zu: »Bitte, George, keinen Whisky.«

»Ist ja gut, Cathy. Ich werde mich zusammenreißen, obwohl ich nicht einsehe …«

»Bitte, George!«

George verdrehte die Augen nach oben und begab sich mit den Männern auf die Terrasse, wo schon einige Angestellte mit Tabletts warteten.

Catherine hasste diese förmlichen Teegespräche unter Damen. Es musste Konversation gemacht werden, die meistens daraus bestand, dass irgendwelche Unglücksfälle durchgesprochen wurden. Oder die neueste Mode aus England und Paris wurde belächelt. Außerdem spürte sie eine ganz leichte Feindseligkeit, wenn sie im Raum war, die von diesen Damen ausging. Offensichtlich fühlten sie sich nicht wohl, wenn eine schwarze Missionarin neben ihnen saß und sich einbildete, den gleichen Rang zu haben wie sie.

So entschuldigte sich Catherine nach einer angemessenen Zeit und verließ den Teeraum, um abseits der Männer ein bisschen frische Luft zu schnuppern. Die Terrasse war ja groß. Sie ging an den Rauchern vorbei, die gut gelaunt in politische Debatten verstrickt waren und zunehmend lauter wurden. Die Missionare standen in einer Ecke und unterhielten sich leise. Cathy blickte hinüber, konnte aber George weder dort noch bei den Rauchern entdecken.

Wo nur George wieder steckte, dachte sie und fürchtete, dass er vielleicht doch ein Glas Whisky angenommen hatte und irgendwo versteckt das goldene Getränk genoss. Sie seufzte, verließ die Terrasse und ging durch den geräumigen Flur. Von George keine Spur. Sie horchte an den anderen Türen. Nichts zu hören. Einem Impuls folgend, stieg sie die breite, mit einem dicken Teppich belegte Treppe hinauf, blieb oben auf dem Absatz stehen und sah sich um. Auch hier war alles ruhig. Nein, da war ein Geräusch weiter hinten, als ob jemand lachte. Sie folgte den Tönen und stand vor einer geschlossenen Tür.

Plötzlich legte sie die Hand auf ihre Brust, denn jetzt hörte sie Georges Stimme. Sie konnte zwar nicht die Worte verstehen, aber es war ganz klar seine Stimme. Was machte er hier? Hatte er eine geheime Unterredung mit Whoolsey? Vorsichtig trat sie näher und hielt ihr Ohr gegen das Holz. Jetzt lachte eine Frau. Das war ... ja! Das war zweifellos Charlotte! Catherines Herz schlug schneller. Was machte George mit Charlotte allein in diesem Zimmer? Sie blickte sich um, sah niemanden, bückte sich und schaute durchs Schlüsselloch. Was sie sah, ließ sie erstarren. Sie konnte sich gerade noch beherrschen, sonst hätte sie einen Schrei ausgestoßen.

Völlig durcheinander taumelte sie zurück, hielt sich am Geländer fest und schlich so leise wie möglich die Treppe nach unten. Wenn ihr jetzt jemand entgegenkäme, würde sie nach einer Toilette fragen. Nur noch rasch über den Flur auf die Terrasse, bevor jemand etwas merkte.

»Catherine!«

Sie zuckte zusammen. Zum Glück war es nur Anna. »Ich hab dich überall gesucht! Wo warst du denn?«

»Ich bin ... ich hab nach einer Toilette Ausschau gehalten.«

»Fühlst du dich nicht gut? Du siehst so ... so grau aus im Gesicht.«

»Ja, es geht mir nicht gut. Vielleicht hab ich irgendetwas vom Essen nicht vertragen. Lass uns auf die Terrasse gehen. Das Meer wirkt immer beruhigend und ...«

»Und der Sternenhimmel.«

»Ja, der Sternenhimmel sollte mich ablenken. Dazu ist er doch schließlich da, oder nicht!«

Sie musste sich an Annas Arm festhalten, sonst wäre sie an der Schwelle zur Terrasse gestolpert.

15

Catherine wusste hinterher nicht, wie sie es geschafft hatte, den Abend zu überstehen. Haltung bewahren, sagte sie sich immer wieder und dachte an ihr Mieder, das Abei vor dem Abend festgeschnürt hatte. Sie versuchte zu lächeln, wenn Lächeln angesagt war. Sie beobachtete, wie George zurückkam und es so anstellte, als käme er von der Terrasse. Ein wenig später, rechtzeitig zu Käse und Dessert, erschien Charlotte mit glühendem Gesicht. Catherine sah, dass ihre Frisur nicht mehr richtig saß und nur halbwegs in Ordnung gebracht worden war. Mehrmals fing sie schnelle Blicke zwischen den beiden auf und ein angedeutetes Lächeln von Charlotte.

Sie biss sich auf die Zähne, um nicht laut loszuweinen. Also war doch alles wahr, dachte sie verzweifelt. Die Sache mit den Schülerinnen. Und früher auf dem Schiff war George wohl auch schon mit Charlotte zusammen gewesen. *Mein Gott, wenn ich mir vorstelle, wie oft er sich heimlich mit Charlotte schon getroffen hat, dann wird mir ganz übel.*

Auf dem Rückweg hängte sie sich bei Anna ein, die immer noch dachte, dass Catherine eine leichte Magenverstimmung hatte.

Was soll ich bloß tun? Was soll ich tun? Soll ich ihn heute Abend zur Rede stellen? Aber wenn ich es nicht tue, wie soll ich die Nacht neben ihm überstehen, wenn er womöglich mit mir schlafen will?

Als sie das stille Haus betraten, dachte Catherine: Wie lange werden wir wohl noch darin wohnen? George verschloss leise die Tür, drehte sich zu Catherine um und sagte gut gelaunt: »Wieder mal ein wunderbarer Abend bei dem alten Whoolsey …«

»Ja, bei dem alten Whoolsey mit seiner jungen, schönen Frau.«

»Genau, Cathy, du hast recht. Die beiden passen eigentlich

nicht zusammen. Das ist mir schon damals auf dem Schiff aufgefallen.«

»Und wie ich annehme, hast du Charlotte auch schon damals auf andere Gedanken gebracht!«

Sie hatten die Lampen im Flur abgestellt und heruntergedreht, sodass nur noch ein Schimmer zu sehen war, damit Rosine und der kleine George, wenn sie nachts wach wurden, ein wenig Licht hatten.

Bei den letzten Worten blieb George stehen und sagte: »Was willst du damit sagen, Cathy? Das klingt so abfällig, als ob ich«, er lachte, »... als ob ich etwas mit ihr angefangen hätte.«

Auch Cathy blieb stehen. »Und warum nicht, George? Es war eine lange Reise damals auf dem Schiff, Charlotte ist schön, der Ehemann langweilig, und deine Frau war schwanger und abweisend.«

»Soll das eine Anschuldigung sein?«

»Komm, George, lass uns ins Schlafzimmer gehen, sonst werden noch die Kinder wach!«

Sie ging schnell den Flur entlang und verschwand im Schlafzimmer. George kam hinterher, schloss die Tür und ließ sich aufs Bett fallen.

»Du hast doch irgendetwas, Cathy?«

»Ja, du hast recht. Mir fiel zum Beispiel heute Abend auf, dass Charlotte und du eine Zeit lang verschwunden wart. Und da wird man misstrauisch.«

»Wieso?« Georges Stimme klang leicht angespannt. »Hat man das gemerkt? Hat jemand etwas gesagt?«

»Soweit ich weiß, nicht. Aber mir fiel es eben auf.«

George atmete hörbar aus. »Es ist also nur deine Eifersucht. Stimmt's, Cathy?«

Sie tat so, als blicke sie aus dem Fenster, dessen Holzladen geschlossen war. »Ich weiß nicht, ob ich jetzt noch Eifersucht empfinde.«

»Was heißt das denn nun wieder?«, fragte George ärgerlich. »Das … das klingt so seltsam dumpf, als ob dir alles egal wäre!«

Catherine drehte sich um: »George, warst du heute Abend mit Charlotte allein zusammen?«

»Natürlich nicht. Was glaubst du denn?«

»Würdest du das beschwören mit der Hand auf der Bibel?«

»Beschwören? Aber Cathy, was soll das? Ist das ein Verhör? Ich kann es dir nur noch einmal wiederholen: Ich war nicht mit Charlotte zusammen. Das wäre doch viel zu gefährlich! Für wen hältst du mich?«

Catherine presste die Lippen aufeinander, dann sagte sie: »Soll ich dir wirklich sagen, für wen ich dich halte?«

»Ich bitte darum.«

»Ich halte dich für einen Lügner und Ehebrecher.«

Mit einem Ruck stand George auf. »Das ist ja … das ist ja unglaublich!« Seine Stimme wurde etwas lauter, als er hinzufügte: »Ich verbitte mir ein für alle Mal solche infamen Beschuldigungen, sonst …«

»Sonst was?«

George blickte irritiert seine Frau an, die anfing zu zittern.

»Du bist krank, Cathy. Ich mache dir einen Tee und …«

»Ich bin nicht krank, George. Ich bin nur erschüttert, dass du alles abstreitest. Ich hatte gedacht, dass du es wenigstens zugeben würdest. Aber selbst das schaffst du nicht. Ich habe euch im oberen Zimmer gesehen, durch das Schlüsselloch!«

»Was?«

»Ja. Ich konnte dich nirgends finden, bin nach oben gegangen, hörte deine Stimme und Charlottes Lachen und habe gesehen … habe gesehen, wie du halbnackt auf ihr gelegen hast …« Catherine bedeckte ihr Gesicht mit beiden Händen und sank aufs Bett.

George war plötzlich still geworden. Er ging vor den Betten auf und ab, während Catherine schluchzend sagte: »Ich weiß nicht, wie das weitergehen soll mit uns. Wir … wir können doch unmöglich weiterarbeiten und so tun, als sei nichts gewesen. Stell dir die Schande vor, wenn das herauskommt. Ausgerechnet ein Missionar von den Baselern und natürlich ein Schwarzer. Das war doch sowieso zu erwarten, werden sie sagen.«

George ging schweigend weiter auf und ab. Plötzlich blieb er stehen. »Gut. Du hast recht. Ich war mit Charlotte zusammen und auch schon früher …«

»… auf dem Schiff«, sagte Catherine mit tränenerstickter Stimme.

»Ja, auf dem Schiff …«

»Während ich unser Kind verloren habe …«

»Cathy, hör mir zu.« Er ging auf seine Frau zu, um sie zu berühren, aber sie wich zurück. »Rühr mich nicht an!«

»Meine Güte, du behandelst mich, als sei ich ein Ungeheuer. Nun gut. Dann lass es mich wenigstens erklären.«

»Nur zu.«

»Seitdem ich zwölf bin und merkte, dass mich Frauen interessieren, hat sich … hat sich eine Leidenschaft in mir bemerkbar gemacht. Eine Art Fieber, ein Drang, jede Frau zu besitzen, die schön war. Mit dreizehn hatte ich meine ersten Erfolge. Und dann ging es immer weiter. Es war wie eine endlose Spirale. Ich war zerrissen zwischen Lust und Abscheu. Ich war wie ein Jäger auf der Jagd, der nicht eher ruhte, bis er das Wild erlegt hatte. Als ich in Kontakt kam mit Christen und schließlich auch für die Gesellschaft arbeitete, hat es etwas nachgelassen, aber dann brach es mit doppelter Kraft auf. Ich konnte nichts dagegen tun. Beten und Bibellesen halfen nicht. Wenn ich eine schöne Frau sah, handelte ich, ohne nachzudenken. Der … der Drang war zu stark. Ich dachte, dass die Ehe mich zähmen würde, und heiratete dich. Am Anfang ging es gut, aber dann wurdest du schwanger, unsere Zärtlichkeiten wurden weniger. Manchmal hast du mich so schroff abgewiesen, dass ich dachte, ich würde zu nichts mehr taugen. Und dann traf ich Charlotte auf dem Schiff, die in einer Ehe lebte mit einem Mann, der für Zärtlichkeiten nicht viel übrighatte. Und sie … sie war vollkommen ausgehungert. Da brach alles wieder auf. Ich schämte mich, das kannst du mir glauben, und gleichzeitig stieg mein Verlangen. Alles musste heimlich getan werden, Schülerinnen und …«

»Hör auf, George, erspar mir die Einzelheiten.«

»Gut. Aber du verstehst: Es ist wie eine Krankheit, die mich heimsucht.«

Er schwieg und ließ sich auf das Bett fallen. Lange Zeit sagte niemand etwas, schließlich stöhnte George auf und rief: »Vergib mir, Cathy. Ich weiß, ich bin ein Sünder, und ich weiß jetzt, wie tief ich dich verletzt habe. Lass uns hier und jetzt einen neuen Anfang wagen. Vielleicht hat Gott ein Einsehen und deine Gebete haben die Kraft, mein unsägliches Leiden zu heilen. Lass es uns noch einmal probieren.«

»Dein unsägliches Leiden?« Catherine stand auf. »Du bist ein erwachsener Mann. Du bist kein Sklave. Die Sklaverei ist aufgehoben. Und natürlich kannst du Nein sagen, wenn die Versuchung kommt. Erzähl mir nichts von einem Leiden, bei dem du das größte Vergnügen hast, wie mir scheint!«

»Ach, du verstehst das nicht«, erwiderte George kleinlaut. »Es ist wie eine fremde Macht, die über mich kommt. Und hat nicht schon Paulus gesagt: Das, was ich nicht will, das tue ich …?«

»Lass bitte den Apostel Paulus aus dem Spiel. Ich weiß nicht, wie es weitergehen soll.«

Catherine schwieg. Und da hörte sie etwas, das sie noch nie in ihrer Ehe gehört hatte: George weinte.

Sie wusste nicht, was sie sagen sollte. Es war ihr unangenehm und gleichzeitig rührte es sie. Schließlich sagte sie: »Aber wer gibt mir die Gewissheit, dass es kein Strohfeuer ist, wenn du neu anfängst, und dass nach ein paar Monaten nicht wieder alles von vorne losgeht?«

»Cathy!« Er stand auf, das Weinen hatte schlagartig aufgehört, und er nahm ihre Hand, die sie ihm nur widerstrebend reichte. »Diesmal ist es anders. Bisher habe ich mich alleine damit abgemüht. Aber jetzt, wo du es weißt, sind wir zu zweit. Wir können darüber reden. Du kennst jetzt meine schwache Seite. Das ist ein … ein Unterschied. Lass uns von vorn anfangen, Cathy, bitte. Ich werde mich mit Gottes Hilfe ändern!«

Catherine zog ihre Hand zurück und schwieg. Schließlich sagte sie leise: »George, das geht mir alles zu schnell. Ich muss erst einmal darüber nachdenken. Lass uns morgen weiterreden, ich …«

»Aber bitte, Cathy, weise einen armen Sünder, der bereut hat, nicht zurück. Ich will ein anderer Mensch werden!«

»Ja, ja, ist ja gut. Ich bin müde. Lass uns schlafen und ich bitte dich nur um eines, lass mich heute Nacht in Ruhe. Keine Küsse und keine Berührungen.«

»Gut. Ja, das verstehe ich, dann setzen wir unser Gespräch morgen fort.«

Mechanisch zog sich Catherine danach aus und ihr Nachthemd an, wusch ihre Hände in dem bereitgestellten Eimer mit Brunnenwasser, benetzte ihr Gesicht und fiel in einen traumlosen Schlaf, der um drei Uhr schon zu Ende war. Lange lag sie wach und konnte nicht mehr einschlafen. Wie ein Mühlrad drehten sich ihre Gedanken um das, was George gesagt und getan hatte. Dann wieder sah sie Bilder vor sich, wie George mit Charlotte zusammen war und wie George mit Schülerinnen schäkerte und mit ihnen in einen Raum ging. Gegen fünf Uhr schlummerte sie kurz ein und wurde von dem Schreien der Hähne geweckt.

Wie zerschlagen fühlte sie sich, als sie aufstand. Ihr war, als hätte sie nachts Berge von Holz gehackt. George schlief noch.

In der Morgendämmerung betrachtete sie sein Gesicht. Das Handtuch, das über dem Kopfkissen lag, um es vor den öligen Haaren zu schützen, hing zusammengeknüllt an der Seite herunter, Georges Oberkörper lag frei und sein Brustkorb hob und senkte sich. Es sah fast so aus, als ob ein Lächeln auf seinen Lippen lag. Wovon träumte er? Von der schönen Charlotte mit ihren prächtigen Haaren und der schlanken Taille oder von seinen nackten Schülerinnen oder davon, dass er noch einmal davongekommen war, weil sie selbst ihm wahrscheinlich verzeihen und mit ihm einen neuen Versuch starten würde? Sie kannte sich nur zu gut. Wenn ein Mann weinte, wie konnte man ihn dann abweisen? Musste man als Christ nicht alles verzeihen? Oder gab es Sünden, die unverzeihlich waren?

16

Christiansborg, Goldküste, 1850

»Land ahead! Land ahead!«, rufen plötzlich mehrere Stimmen. Aus dem Nebel tauchen Gebirgszüge auf, gezackt wie die Zähne eines Raubtiers. Eine Unruhe macht sich unter uns Passagieren breit, und die meisten gehen oder rennen auf Deck.

»Ist das denn schon die Goldküste?«, fragt eine Frau, die sich an der Reling festhält. »Nein, so weit sind wir nicht. Ich schätze, das ist Sierra Leone.« »Sierra Leone? Das hört sich spanisch an.« »Der Name soll von den Portugiesen herkommen.«

Die Hitze wird größer, als das Schiff seine Fahrt verlangsamt und kein richtiger Fahrtwind mehr aufkommt. Und es ist, als ob Staub in der Luft hängt.

»Eine Schildkröte!«, ruft jemand. Das Geräusch von nackten Füßen, die über das Deck poltern. Eine Schildkröte wäre eine willkommene Abwechslung auf unserem Speiseplan. Aber sie lässt sich nicht fangen …

»Liebe Olga, ich habe dir aus meinem Tagebuch ein paar Zeilen abgeschrieben. Du siehst, wir haben schon auf der Überfahrt einiges erlebt, ganz zu schweigen von den Tornados, die über uns hinwegbrausten. Gewaltig, fast majestätisch. Denk dir, wir haben nächtelang auf dem Deck unter freiem Himmel geschlafen. Nur die Sterne über uns! Was für ein Anblick!

Mehrmals hatten wir Gelegenheit, mit den anderen Brüdern und Schwestern aus der Mission das Abendmahl auf dem Schiff zu feiern. Leider machten sich einige der Passagiere darüber lustig. Aber es störte uns nicht allzu sehr. In unserer Gruppe ist auch Rosi Däuble, eine ›Missionsbraut‹. Sie wird, wenn wir in Christiansborg angekommen sind, Missionar Stanger heiraten. Wie aufgeregt sie ist! Die beiden kennen sich kaum, und man kann nur hoffen und auf Gott vertrauen, dass die Ehe gelingt.

Wie anders, liebe Olga, ist es bei uns! Wir kennen uns seit den Kindertagen und auch wenn in uns ein unterschiedliches Temperament lebt, so wissen wir doch, was wir aneinander haben. Und doch: Zwei Jahre getrennt zu sein und auf die Hochzeit zu warten, ist ein hartes Los, das ich aber unserem lieben Gott anbefehle.

Wir mussten auf der Reise auch einiges Schwere erleben. Der Unterkapitän fand den Kapitän eines Tages tot neben einem Branntweinfass sitzen. Nach einer bewegenden Andacht übergaben wir den Leichnam den Wellen. Am 14. April kamen wir endlich in Cape Coast an.

Ach, und der Anblick von Christiansborg! Ein gewaltiges Fort dominiert aus früheren Jahren. Dort wurden früher die armen Sklaven zusammengetrieben, um sie dann nach Europa zu verschiffen. Gott sei's gedankt, diese unmenschliche Plage ist seit den neuen Gesetzen nun vorbei!«

Johannes legte den Stift beiseite und wischte sich über die nasse Stirn. Die Hitze war gewaltig. Würde man die Holzläden öffnen, könnte man innerhalb kurzer Zeit Eier auf einem Stück Blech braten. Und selbst jetzt, wo doch nur dünne Streifen von Sonnenlicht auf den Ziegelfußboden des Missionshauses fielen, war es so drückend, dass Johannes der Schweiß zwischen die

Schulterblätter ran und in seinem leichten Baumwollhemd versickerte.

Die glatt verputzten Lehmwände schimmerten feucht, und wenn ein Gecko, die typische Hauseidechse, darüberhuschte, liefen kleine Rinnsale in Zickzackbahnen nach unten. Johannes tauchte die Feder in das Tintenfass und schrieb weiter:

»Stell dir vor, Olga, ich habe hier schon einen Spitznamen. Die Einheimischen nennen mich Vater Eisenauge und meinen damit meine runde Metallbrille. Vater oder Pa wird hier übrigens jeder genannt, der ein wenig Respekt genießt. Möge Gott es fügen, dass ich eines Tages durch dich zu einem richtigen Vater werde.

Weißt du, ich bin ein wenig froh, dass ich zunächst hier alleine wohne. Ich weiß nicht, ob man einer Frau das alles gleich zumuten kann, wie das Leben so ist. Rosi Däuble wird ein vorbereitetes Nest finden und ich kann in Ruhe ein Zuhause für uns schaffen. Hier schlafe ich zunächst in einem kleinen Zimmer auf der Missionsstation, die auf einem Hügel steht und das Land überblickt. Wie ich festgestellt habe, ist es hier nicht sehr teuer, sich ein Haus zu bauen. Material stellt einem die Mission zur Verfügung, und es gibt eine Menge Helfer, die beim Ziegelbrennen Hand anlegen und bei den Holzarbeiten mitmachen.

Wenn du in zwei Jahren kommst und wir heiraten, dann wirst du in ein fertiges Haus einziehen, und so Gott will, können dann auch bald Kinderstimmen darin zu hören sein.

Ich habe schon ein kleines Wörterbuch angelegt, damit ich die Ga-Sprache erforschen und sprechen kann. Eine der schwarzen Missionarinnen, Frau Thompson, die mit ihrem Mann aus Liberia zu unserer Gruppe gehört, soll sich wohl auch um die Sprache bemühen, wie ich gehört habe.

Ach, Olga, es ist trotz aller Mühe mit der Hitze auch wiederum schön, endlich dort angelangt zu sein, wo ich immer schon hinwollte. Ja, es ist sehr heiß und schwül, so kurz vor der Regenzeit, aber Afrika muss ja auch heiß sein. Ich wäre enttäuscht, wenn es anders wäre. Nachts schlafe ich ohne Zudecke und schwitze trotzdem.

Alle Leute hier sind sehr freundlich. Die Einheimischen lachen viel und machen sich aus allem einen Spaß. Manchmal weiß ich nicht, wie ich das verstehen soll. Wenn man etwas Lustiges erzählt und sie lachen, dann hat man sie schon gewonnen. Sie sind ungeheuer neugierig. Ganz gleich, wo ich bin, sie fragen, was ich mache, wie ich heiße, ob ich schon eine Frau und Kinder habe. Sie berühren meine Hände und mein Gesicht, nehmen mir die Brille ab, ohne zu fragen, und lachen, wenn sie durch die Gläser blicken. Ein lustiges Völkchen. Aber was glauben sie in ihrem Inneren? Auch sie haben ihre Ängste und Nöte, und ich hoffe, ich kann dazu beitragen, sie zu lindern.

Ein großes Aufsehen haben meine landwirtschaftlichen Geräte erregt: Der neue Pflug, die Egge und das Pferdegeschirr. Ich bin gespannt, ob die neue Weizensorte, die ich aus London mitgebracht habe, hier gedeiht. Es kann ja nicht darum gehen, den Schwarzen ein paar schöne Worte zu sagen, sondern sie sollen auch von unseren Bauern lernen, wie man Gemüse und Getreide anbaut und pflegt.

Aber Olga, ich rede nur von mir. Wie es dir wohl jetzt ergehen mag in Gerlingen? Um Ostern war es bei euch bestimmt richtig kalt. Ich sehne mich nach einem Brief. Schreib und sieh zu …«

Jemand klopfte an die Tür. Johannes stellte die Feder in das Tintenfass und rief: »Come in!«

Ein dunkler Mädchenkopf mit kleinen Zöpfen, die wie die Stacheln eines Igels abstanden, blickte vorsichtig ins Zimmer.

»Nun komm schon herein«, sagte Johannes auf Englisch. »Wer bist du denn?«

Das Mädchen kam vorsichtig näher und sagte: »Ich bin Rosine Thompson, und … ich soll dich bitten, uns zu besuchen. Das hat mir mein Vater gesagt.«

Johannes lächelte, als er merkte, wie schüchtern sich Rosine gab. Er antwortete: »Vielen Dank, Rosine. Bestell deinen Eltern viele Grüße – und ich komme gerne vorbei. Oder am besten, ich komme gleich mit dir, dann weiß ich, wo ihr wohnt!«

Rosine blickte ihn mit großen Augen an, schließlich nickte sie. Die vielen kleinen Zöpfe mit den bunten Bändern nickten mit.

»Hm«, überlegte Johannes, »was nehme ich bloß als Gastgeschenk mit? Vielleicht ein Fläschchen Kölnisch Wasser? Aber das könnte auch missverstanden werden.« Er ging auf eine Kiste zu, öffnete den Deckel und nahm ein kleines Bild mit Holzrahmen heraus.

»So, dann lass uns mal losgehen, Rosine.«

Das Mädchen, das alles genau verfolgte, was Johannes getan hatte, drehte sich um und marschierte los. Johannes verschloss sorgfältig die Tür seines Zimmers und folgte den wippenden Zöpfen, die das Missionshaus verließen und den Hauptweg einschlugen.

Es ging eine rote Erdstraße hinunter, um zwei Ecken herum und dann deutete Rosine auf ein kleines Holzhaus mit einem Palisadengartenzaun. Plötzlich war sie verschwunden.

Johannes blickte sich um. Die Gegend schien wie ausgestorben zu sein. Wahrscheinlich lagen bei dieser Hitze alle irgendwo unter einem schattigen Baum. Er ging um den Zaun herum, fand eine Gartentür, die man aufhaken konnte, und sah ein paar Beetreihen vor sich, aus denen grüne Büschel ragten. An einer Ecke stand ein kleines Holzhaus, wie eine große Hundehütte, aber es roch eher nach Hühnermist.

In dem Moment ging die Tür auf. Eine dunkelhäutige Frau in einem bunten Baumwollkleid trat gebückt heraus, unter dem Arm ein braunes Huhn, das hin und her zappelte und aufgeregt gackerte.

»Guten Tag«, sagte Johannes. »Ich suche das Ehepaar Thompson, sie … Ich bin eingeladen worden und da dachte ich, ich komme eben vorbei …«

»Ach, ist Rosine schon bei Ihnen gewesen?«, fragte die Hühnerfrau.

»Ja, genau.«

»Nun, dann sind Sie hier richtig. Ich habe Sie allerdings erst abends erwartet, wenn es nicht mehr so heiß ist. Gerade habe ich für unser Abendessen ein Huhn geholt.«

»Oh!« Johannes riss die Augen auf und wischte sich über die Stirn. »Dann sind Sie … selbst …?«

»Ja«, lachte Catherine und packte das Huhn bei den Beinen, das anfing, erschrocken mit den frei gewordenen Flügeln zu schlagen, und dann ganz ruhig wurde. »Ich bin Catherine Thompson.«

»Entschuldigen Sie, Frau Thompson, dass ich … dass ich Sie überrasche. Und es macht ja auch mehr Sinn, abends zu kommen, wenn es kühler ist …«

Catherine blickte Johannes an, senkte dann den Kopf und lächelte. »Wenn Sie schon einmal hier sind, dann können Sie zumindest einen Schluck Wasser trinken.«

»Ja, gern, danke.« Johannes nickte und folgte Frau Thompson in die Küche, wo sie das Huhn der Köchin übergab.

»Ach, Abei, wir haben Besuch bekommen, Reverend Zimmermann aus Deutschland. Bring uns doch einen Krug mit Wasser und eine Schale mit Orangen!«

Der kleine Wohnraum lag im Dämmerlicht, nur durch die Läden fielen helle Streifen auf den Holzboden. Es war angenehm kühl. Johannes setzte sich auf einen Holzsessel, der mit gelbem Tuch bespannt war. Da kam auch schon die Köchin mit einem Tablett, auf dem ein Krug, zwei Becher und eine Schale mit geschälten Orangenstücken standen. Sie füllte die Becher und verließ den Raum.

Dankbar griff Johannes nach dem Wasser und trank einen großen Schluck.

»Ja, man muss viel trinken«, sagte Catherine. »Das ist lebenswichtig. Zum Glück haben wir hier einen guten Brunnen.«

»Es ist ja auch wirklich heiß. Wie machen Sie es, dass es hier drinnen so kühl ist?«

»Oh, das ist ganz einfach. Man muss morgens alles aufmachen und, sobald die Sonne aufgeht, schnell die Läden schließen und darauf achten, dass es einen leichten Durchzug gibt.«

Die ganze Zeit hatte Johannes schon überlegt, warum ihm Frau Thompson bekannt vorkam. Plötzlich fiel es ihm wieder ein.

»Frau Thompson, wir sind uns schon einmal begegnet.«

»Ja, sicher. Als Sie mit dem Schiff ankamen.«

»Das kann sein, aber da waren so viele Leute. Nein, ich meine früher, in der Schweiz.«

»So?« Catherine nahm sich ein Orangenstück und steckte es in den Mund.

»Ja. Und zwar in Basel. Kurz bevor Sie ausgereist sind, gab es in Basel ein Missionsfest. Ich war gerade dort und wollte mich bewerben. Ich hab Sie und Ihren Mann nur von Weitem gesehen und war erstaunt, dass Sie selbst Missionare waren auf dem Weg an die Goldküste ...«

»Ach wirklich?«, sagte Catherine und schien nachzudenken. »Leider kann ich mich nicht an Sie erinnern. So viele weiße Gesichter, wissen Sie ...« Sie lächelte ihn an.

Eine liebenswerte Frau, dachte Johannes und fragte: »Ich habe gehört, dass Sie Interesse an Sprachen haben und dabei sind, die Ga-Sprache zu erforschen?«

Catherine wehrte mit beiden Händen ab. »Erforschen! Wie das klingt! Aber es stimmt, ich ... liebe es, neue Sprachen zu lernen. Ich habe für mich selbst ein kleines Wörterbuch angelegt, das ist alles! Aber nicht alle hier sind dafür ...«

Johannes blickte sie erstaunt an: »Wieso? Die Sprache ist doch die Grundlage. Und ein Wörterbuch ist der Anfang. Wissen Sie, worauf ich mich in Basel am meisten gefreut habe? Auf Griechisch und Hebräisch ...«

»So?«

»Ja, und mein Traum ist es, unsere schönen Choräle in die Landessprache zu übersetzen und natürlich die Bibel!«

»Oh, die Bibel auf Ga! Das wäre ein wirklich großes Werk«, sagte Catherine nachdenklich und betrachtete Johannes mit neuen Augen. »Meine Unterstützung haben Sie.«

»Sie müssen mir unbedingt Ihr Wörterbuch zeigen«, begann Johannes und fuhr eifrig fort: »In Basel habe ich zwar schon angefangen, mich mit der Ga-Sprache anzufreunden, aber das Material war eher lückenhaft. Es gab nur vorläufige Studien …«

»Es ist wunderbar, wenn ein … Weiß… ein Europäer die einheimischen Sprachen so hoch schätzt.«

»Für mich ist das selbstverständlich, und wenn ich …«

»Ach, du liebe Zeit!«, rief sie und stand abrupt auf. »Ich muss ja noch zu Reverend Stanger. Er wollte die Lehrpläne mit mir besprechen. Sicher werden Sie, wenn Sie sich erst eingewöhnt haben, auch unterrichten wollen?«

»Ja, ich … denke schon«, sagte Johannes und stand ebenfalls auf, »aber ich will mich auch in der Landwirtschaft betätigen. Von Hause aus bin ich Bauer.«

»Ein Bauer, der Hebräisch und Griechisch gelernt hat …«

»Warum nicht?«

»Glauben Sie mir, Reverend«, sagte Catherine, und es blitzte in ihren Augen, »denken Sie nicht, das Unterrichten wäre eine trockene Sache. Es gibt keine eifrigeren Schüler als hier in Westafrika. Sie sind so begierig, Neues zu lernen. Das Unterrichten wird Ihnen große Freude machen.«

Sie gab ihm ihre Hand, die angenehm kühl war. Im Hinausgehen rief sie ihm zu: »Bis heute Abend. So … etwa eine halbe Stunde nach Sonnenuntergang.«

»Ja, dann bis heute Abend, Frau Thompson, und grüßen Sie die neue Frau Stanger, die Rosi Däuble, ich habe sie auf dem Schiff kennengelernt!«

Die Köchin kam herein, lächelte ihn an, griff nach der Schale und hielt ihm die Orangenstücke hin. »Noch etwas für unterwegs?«

»Ja, danke.« Er steckte sich zwei Stücke in den Mund und verließ das Haus wieder durch die Küche.

Während er langsam zur Missionsstation schlenderte, sah er in Gedanken die dunkelbraune Hand von Frau Thompson – ein schöner Kontrast zu seiner bleichen Hand. Überhaupt war sie eine freundliche Frau, aber nicht übertrieben freundlich, dazu geistig rege und auch noch gut aussehend! Abrupt blieb er stehen. O nein, ich habe mein kleines Bild irgendwo abgelegt und vergessen zu sagen, dass es ein Geschenk ist!

* * *

Nach Sonnenuntergang wurde es kühler und erträglicher. Die Menschen erwachten aus ihrer Lethargie und gingen auf die Straßen. Johannes zog ein frisches Hemd an. Sein verschwitztes hatte er schon gewaschen und zum Trocknen aufgehängt. Von der Mission hatte er eine eigene Petroleumlampe bekommen, die er jetzt anzündete. Einen Spiegel gab es nicht, und so fuhr er nur mit dem Kamm durch sein langes dunkles Haar. Hoffentlich stimmte der Mittelscheitel noch.

Als er vor dem Haupteingang des Thompson-Hauses stand, hörte er Stimmen, als ob der Raum mit Leuten gefüllt war. Vermutlich bin ich nicht der einzige Gast. Er klopfte.

Ein dunkelhäutiger Mann öffnete das Fliegengitter und die Haustür und begrüßte ihn.

»Willkommen in Afrika und bei uns zu Hause, Vater Eisenauge!«, lachte er und stellte sich gleich vor: »Ich bin Pa Thompson. Und wie ich gehört habe, waren Sie heute schon hier?«

Johannes grinste. »Sie kennen also schon meinen Spitznamen?«

»Ach, wissen Sie, in Afrika bleibt nichts geheim … fast nichts. Kommen Sie.« Er trat zur Seite und gab den Weg frei.

»Entschuldigen Sie, Reverend Thompson, aber ich habe heute Nachmittag ganz vergessen, mein Geschenk zu übergeben. Ich muss es im Wohnzimmer gelassen haben.«

»Ach, Sie waren das! Wir haben schon herumgerätselt, wie es zu uns gekommen ist. Ein schönes Bild.«

»Ja, es zeigt ein Stück von meiner Heimat.«

»Übrigens, nennen Sie mich nicht Reverend. Ich bin kein ordinierter Pastor, sondern Lehrer wie Catherine.«

Johannes betrat das Wohnzimmer und merkte, dass er nicht der einzige Gast war: Anna, die Krankenschwester aus Wildbad, die ihm bei der Ankunft kurz vorgestellt worden war, saß neben ein paar Kindern, die auf dem Boden mit Lehmpuppen spielten. Catherine kam gerade aus der Küche, sah Johannes und begrüßte ihn fast überschwänglich, was ihm eigenartig vorkam. Und sie stand so dicht vor ihm, dass er sie riechen konnte: ein herber Geruch nach Kräutern, mit etwas Süßem vermischt.

Im Zimmer warfen die Gaslampe und zwei Kerzenständer ein mildes, gelbes Licht über alles. Ein großer Tisch, der am Nachmittag nicht dort gestanden hatte, nahm den größten Platz ein.

»Grüß Gott, Anna«, sagte Johannes und gab der schwäbischen Krankenpflegerin die Hand.

»Grüß dich, Johannes, gell, a Sauhitz isch des heut!«

»Des kansch laut sage!«

Es stellte sich heraus, dass zwei der spielenden Kinder aus der Nachbarschaft stammten und am großen Tisch mitessen durften. Wie Johannes mitbekam, eine große Ausnahme. Traditionell durften Kinder nicht am Essen der Erwachsenen teilnehmen und bekamen anschließend nur die Reste.

Das Huhn duftete, die Yamswurzeln schmeckten süß und mehlig, Früchte waren in Fülle vorhanden und die Unterhaltung floss ohne Pause dahin, bis George Thompson mit leichtem Spott in der Stimme sagte: »Meine Frau wirft sich mit großem Eifer auf die Landessprache und will sie so gut sprechen wie die Einheimischen. Ich finde das lächerlich.«

»Aber George. Es ist immer gut zu wissen, was die Leute sprechen!«

»Das finde ich nicht. Man macht sich … klein in ihren Augen. Sie sollen Englisch lernen, dann steht ihnen die ganze englische Welt offen. Es ist so, als ob eine Mutter sich bemühen würde, die Kindersprache zu lernen, statt den Kleinen das richtige Sprechen beizubringen.«

»Du glaubst also, dass Ga eine Kindersprache ist?«

»Ach, hör dir doch an, wie sie reden. In meinen Ohren klingt das lächerlich! Die Wilden hier sollen schließlich zivilisierte Menschen werden. Das ist unsere Aufgabe, und sie sollen an Gott glauben!«

Johannes räusperte sich. »Entschuldigen Sie, wenn ich mich einmische, Bruder Thompson, aber ich muss Ihrer Frau recht geben. Es ist sehr wichtig, die Landessprache zu studieren. Mein größter Wunsch ist es, ebenfalls die Sprache zu lernen, wenn möglich, eine Grammatik zu erstellen und die Bibel zu übersetzen!«

George Thompson legte das Messer betont zur Seite. »Die Bibel auf Ga? Dann werden sie noch weniger Englisch reden. Ich finde, es ist eine Gotteslästerung, die heiligen Worte der Bibel in eine Sprache der heidnischen Wilden zu übersetzen.«

»Nun, vielleicht darf ich Sie daran erinnern«, sagte Johannes mit einer leichten Schärfe im Ton, »dass das Englische oder Angelsächsische ursprünglich auch eine Sprache der Heiden war und Wycliff die lateinische Bibel ins Englische übersetzt hat, so wie Luther sie ins Deutsche.«

»Aber Reverend Zimmermann, Sie können doch nicht das Englische mit Ga oder Twi vergleichen. Das wäre doch grotesk. Hören Sie sich doch einmal dieses Kauderwelsch an, eine Sprache ohne Sinn und Verstand.«

»Sie hat sehr viel Sinn und Verstand, George!«, sagte Catherine und ihre Stimme zitterte vor Erregung. »Je mehr ich sie verstehe, desto überraschter bin ich über ihre Klarheit!«

In die entstandene Stille sagte Anna plötzlich: »Also, ich bin ja schon froh, wenn ich einigermaßen Englisch verstehe und spreche.«

»Das meine ich ja!«, rief Thompson aus. »Zuerst Englisch und dann, wenn wir viel Zeit haben, als … Zeitvertreib, zum Dessert sozusagen, kann man sich daranmachen, diese Sprachen zu studieren, wie man interessante Ausgrabungen macht …«

»Da bin ich ganz und gar nicht Ihrer Meinung«, sagte Johannes. »Erstens finde ich es empörend, dass ein Missionar den Ausdruck ›Wilde‹ für die Einheimischen hier gebraucht. Ich vermisse darin jeden Respekt. Und wenn man Menschen liebt, dann will man ihre Sprache lernen. Ein ganz normaler Vorgang!«

»Bravo, Reverend Zimmermann!«, rief Catherine aus. »Endlich sagt das mal jemand!«

»Mein lieber Eisenauge!« Thompsons Tonfall wurde eisig. »Die Benutzung des Wortes »die Wilden« ist exakt der gleiche Sprachgebrauch, den die leitenden Brüder in Basel verwenden!«

»Das macht es nicht besser! Ich würde auch die leitenden Brüder darauf aufmerksam machen und habe das auch schon getan!«

»So, so. Wissen Sie, wie das für mich klingt? Das … klingt nach einem, der alles besser weiß. Kaum ist er hier, sagt er uns, wie wir uns verhalten sollen! Die Missionsarbeit ist kein Zuckerschlecken. Mit Ihren schönen Idealen kommen Sie hier nicht weit. Sie haben ja keine Ahnung, wie diese … ja, diese Wilden leben, wie primitiv ihr Glaube ist. Diese Leute haben keine Vorstellungen von Moral und Anstand! Treue in der Ehe kennen sie nicht, wenn sie eine Frau sehen …«

»Aber George, ich bitte dich!«

»Nein, lass mich, Cathy. Wir vertreten hier schließlich das Christentum und die englische Zivilisation, die es zur Blüte gebracht hat!«

»Ach!«, fuhr Zimmermann auf. »Englische Zivilisation! Das britische Empire hat nicht gerade eine große Begabung, die Eigenarten der Völker stehen zu lassen. Überall drücken sie ihren Stempel darauf. Aber nach meiner Bibel hat jeder Mensch und jedes Volk das Recht, sich die Erde untertan zu machen; nicht nur die Römer oder die Briten, auch die Menschen in Westafrika.«

Thompson fing an, schallend zu lachen. »Da sehen Sie, wohin Ihre Ideen treiben: gleiches Recht für alle, was?«

»Und warum nicht? Jeder einzelne Mensch ist ein Ebenbild Gottes.«

»Ja, ja, Theologengeschwätz. Ich sage Ihnen eines, Zimmermann: Geben Sie den Einheimischen hier die Macht und die Stellung, die die Engländer haben – und innerhalb von einem halben Jahr herrscht das Chaos.«

»Das mag sein. Man kann ja nicht von heute auf morgen britische Organisation lernen. Außerdem wurden überall in Afrika willkürliche Grenzen gezogen, quer durch Stammesgebiete hindurch. Das muss ja zu Verwirrung führen. Und übrigens habe ich vorhin nur die Bibel zitiert. Ich verbitte mir, die heiligen Worte aus dem Buch Genesis als Theologengeschwätz zu bezeichnen.«

»Gut, gut«, beschwichtigte Thompson. »Es kommt immer darauf an, wie man es auslegt.«

Eine kurze, ungemütliche Pause senkte sich über den Tisch. Johannes starrte vor sich auf seinen Teller, dann hob er den Kopf, stand auf und sagte laut: »Es tut mir leid, mein Eifer hat mich fortgerissen. Ich … möchte mich entschuldigen. Natürlich habe ich nicht das Recht, als Neuling hier große Worte zu machen. Ich brauche Zeit, um alles in Ruhe auf mich wirken zu lassen. Also: Nichts für ungut, Bruder Thompson. Ich werde meine Zunge zügeln. Sie haben etwas bei mir gut.«

Thompson lächelte und zeigte seine weißen Zähne, ohne wirklich zu lachen. »So schlimm ist es nun auch wieder nicht. Ich habe nichts gegen einen deftigen Wortwechsel. Ist doch belebend!« Er lachte und rief ein wenig zu laut: »Abei! Wo bleibt der Nachtisch!«

In die entstandene Stille hinein sagte Catherine, bemüht, ein anderes Thema anzuschlagen: »Und wie geht es zu Hause? Haben Sie eine große Familie?«

»O ja«, nickte Johannes, der sich wieder gesetzt hatte, »eigentlich sind wir zehn Geschwister. Aber sechs davon sind schon sehr früh von uns gegangen, sodass wir zu viert sind. Meine Großeltern leben ebenfalls in unserem Dorf und dann ist da noch Olga, meine Verlobte.«

»Ah, Sie sind verlobt.«

Johannes lächelte: »Olga und ich kennen uns schon seit den Kindertagen, aber Sie wissen ja: Die Basler Gesellschaft hat strenge Gesetze: Wenn man nicht schon verheiratet ist, dann muss der Missionar zwei Jahre allein in Übersee leben, bevor er heiraten darf.«

»Ein unmenschliches Gebot«, brummte Thompson. »Ein Jahr würde vollkommen genügen.«

»Da gebe ich Ihnen recht«, sagte Johannes. »Es klappt ja nicht immer so gut wie zwischen Rosi und Stanger.«

»Schauen Sie Anna an«, fuhr Thompson fort. »Da kommt das Mädchen nach zwei Jahren angereist, um den Mann zu heiraten – und er stirbt kurz vorher.«

»Ich hab mich daran gewöhnt, dass ich nicht ...« Anna verstummte.

»Übrigens, Rudolf war auch so einer wie Sie«, sagte Thompson und fing den strengen Blick seiner Frau auf.

»Wieso wie ich?«, fragte Johannes zurück.

»Auch so ein Idealist mit hochfliegenden Plänen, wollte unbedingt, dass die Leute zu den Kirchenliedern trommeln. Hat selbst versucht, die afrikanischen Rhythmen zu schlagen. Die Leute haben sich gebogen vor Lachen. Und dann hat er auch noch bis zum Umfallen gearbeitet. Da ist es kein Wunder, wenn man krank wird.«

»Er sah schrecklich aus, wie er im Sarg gelegen hat«, sagte Anna leise.

Die Küchentür öffnete sich und Abei kam mit einem beladenen Tablett herein.

»Also, hier muss ich George recht geben«, sagte Catherine.

»Danke, Cathy. Das ist ja bezaubernd«, spottete Thompson.

»Gut, manche gönnen sich vielleicht zu viel Spaß ...« Sie warf einen kurzen Seitenblick zu ihrem Mann, der bei den Worten seine Lippen zusammenkniff. »Aber es stimmt, man muss hier seine Kräfte einteilen, weil das Klima manchmal mörderisch ist.«

»Huch!«, rief Anna.

»Was ist?«

»Ich habe mich nur vor den beiden Geckos erschreckt, die über die Wand gehuscht sind.«

Catherine lachte. »Glaub mir, du wirst die Geckos noch lieben lernen! Sie fressen nämlich die Fliegen und anderes Ungeziefer und sind so vornehm und scheu, dass sie dir niemals zu nahe kommen.«

»Kleine Drachen!«, lachte George. »Als Kinder haben wir sie gefangen und über dem Feuer gebraten!«

»Brrr«, Anna schüttelte sich.

»Aber damals waren wir noch wilde Heiden und wussten es nicht anders, nicht wahr, Reverend Eisenauge?«

Als Johannes zu Catherine hinübersah, fing er im Bruchteil einer Sekunde ihren Blick auf: Hoffnungslose Trauer lag darin. Es verwirrte ihn.

17

Zwischen Christiansborg und Akropong, Goldküste, Mai 1850

Das Schaukeln hörte plötzlich auf. Durch die Ritzen der mit Lehm verschmierten Körbe sickerten Wassertropfen, Regenböen peitschten an den Seiten herab. Johannes' rechter Ärmel war bis auf die Haut nass. Ein lautes Palaver hob an, und die Korbsänfte wurde abgesetzt.

Johannes schaute aus seinem Korb heraus, um zu sehen, was los war. Die Reisegruppe stand auf einem schmalen Pfad, der quer durch einen Bananenwald führte. Einer der Träger, dessen dunkelbrauner Körper vom Regenwasser glänzte, riss Blätter ab und stopfte sie in die Ritzen der Korbdächer von allen vier Sänften. Dann wurden die Körbe an den Stangen emporgehoben, und das Schaukeln fing wieder an.

Es war Johannes gar nicht recht gewesen, die Missionsstationen außerhalb von Christiansborg in diesen engen Körben zu bereisen, aber es war hier üblich. Auch die anderen Missionare ließen sich tragen. Er wäre viel lieber zu Fuß gegangen und hatte sich anfangs gegen diese schwebenden Bienenkörbe gewehrt, in denen man warm, feucht und unbequem saß. Aber dann hatte er die Enttäuschung der Träger gesehen, die sich dadurch Geld verdienten. Außerdem gehörte es zum guten Ton, dass höhergestellte Persönlichkeiten sich tragen ließen. Auch afrikanische Dorfälteste und Könige reisten auf diese Weise. Und so schickte er sich in diese seltsame Reiseart.

Im Augenblick wusste er sowieso nicht, ob er überhaupt lange Strecken gehen konnte. Seit einer Woche hatte er Durchfall und Fieber, manchmal sogar Bauchkrämpfe. Es könnten die ersten Anzeichen der Ruhr sein. Und wenn nicht der Aderlass und das Chinin ihm so gutgetan hätten und die Kräfte zurückgekommen wären, dann hätte er diese Reise nicht antreten können. Aber ganz auf der Höhe fühlte er sich immer noch nicht.

Schon sangen seine Träger wieder eines ihrer endlosen Lieder. Immer wenn sie ein Dorf erreichten, brüllten alle: »Ebá, Ebá, Ebá!«, was so viel hieß wie: »Er kommt, er kommt, er kommt!«

Inzwischen war es später Nachmittag, und in zwei Stunden brauchten sie ein Nachtquartier. Das würde dann wohl Abude sein. Immer wieder musste Johannes, während er in dem dämmrigen Korb schaukelte, an den Brief denken, der letzte Woche mit dem Schiff angekommen war. Ein erstes Lebenszeichen von Olga. Er kannte den Inhalt auswendig, und es war ein bestimmter Abschnitt, den er eigenartig fand:

»Du schreibst von den lustigen Heiden und dass sie aus allem einen Spaß machen. Oh, wie gut würde ich dahin passen! Ist doch das Leben viel leichter, wenn man lachen kann. Ich würde mir lustige Geschichten ausdenken und mich verkleiden und die Leute erschrecken. Oh, ich weiß, du würdest das nicht gut finden, wenn ich mit den Wilden mein Vergnügen hätte. Und da es bei euch überall billige Hausangestellte gibt, müsste ich mich um den Haushalt nicht kümmern, sondern könnte dich auf deinen Reisen begleiten. Und wenn du das Wort Gottes austeilst, könnte ich Lieder dazu singen. Was für ein wunderbares Leben das wäre! Ich kann es kaum erwarten zu kommen …«

Johannes hatte schon beim ersten Lesen ein mulmiges Gefühl gehabt. Die leichtsinnige Olga mit ihren Späßen in Christiansborg! Auch wenn er versuchen würde, ihr das auszureden – sie könnte nicht gegen ihre Natur angehen. Immer würde ihr etwas Lustiges einfallen. Und er? Er würde mit der Zeit jeden Respekt unter der Bevölkerung verlieren, weil er nicht fähig war, seine Frau zu kontrollieren. Olga hier? Er konnte sich das immer weniger vorstellen. Aber es war ja noch Zeit. Er würde ihr Briefe schreiben, um ihr klarzumachen, wie die Lage sich hier darstellte, wie mühselig es war, gute Christen aus den Heiden zu machen. Vielleicht würde sich aber auch alles legen, wenn Olga erst

Kinder bekam und mit ihnen zu tun hatte. Beschäftigung ist das beste Mittel gegen Leichtsinn.

Johannes spürte, wie der Regen allmählich nachließ. Das war das Gute an der Regenzeit. Es regnete ein- oder zweimal kräftig am Tag oder in der Nacht und dann wurde es wieder heiß, allerdings feuchtheiß. Die Schuhe fingen an zu schimmeln, wenn man sie vier Tage stehen ließ.

Das Schaukeln wurde jetzt heftiger, die Träger fielen in einen leichten Trab. Unglaublich, was diese Leute für Kräfte hatten! Und es schien ihnen nichts auszumachen, über die aufgeweichten Wege zu laufen. Sie redeten und redeten und sangen ihre Lieder.

Johannes hatte sich wie Catherine ein Wörterbuch angelegt und probierte kleine Sätze auf Ga oder Twi mit den Trägern aus. Am Anfang wollten sie sich vor Lachen ausschütten, aber mit der Zeit merkten sie, dass es ihm ernst war. Einer, der breite Narben auf den Wangen hatte und Akwasi hieß, versuchte, ihm bestimmte Laute beizubringen. Ein typischer Schnalzlaut war dabei, den Johannes mit den Buchstaben »gb« niederschrieb. Es dauerte lange, bis er ihn beherrschte, aber dann, bei einer Rast, hatte Akwasi begeistert in die Hände geklatscht. In einfachen Sätzen hatte Akwasi ihm in seiner Sprache erklärt, dass er an einem Sonntag geboren war und dass das Wort Akwasi Sonntag hieß.

Die Pause war erholsam und gleichzeitig ernüchternd gewesen. Johannes besichtigte Plantagen, die zwar der Mission gehörten, aber verwahrlost dalagen: Ananasfelder, halb geerntet, Orangenbäume mit überreifen und fauligen Früchten. Nur die Mangobäume waren leer gepflückt. Kaffeefelder waren von Unkraut überwuchert. Sein Bauernherz blutete, als er diese Felder sah, und es juckte ihn in den Fingern, ein paar Tage hier zu bleiben und mit ein paar Leuten alles abzuernten und zu kultivieren.

Sein alter Gedanke, arbeitslose junge Bauern aus dem Königreich Württemberg nach Afrika zu schicken, um dort die Erde zu bebauen, kam ihm wieder in den Sinn. Es wäre so eine gute Sache, die sozialen Fragen in der Heimat auf diese Art zu lösen und gleichzeitig hier helfen zu können.

Wieder hörte Johannes das »Ebá, Ebá, Ebá!« Sie näherten sich einem Dorf oder sogar der kleinen Missionsstation in Abude. Er blickte nach draußen: Tatsächlich zogen Lehmhütten mit Strohdächern an ihm vorbei und nackte Kinder, die die Reisekörbe umkreisten und vor Begeisterung schrien. Aber die Träger hielten nicht an. Sie durchquerten das Dorf, stiegen etwas langsamer einen Hügel hinauf und blieben vor den Steinhäusern der Mission stehen.

Mit zerschlagenen Gliedern kroch er aus seinem Kokon. Eine leichte Übelkeit machte sich breit. Kopfschmerzen. Wahrscheinlich war das Fieber wieder gestiegen. Er schwor sich, alles daranzusetzen, bei den nächsten Reisen, wenn es ihm besser ging, zu Fuß zu gehen und mit diesem Unsinn aufzuhören. Er streckte sich und atmete tief ein und aus. Die frische Luft, die meist vor dem Sonnenuntergang die Tageshitze vertrieb, tat gut.

Begrüßungen, Händeschütteln. Alle nahmen Platz auf der überdachten Veranda.

Kaum hatten sie einen großen Becher Orangensaft getrunken, kamen die Dorfältesten. In ihren langen Umhängen, mit Feiertagsmützen und ihren geschnitzten Stäben stiegen sie den Hügel hinauf. Hinter ihnen junge Männer, die Stühle aus Ebenholz trugen, auf denen sich die Alten niederließen.

Alles wurde sehr langsam und feierlich getan. Wie üblich kam zuerst die lange Begrüßung: »Dein Herkunftsort? – Ist ruhig. Die Leute dort? – Sie leben. Deine Kinder? – Sie sind wohl.« Es folgte die Liste der Vorfahren und dann erst konnte man genauer nachfragen, wer denn nun eigentlich gekommen war.

Johannes nahm alles in sich auf. Ihm schien, als sei er entrückt worden in eine fremde Welt, die in ihrer eigenen Zeit lebte. Alles, was ihn sonst beschäftigte, schien hier keine Rolle zu spielen: Unterricht, Übersetzungen, Unwohlsein, Fieber, Olga,

Thompsons unmögliche Ansichten, die Heimat in Gerlingen, die Zukunft … Alles schien flüchtiger zu werden, haltloser, unbedeutender.

Die Dämmerung kam, Lichter wurden angezündet. Man servierte ihnen ein einfaches Mahl aus Reis, gebratenen Bananen, Erdnüssen und gedörrtem Ziegenfleisch. Und immer noch saßen die Dorfältesten da. Es war für sie das Ereignis des Monats.

Johannes wurde über sein Land ausgefragt. Welche Pflanzen dort wuchsen, welche man essen konnte. Er erzählte von Kartoffeln und Weizen, von den Weinbergen und von den kalten Wintern, dass man über gefrorenes Wasser gehen konnte. Sie lachten. Das war zu wunderbar. Wahrscheinlich, dachte Johannes, würden sie noch jahrelang darüber reden, dass in den Ländern des Nordens Menschen über das Wasser gehen konnten.

Schließlich verließen sie genauso langsam und feierlich, wie sie gekommen waren, die Missionsstation. Und als alle ins Haus gingen, sagte Friedrich Mohr, der Missionar: »Wir werden ins Bett gehen, denn wir müssen morgen sehr früh aufstehen. Es geht nach Akropong.«

Ein Abendgebet, ein Choral, Johannes bekam eine Laterne, besuchte das Plumpsklo, wusch sich die Hände und das Gesicht und machte es sich auf dem Bett mit Strohmatratze gemütlich. Aber vor dem Einschlafen musste er noch einmal austreten. Sein Stuhlgang war dünn wie Wasser. Als er wieder ins Bett kroch, fühlten sich seine Arme und Beine an, als wären sie aus Blei.

Er fiel in einen Tiefschlaf, aus dem er mitten in der Nacht erwachte. Die Grillen zirpten ohrenbetäubend und irgendwo aus der Ferne hörte er Trommeln. Er war hellwach, und plötzlich fiel ihm Catherine ein. Wie sie ihn neulich begrüßt und so dicht vor ihm gestanden hatte, dass er ihren Körperduft einatmen konnte. Diese dunkle, wunderbare Haut, das Weiß der Augen, die rosaroten Lippen und die blitzenden Zähne. Eine wunderbare Frau!

Oh, wenn er so eine Frau heiraten könnte! Sie hatte wie er

eine Leidenschaft für die Sprache, war freundlich, aber nicht so leichtsinnig wie Olga. Aber nein! Nein! Nein! Es ging nicht. Sie war eine verheiratete Frau, auch wenn ihr Mann ein … ein arroganter, widerlicher Kerl war, viel zu schade für dieses Juwel. Wie hielt sie es nur bei ihm aus? Rätselhaft.

Und dieser kurze Augenblick gegen Ende des Abends, als er meinte, in ihren Augen einen Funken von hoffnungslosem Leid zu erkennen. Natürlich, sie konnte ihre Liebe für einheimische Sprachen mit ihrem Mann nie teilen. Wenn das stimmte, dann war die Ehe für Catherine ein Gefängnis, aus dem sie nicht herauskam.

Und er? Er konnte nur freundschaftlich mit ihr verbunden sein, weiter nichts. Denn auch er war ja gebunden, er hatte einem Mädchen die Ehe versprochen, das sehnsüchtig auf den Tag ihrer Heirat wartete. Er musste sich auf Olga konzentrieren! Catherine durfte nicht so häufig in seinen Gedanken herumspuken. Ehebrecherische Gedanken waren das, Versuchungen des Fleisches! *O Gott, hilf mir, Cathy zu vergessen! Jetzt nenne ich sie schon Cathy!*

Mit großer Anstrengung versuchte er, Olgas Bild in sich wachzurufen: ihr Lachen, ihre warmen Lippen, ihre Stimme, wie sie im Sommerkleid am Acker in Gerlingen gestanden hatte. Ihr Kuss in Basel … Aber immer wieder schob sich das Bild von Catherine dazwischen und ließ sich nicht vertreiben. Schließlich wurde Johannes so müde, dass er wieder einschlief.

Vor Sonnenaufgang wurde er wach durch Stimmen und Schritte im Haus. Er fühlte sich zwar immer noch matt, aber das Fieber schien gesunken zu sein.

Nach einem einfachen Frühstück aus Rührei, Maisbrot und Kaffee aus der eigenen Plantage und einer kurzen Andacht, stieg Johannes wieder in seinen Sänftenkorb. Er hatte sich einen Satz zurechtgelegt und sagte zu seinem Träger: »Enne ye Kwasiada – heute ist Sonntag!« Akwasi lachte und sagte es gleich den anderen, die sich ebenfalls amüsierten.

Johannes war diesmal sogar froh, nicht laufen zu müssen, und sank bei dem leichten Schaukeln in einen Halbschlaf. Ab und zu schreckte er auf, sah im Morgenlicht dichten Wald, hörte das Gekreische der kleinen Baumaffen, das Plappern der Sänftenträger und fiel wieder in seinen leichten Schlummer zurück. Einmal musste er anhalten, um sich zu erleichtern. Wieder war sein Stuhlgang dünnflüssig. Er wankte zurück und merkte, wie Akwasi ihn besorgt ansah. Er sprach ein wenig Englisch und fragte: »Sehr dünn? Wie Wasser?«

Johannes nickte.

Akwasi beugte den Oberkörper und verzerrte sein Gesicht. »Bauch tut weh?«

Johannes nickte.

Der Mann legte den Handrücken an Johannes' Stirn, wiegte den Kopf hin und her und schnalzte mit der Zunge.

Am späten Vormittag brüllten die Träger wieder die üblichen Worte, ein Dorf kam in Sicht und es ging bergauf. Johannes beugte sich aus seinem Korb und sah runde und rechteckige Häuser auf einem gerodeten Hügel. Das musste Akropong sein. Sie hatten ihr Ziel erreicht.

Akropong war ein gemischtes Dorf. Einwanderer aus Westindien lebten dort, dann die Einheimischen und die Missionare. Die Felder, die das Dorf umgaben, waren gepflegter als die, die er gestern gesehen hatte, das merkte Johannes mit einem Blick. Und doch hätte man noch vieles verbessern können. Er trat an den Rand der Umzäunung. Der Blick ging weit. Unten die Ebene von Prampram und am Horizont glitzerte ein Stück Meer.

Der Tag war ausgefüllt mit Rundgängen, Begrüßungen, Besichtigung der Schule: ein schlichter Langbau aus Lehmwänden mit selbst gezimmerten Bänken und Tischen. Der Gottesdienst fand im Freien statt, und alle waren dabei – egal, ob Christen oder Heiden. Johannes hörte, wie begeistert die Einheimischen die englischen Lieder sangen, die die Missionare notdürftig übersetzt hatten. Am frühen Nachmittag kam das Fieber wieder, Johannes suchte sich einen schattigen Platz und versuchte zu schlafen.

Da wurde er geweckt. Akwasi stand vor ihm und grinste. »Reverend Zimmermann«, sagte er, »du bist krank.«

»Ja«, sagte er müde.

Akwasi machte das Zeichen für Schreiben. »Schreiben?«

Johannes nickte und sein Träger reichte ihm ein Stück Rinde und einen rostigen Nagel.

»Mein Onkel – großer Medizinmann in Accra. Er kennt Pflanze gegen dünnes, braunes Wasser und Bauchweh. Dunkelgrüne Blätter, kleine weiße Blüten. Sein Name ist: Pa Kofi. Schreib!«

Johannes wollte Akwasi den Gefallen tun und schrieb: »Pa Kofi in Accra, Medizinmann, Mittel gegen Ruhr, Onkel von Akwasi.«

»Wenn zurück in Christiansborg, du schicken nach Pa Kofi! Gruß von Akwasi!«

Johannes nickte und bedankte sich ausführlich bei seinem besorgten Träger. Er fühlte, wie gut es ihm tat, dass dieser junge Mann, der ihn gestern und heute getragen hatte, sich Gedanken über ihn machte. »Danke, Akwasi, aber viele werden zu Gott beten, zu Onyame, damit er mich heilt. Er wird helfen, noch besser als Pa Kofi!«

Akwasi nickte. »Onyame wird helfen.«

Als Akwasi ging, blickte Johannes auf das Rindenstück und auf die Worte. Er musste lächeln, wenn er daran dachte, was für einen Aufruhr das in Basel geben würde, wenn er sich von einem afrikanischen Medizinmann heilen ließe. Nein, er würde Pa Kofi nicht brauchen. Noch hatte er sein Vertrauen auf Gott nicht verloren.

Ja, Gott würde ihm helfen. Was für einen Sinn sollte es haben, sich so viele Jahre auf Afrika vorzubereiten und dann so früh zu sterben?

18

Christiansborg, Juli 1850

Wie üblich wachte Catherine um halb fünf vom ohrenbetäubenden Konzert der Hähne auf. Sie horchte: Abei rumorte schon im Haus herum, holte die Eimer zusammen, um möglichst früh beim Brunnen zu sein. Das erste Wasser war kühl und schön. Wer als Letzter kam, musste trübes Wasser nach Hause tragen und warten, bis der Schlamm sich setzte.

Leise schlüpfte Catherine in ihre derben Holzschuhe. Sie wagte es nicht, so früh am Morgen, wenn es noch Nacht war, barfuß zu gehen. Schon einmal hatte sich ein Skorpion ins Haus geschlichen. Und mit den Holzschuhen konnte man fester auftreten.

George schlief noch und war nicht so schnell wach zu kriegen. Falls er doch um diese Zeit die Augen aufschlug, dann gab es für ihn nur ein Mittel, um richtig wach zu werden. Aber zurzeit hatte Catherine einen Widerwillen gegen seine aufdringlichen Zärtlichkeiten und sah zu, dass sie ihn nicht weckte.

Als sie in die Küche kam, schaute sie zuerst in den Herd. Das Feuer brannte schon. Abei wurde mit der Zeit immer zuverlässiger.

Bevor der kleine George wach wurde, wollte sie ein bisschen Ziegenmilch für ihn warm machen. Manchmal stillte sie auch. Aber er wurde davon nicht mehr satt. Rosine schlief zum Glück jetzt morgens länger. Catherine mochte die ruhige Zeit, bevor alles losging. Noch wollte niemand etwas von ihr.

Wenn die Milch warm war und Abei vom Brunnen noch nicht zurückgekommen war, setzte sie sich oft in die kühle Luft vors Haus, betrachtete den grauen Himmel und sprach ihr Morgengebet. Sie hatte es sich angewöhnt, Gott zuerst für alles zu danken, um dann mit ihren Bitten zu kommen. Eine gute Übung, denn manchmal vergaß sie, dass bei all dem Schweren, das sie gerade durchmachte, es auch immer etwas gab, was einfach gut war.

»Danke, Gott, dass ich zwei süße Kinder habe, dass ich jeden Tag etwas zu essen und anzuziehen habe. Danke, Gott, dass ich in einem Haus wohne, dass Abei eine wirkliche Hilfe für mich geworden ist. Danke, Gott für meine Schülerinnen, für ihre fröhlichen Stimmen, wenn sie ihr Morgenlied singen, für ihren Eifer und die glänzenden Augen, dass sie den neuen Glauben mögen und schon ihre eigenen Gebete sprechen, und dass sie mich immer noch lieben.

Danke, dass ich eine verheiratete Frau bin und hier in Christiansborg geachtet bin, wenn mir auch … wenn mir auch mein Mann große Schmerzen zufügt …«

Sie fühlte, dass Tränen in ihr aufsteigen wollten. Wenn sie ihnen jetzt nachgeben würde, könnte sie die Tränenflut nicht mehr eindämmen.

»Danke, Gott, für … für … für den schönen Stoff, den ich mir gestern kaufen konnte, und dass ich eine Nähmaschine habe, um mir ein Kleid daraus zu machen. Danke, Gott, dass es mir leichtfällt, neue Sprachen zu lernen, und dass … und dass Reverend Zimmermann gekommen ist, der die gleiche Begeisterung dafür mitbringt … Hab Dank für seine Freundlichkeit mir gegenüber, dass er mich verteidigt und dass ich mich in seiner Nähe wohlfühle, dass ich …«

Catherine vergrub ihr Gesicht in den Händen und flüsterte, während ihre Tränen liefen: »Lass nicht zu, dass die Krankheit zu mächtig wird. Heile ihn, erhalte ihn uns. Gib seinem Körper Kraft, auszuhalten, denn ich liebe ihn doch so …«

Sie hielt abrupt inne. Was hatte sie da eben gesagt? Ich liebe ihn? Wie kam sie dazu, so etwas zu Gott zu sagen? Sie, eine verheiratete Frau? Das war doch gegen die Gebote! Aber jetzt war es heraus. Es schien ihr, als ob dieser Satz schon die ganze Zeit in ihrem Bauch geschlummert hatte. Nun war er beim Beten, wenn man ehrlich wurde vor Gott, herausgeschlüpft. Wie ein Küken aus dem Ei, das sich den Weg in die Freiheit pickt …

»Ja, tatsächlich«, murmelte sie. »Ich liebe ihn. So stark, wie ich noch nie einen Mann geliebt habe. Wenn er jetzt vor mir stünde und mich in die Arme nehmen würde, würde ich ohnmächtig werden vor lauter Glück.«

Sie schluckte und fuhr mit ihrem Gebet fort: »Ach Herr, vergib einer unglücklichen Frau diesen Wunsch, erbarme dich!« Eine Straße weiter hörte sie laute Stimmen. Die Frauen kamen vom Brunnen zurück.

Hastig betete sie weiter: »Und, Herr, bitte, segne uns diesen Tag, hilf, dass ich allen Menschen, die mir heute über den Weg laufen, zum Segen werden kann. Gib mir Weisheit bei meinen Kindern, in der Schule und vor allem im Umgang mit George. Ich weiß nicht, ob ich noch die Kraft habe, ihm neu zu vertrauen, nach alldem. Löse ihn doch von diesem Verlangen nach fremden Frauen. Denn dein ist das Reich und die Macht und die Herrlichkeit in Ewigkeit, Amen. – Guten Morgen, Abei!«

Sie nahm Abei einen der Eimer ab und ging mit ihr in die Küche. Jetzt fing Georgy an zu quaken und wollte seine Milch. Während sie ihm die Flasche gab und es genoss, den kleinen, halb verschlafenen Körper in den Armen zu halten, machte Abei überall die Fenster und Türen weit auf, um viel von der kühlen Luft ins Haus zu lassen. Dann nahm sie den Besen und kehrte vor der Tür den Staub zur Seite.

Catherine blickte nach draußen in den Himmel: Da waren dicke orangefarbene Streifen zu sehen, und dazwischen schimmerte ein wässriges Blau.

Abei setzte Wasser für den Morgenkaffee auf den Herd und wickelte das Brot aus dem Leinentuch, das sie gestern Abend gebacken hatte. Dann rührte sie den Flonflon an, einen dicken Brei aus getrockneten Fischen, rotem Pfeffer, Zwiebeln und Palmöl.

Als das Wasser kochte, kam Catherine mit Georgy auf dem Arm herein, schüttete Kaffeepulver, Zucker und Ziegenmilch in die Kanne und übergoss alles mit kochendem Wasser. Jetzt tauchte auch Rosines Wuschelkopf auf. Sie blieb in der Küche stehen und sagte: »Warum riecht der Kaffee so gut und schmeckt so bitter?«

Catherine hörte, wie George mit der Waschschüssel nach draußen ging, um sich mit einem Lappen den nächtlichen Schweiß vom Körper zu waschen. Sie selbst würde nachher mit den Kindern ein schnelles, kühles Bad in ihrer neuen Zinkwanne nehmen.

Manchmal erinnerte sich Catherine an die Morgenstimmungen ihrer Kindheit in Luanda, wenn sie beim Frühstückmachen geholfen und ihre Cousine wach gekitzelt hatte. Aber das lag so lange zurück, als ob es ein anderes Leben gewesen wäre.

Wenn sie alle so am Tisch saßen, Abei war auch dabei, und wenn George ein Lied anstimmte und einen Bibelvers las, dann sah es so aus, als ob sie eine ganz harmonische christliche Familie wären. Aber das stimmte ja nicht. Mitten unter ihnen saß unsichtbar ein Dämon, der Männer dazu brachte, anderen Frauen nachzulaufen, und der in ihnen einen nie zu stillenden Hunger nach frischen Frauenkörpern weckte.

Seit sie Bescheid wusste, war sie hellsichtig geworden. Manchmal fing sie einen Blick von George auf, der auf Abei ruhte, wenn sie im Hintergrund hantierte. O Gott, dachte sie dann, nicht auch noch Abei!

Ob Johannes auch so veranlagt war? Ob das allen Männern so ging? Ob es Abstufungen gab? Oder war es einfach eine Frage der Disziplin? Sie konnte sich beim besten Willen nicht vorstellen, dass Johannes ein ähnliches Bedürfnis verspürte, alle Frauen haben zu müssen, die ihm gefielen.

Ob Johannes … Ob er vielleicht auch an sie dachte? Ob sie ihm gefiel? Sie, eine schwarze Frau mit ihrer dunklen, verbrannten Haut, mit ihren Kräuselhaaren, die mit denen von Charlotte Whoolsey nicht im Entferntesten konkurrieren konnten. Es gab ja durchaus Verbindungen zwischen weißen Männern und einheimischen Frauen. War nicht auch einer der Angestellten des Gouverneurs mit einer Aschantifrau verheiratet?

»Cathy? Hörst du mich?«

»Was ist denn?«

George lachte: »Kann ich noch einen Becher Kaffee haben? Wo bist du bloß mit deinen Gedanken? Ich gäbe eine Pfundnote dafür, wenn ich wüsste, woran du denkst.«

»Ich? Ich war mit meinen Gedanken bei meinen Haaren und dass ich gegen Charlotte Whoolsey wohl keine Chancen hätte.«

Sie nahm die Kanne und das Sieb und goss George Kaffee in seinen Becher.

George seufzte und ging nicht auf Charlottes Haarpracht ein.

Heute hatte Catherine gleich die ersten Stunden Frühunterricht ab sieben. Jeder nutzte hier die kühlen Morgenstunden. Abei würde für Georgy sorgen, denn Rosine musste ja auch zum Unterricht.

Es war durchaus nicht selbstverständlich, dass Eltern ihre Töchter zur Schule schickten. Warum sollten Mädchen eine Bildung bekommen? Sie heirateten, bekamen Kinder und sorgten für das Haus und den Mann. Aber für Catherine war es klar, dass ihre Tochter lesen und schreiben lernen sollte, Englisch sprechen, etwas Französisch, Geografie, landwirtschaftliche Kenntnisse …

War es nicht seltsam, dachte Catherine, als sie gegen zehn Uhr ihren mitgebrachten Kaffee trank und die spielenden Kinder in der Pause beobachtete, dass Johannes so gelehrt war und dennoch für die Landwirtschaft schwärmte? Hatte er nicht sogar Ackergeräte und Saatgut aus London mitgebracht? Er scheute sich nicht, Gartenarbeit zu machen oder weiter draußen auf dem Acker Pflanzen zu setzen.

Als er bei der letzten Zusammenkunft der Missionare von seiner Reise nach Akropong erzählt hatte, spürte sie förmlich, wie sein Herz blutete bei dem Gedanken, dass Felder brach lagen oder nicht geerntet werden konnten. Wenn er nicht so krank gewesen wäre, hätte er, ohne viel zu überlegen, die Orangenhaine leer gepflückt.

George dagegen hasste alle groben Arbeiten. Sklavenarbeit sagte er dazu. Dass er eine Kommode gezimmert hatte, war eine gewaltige Aktion für ihn gewesen, die er nie wiederholt hatte. Es würde ihn demütigen, grobe Arbeit zu tun, sagte er. Es wäre stumpfsinnig für ihn, wenn er wie die armen Leute mit dreckigen Kleidern in der Erde wühlte. War die Ackerarbeit nicht die Arbeit Kains, der von Gott verflucht worden war?

Catherine fand es nicht entwürdigend, wenn ein Mann seinen eigenen Acker bestellte. Hatte nicht Noah einen Weinberg gepflanzt? Und waren nicht auch die ersten Jünger Fischer gewesen, die mit ihrer Hände Arbeit ihr Brot verdienten? George dagegen liebte weiße, gebügelte Hemden, Aktenordner, die er auf seinem Schreibtisch aufbaute, und die leichte Arbeit mit der Feder. Er genoss es förmlich, wenn er den Kindern Schreibarbeiten aufgab, die er dann minutiös korrigierte und besprach.

Catherines Nachmittag gehörte den Besuchen bei Kranken. Mit Anna war sie dienstags und donnerstags unterwegs. Das gefiel ihr.

»Stell dir vor, Cathy«, sagte Anna, als sie am Spätnachmittag kam, als die größte Hitze den Zenit überschritten hatte, »im Brief, den mein Bruder mir geschrieben hat …«

»Wie oft soll ich dir sagen, dass man in Afrika nicht einfach mit irgendetwas hereinplatzt!« In Cathys Stimme schwang ein freundlicher Tadel mit. »Man kommt an, begrüßt sich, fragt, wie es geht, dann setzt man sich und wechselt ein paar Worte, bevor man mit seinem Anliegen herausrückt.«

»Ach, das macht mich nervös!«

»Nein, das musst du hier lernen. Ich will von dem, was du mir sagen wolltest, jetzt noch gar nichts wissen. Also?«

»Präo – Friede«, sagte Anna und lächelte gequält.

»Präo«, entgegnete Cathy. »Deine Familie lebt?«

»Sie lebt.«

»Deine Kinder sind wohlauf?«

»Also, Cathy! Ich hab doch keine Kinder!« Cathy grinste, und Anna fuhr fort: »Und deine Kinder, sie leben?«

»Sie leben. Möchtest du eine Kokosnuss mit mir trinken?«

»Gerne. Ich danke.«

»Dann nimm Platz.«

Cathy ging in die Küche und kam mit zwei großen Kokosnüssen herein. Sie waren frisch gepflückt, noch in ihrer grünen, glatten Schale. An der Spitze waren sie geköpft. Sie reichte Anna eine davon.

»So viel Zeit muss sein. Und was wolltest du nun von … deinem Bruder erzählen?«

»Köstlich«, sagte Anna und nahm einen großen Schluck. »Kein Vergleich zu der fetten Brühe, die Kokosnüsse haben, wenn sie mal nach Württemberg kommen. Ach ja, mein Bruder. Er ist Arzt und schreibt mir immer die neuesten medizinischen Erkenntnisse. Ein gewisser Professor Dr. Semmelweis soll vor ein paar Jahren herausgefunden haben, dass Krankheiten durch winzige Tierchen übertragen werden, die wir mit bloßem Auge nicht sehen können.

In seiner Klinik gab es eine große Anzahl von Sterbefällen. Und als seine Studenten sich die Hände gründlich gereinigt hatten, nachdem sie bei einem Kranken offene Wunden behandelt oder Leichen seziert hatten, gingen die Todesfälle drastisch zurück. Am Anfang hat man ihn ausgelacht, aber jetzt glauben schon einige Ärzte daran, dass Sauberkeit Krankheiten vermeiden kann …«

»Die Juden müssen ihre Hände vor jedem Essen waschen!«, sagte Catherine nachdenklich.

»Gar nicht so dumm!«

Anna trank ihre Kokosnuss leer und stellte sie auf den Tisch zurück. »Und wo gehen wir heute hin? Welche Kranken hast du für uns ausgesucht?«

»Da ist ein Junge, der Würmer hat. Da nehmen wir die scharfen Kerne der Papayas, die haben schon oft geholfen. Und eine Frau hat eine Wunde am Bein, die sich einfach nicht schließen will …«

»Die übernehme ich. Ich habe Verbandsmaterial dabei und etwas Alkohol zur Reinigung. Ein ganz altes Mittel.«

»Wir benutzen hier auch die Blätter einer Magnolienart, die man auf die Wunde legt und dann verbindet. Die Früchte sind klein und gelb. Die Affen lieben sie. Ich habe ein paar von den Blättern dabei.«

»Die Blätter dienen zur Heilung der Völker …«, murmelte Anna.

»Was sagst du?«

»Ach, ein Bibelvers aus dem letzten Buch der Bibel: Die Blätter dienen zur Heilung der Völker. Die Blätter des Lebensbaumes.«

»Du siehst: Bibelverse erfüllen sich in Afrika. Dann gehen wir mal los. Unterwegs werden wir sicher noch den einen oder anderen treffen.«

Die zwei Frauen verließen das Haus. Beide in europäischer Kleidung mit langen dunklen Röcken. Anna, die ihre Haare hochgesteckt hatte, trug außerdem noch einen Strohhut. Ihre Taschen hatten sie über die Schulter gehängt. Wo immer sie auftauchten, wurden sie stürmisch begrüßt. Es blieb nicht bei den wenigen Kranken. Während sie in einem Haus halfen, schleppten andere ihre Kranken dorthin.

Nach zwei Stunden machten sie sich auf den Rückweg. Es würde sowieso bald dunkel werden, dann war es besser, zu Hause zu sein. Catherine musste sich auch noch auf den Unterricht vorbereiten und Abei die Kinder abnehmen.

19

Zwischen Christiansborg und Accra, Ende August 1850

Hunde jaulten draußen und ein ohrenbetäubendes Geräusch klang von der Stadt herauf: Jemand bearbeitete ein Stück Blech mit dem Hammer. Es war noch nicht richtig dunkel, aber zum Weiterschreiben brauchte Johannes doch die Petroleumlampe.

Er musste diesen Brief nach Basel zu Ende bringen, denn morgen früh ging das Postschiff ab, und das Schreiben war dringend. Am liebsten hätte er sich auf sein Bett gelegt, denn sein Kopf war nicht klar und in seinen Schläfen pochte es. Nur schnell die wichtigsten Sachen zu Papier bringen, danach konnte er sich ja ausruhen. Er tauchte die Feder ins Tintenfass und schrieb weiter:

»Ja, teuerste Väter im Glauben, es fällt mir schwer, weiterzuschreiben, da die Nachrichten nicht gut sind. Sie werden es verzeihen, wenn ich mich diesmal kurz fasse. Kaum war ich von Akropong zurück, so bekam ich wieder Fieber, und die Ruhr wurde wieder heftiger. Seither hatte ich nun schon vier oder fünf Anfälle, die meist nur einige Tage dauern, dann kann ich wieder arbeiten. Doch muss ich dem Gedanken immer mehr Raum geben, dass die Ruhr, von der ich nun seit Wochen nie mehr ganz frei bin, mir der Todesbote sein könnte. Nun, wie der Herr will! Das Chinin hilft nicht mehr so wie zu Anfang.

Baldiger Tod oder Reise nach Hause sind menschlich gesprochen die zwei Wege, deren einen ich gehen muss. Aber selbst für eine Reise nach Hause reichen, so scheint mir, meine Kräfte kaum noch aus. Ich habe Afrika sehr lieb, weiß auch, dass ich gerne hier sterben kann. Meine letzte Ruhestätte hier zu finden und nicht in Gerlingen, bereitet mir keine Sorgen. Es ist nach menschlichem Ermessen keine Genesung zu erhoffen. Soll ich das geliebte Afrika so schnell wieder verlassen? Ja, teure Väter, das sind dunkle Wege! Aber es sind die Wege des Herrn. So viel für heute, ich …«

Es klopfte an der Tür. Johannes war ärgerlich, dass er gestört wurde, und wollte keinen Besuch. Aber was sollte er machen? Er schrieb einen schnellen Gruß darunter und rief unwillig: »Wer ist da? Ist es dringend?« Er wusste, dass es krasse Unhöflichkeit war, aber er war in einem Zustand, wo Höflichkeitsformeln allmählich abblätterten.

Der oder die Besucher antworteten nicht, sondern öffneten die Tür. Johannes drehte sich ärgerlich um, starrte eine Sekunde die beiden Gestalten an und sagte verblüfft: »Anna und Cathy, ahm … Catherine!«

»Ja«, sagte Anna, »mir bsuchet grad a paar Kranke und do hennt mir denkt, dass mir beim Zimmermann reinschauet.«

Johannes musste unwillkürlich lachen, als er das Schwäbische hörte. »Come in. You won't disturb me.«

Anna sog die Luft ein. »Ziemlich abgestandene Luft hier. Es riecht nach Krankheit.«

Zögernd trat Catherine über die Schwelle und sah trotz des diffusen Lichts, dass es Johannes schlecht ging. Er sah abgemagert aus und glühte. Sie ging auf ihn zu und legte wortlos ihren Handrücken auf seine Stirn.

»Hohes Fieber. Sie müssen sich hinlegen, Reverend Zimmermann«, sagte sie bestimmt.

»Ja, das werde ich auch tun. Gut, dass ihr kommt. Der Brief muss nach Basel. Morgen früh mit dem Postschiff! Kannst du das erledigen, Anna?« Er stand auf, schleppte sich zu seinem Bett und legte sich mit einem Seufzer darauf.

Anna hatte den Brief genommen, ihn neben die Lampe gehalten und überflog nun neugierig und ungeniert den Inhalt. »O nein«, flüsterte sie.

»Was steht drin«, fragte Catherine leise. »Übersetz ihn mir!«

Anna drehte sich zu Catherine um und flüsterte in ihr Ohr:

»Er rechnet mit seinem Tod und teilt es den leitenden Brüdern in Basel mit.«

Catherine bekam einen Schreck. »Ich wusste nicht, dass es so ernst ist«, flüsterte sie zurück. »Zwischendurch hat man ihn doch immer wieder arbeiten sehen.«

»Er ist eben hart im Nehmen.«

»Was flüstert ihr da herum«, ließ sich Johannes' schwache Stimme hören. »Bringt mir lieber etwas zu trinken.«

»Ich geh schnell«, sagte Anna. »Ich werde auch ein paar feuchte Tücher auftreiben. Bleib du hier, Cathy, und beruhige ihn.«

Catherine atmete tief ein und aus, holte sich den Stuhl und setzte sich neben das Bett.

»Bin ich müde«, seufzte Johannes, »und dabei hab ich kaum etwas gemacht.«

»Das ist so, wenn man Fieber hat.«

Beim Klang von Catherines Stimme drehte sich Johannes um und sah seine Besucherin an.

»Du bist es, Cathy. Darf ich Cathy zu dir sagen?«

Catherine lächelte. »Natürlich. Aber nur, wenn ich John zu dir sagen darf.«

Johannes nickte. »Reverend ist nicht mehr nötig.« Und nach einer Weile: »Ich werde sterben, Cathy.«

»Vielleicht haben wir noch nicht ernsthaft genug gebetet ... John.«

»Alle hier im Haus beten für mich, aber der Herr scheint andere Pläne mit mir zu haben.«

Cathy zögerte kurz, aber dann nahm sie seine Hand. Es tat so gut, seine Hand zu halten. Noch vor ein paar Stunden wäre es völlig undenkbar gewesen, seine Hand zu nehmen.

»Ich wäre sehr traurig, wenn du jetzt sterben würdest, John. Erinnere dich, du wolltest doch die Bibel auf Ga übersetzen. Und ich würde dir dabei helfen ...«

»Helfen, Cathy? Wenn Thompson dich nur lässt.«

»Dafür werde ich kämpfen.«

Die Tür öffnete sich und Catherine ließ sofort Johannes' Hand los. Anna trat ein und brachte Bewegung ins Zimmer. Die Öllampe flackerte.

»So, hier ist etwas zu trinken und ein paar feuchte Tücher für die Stirn und die Waden.«

Die beiden Frauen machten sich daran, ihren neuen Patienten zu versorgen.

»Ich muss jetzt gehen«, flüsterte Catherine.

»Natürlich. Deine Familie wartet auf dich.«

»Ach«, hörten sie Johannes' Stimme. »Da ist noch etwas …«

»Was denn?«

»In der Schreibtischschublade ist ein Stück Rinde. Bring das mal her, Anna.«

Anna kramte und brachte ihm das Stück.

Johannes richtete sich auf. »Einer von den Einheimischen hier, Akwasi … der … der mit mir vor Wochen in Akropong war, hat einen Onkel in Accra … einen Medizinmann, der angeblich die Ruhr heilen kann. Vielleicht … könnt ihr ihn holen? Aber … aber ohne Aufsehen.«

Anna nahm das Rindenstück, hielt es ins Licht und las: »Pa Kofi in Accra, Medizinmann, Mittel gegen Ruhr, Onkel von Akwasi.«

Catherine nahm es ihr aus der Hand und sagte: »Das übernehme ich.«

Als Catherine kurz nach acht zu Hause ankam, herrschte große Aufregung.

»Wo warst du, Cathy?«, rief George und ging im Flur auf und ab. »Wir haben uns schon Sorgen gemacht.«

»Aber ihr wisst doch, dass ich donnerstags immer mit Anna meine Krankenbesuche mache!«

»Bisher warst du immer vor der Dunkelheit zurück!«

»Es hat länger gedauert. Es gibt eben viele Kranke, und zum Schluss waren wir noch bei Reverend Zimmermann, der …«

»Ah, das habe ich mir gedacht«, sagte George, blieb vor seiner Frau stehen und sah sie vorwurfsvoll an.

»Was soll das heißen, George!«

»Meinst du, ich hätte nicht gemerkt, wie du ihn bei unseren Zusammenkünften ansiehst?«

»Wie soll ich ihn denn ansehen?«

»Mit viel Wohlwollen und Freundlichkeit!«

»Warum auch nicht? Er ist ein wertvoller Missionar …«

»Er ist ein Träumer und Besserwisser, gibt mit seiner Arbeit an … Und nun siehst du, was dabei herauskommt: Er ist krank.«

»Ich habe schon gemerkt, dass du ihn nicht leiden kannst. Meine Güte, George, der Mann ist sterbenskrank. Es ist nicht sicher, ob er den nächsten Monat überlebt. Was machen die Kinder?«

»Frag Abei. Wir haben schon gegessen«, erwiderte George mit mürrischer Stimme und setzte sich an seinen Schreibtisch.

Catherine ging in die Küche, wo Abei ihr einen Teller mit Yams, grünen Bohnen und geräuchertem Fisch hinstellte.

Sehe ich John wirklich so freundlich an? Seltsam! George scheint sogar ein wenig eifersüchtig zu sein … Ist das Liebe? Oder heißt es: Jemand will mir mein Eigentum wegnehmen?

Catherine aß, während Abei erzählte, wie es mit den Kindern gegangen war. Sie hatte jedes Wort mitbekommen, das George mit seiner Frau gewechselt hatte, und fragte: »Stimmt es, dass Reverend Zimmermann todkrank ist?«

»Ja, leider. So, wie es aussieht, hat er wenig Chancen.«

Abei schwieg und Cathy fügte hinzu: »Ach, Abei, da ist noch etwas. Ich werde morgen ganz früh nach Accra gehen und hoffe, dass ich abends zurück bin. Eine Freundin von mir wohnt dort und hat nach mir gefragt. Es soll dringend sein. Kannst du die Kinder versorgen und … George? Ich werde noch gleich zur Schulleitung gehen und um Urlaub bitten müssen.«

Ist das, was ich Abei nun erzählt habe, eine Lüge? Aber ich kenne tatsächlich eine Frau, die in Accra wohnt, und sicher hat sie irgendwann einmal nach mir gefragt. Und dringend ist es auch. Also: Keine Lüge.

* * *

Nach dem Schreien der Hähne am nächsten Morgen stand Catherine wie gewohnt leise auf, aber diesmal machte sie keine Milch für Georgy warm, sondern schlüpfte in eines ihrer bunten Kleider, zog die guten Ledersandalen an und hängte sich eine Tasche um, in die sie Proviant einpackte: Brote, eine gut verschlossene Kürbisflasche mit Wasser, einen Beutel mit getrockneten Mangostücken und ein lebendiges Huhn, das sie gut verschnürt hatte. Schnell band sie sich noch ein Kopftuch um, aus dem gleichen Stoff wie ihr Reisekleid, dann war sie bereit.

Die Luft war angenehm kühl. Es musste vor einer Stunde geregnet haben, denn in den Löchern der Lehmstraße spiegelte sich Mondlicht in den Pfützen. Die zweite Regenzeit im Jahr hatte begonnen.

In einigen Häusern brannte schon Licht. Frauen waren mit ihren Eimern zum Brunnen unterwegs, ein Fuhrwerk, das von einem Esel gezogen wurde, holperte vorbei.

Während Catherine ihren Weg ging und darauf hoffte, gegen Mittag anzukommen, murmelte sie ihr Morgengebet: »Ich danke dir, Gott, für meine Kinder, dass ich zwei gesunde Beine habe, die mich nach Accra tragen, für die Vorräte in meiner Tasche und dass es einen Mann gibt, der vielleicht ein Mittel gegen Ruhr hat …«

Hoffentlich ist er kein Magier, der Beschwörungen spricht, dachte sie, *dann wäre die Reise umsonst. Ich brauche einen Mann, der sich mit Heilkräutern auskennt und nicht mit Zauberformeln. Nun, hoffen wir das Beste …*

Kurz bevor die Sonne aufging, erwachte die Stadt zum Leben. Schulkinder, Frauen, Arbeiter lärmten auf den Straßen. Mädchen mit Körben auf den Köpfen eilten zum Markt. Hühner gackerten, Ziegen meckerten.

Unterwegs, als die Sonne schon anfing zu stechen, machte Catherine Rast unter einem großen Affenbrotbaum. Sie war nicht die Einzige. Eine Familie saß schon dort, und zwei Männer, die ihre geflochtenen Kletterschlingen über der Schulter trugen, unterhielten sich lautstark. Wahrscheinlich Palmölarbeiter.

Aber der Baobab-Baum, wie er hier genannt wurde, war riesig. Noch mehr Leute hätten darunter Platz gefunden. Die ersten Blätter, die die Regenzeit hervorgetrieben hatte, hingen an den Zweigen und spendeten Schatten und auch die blassweißen Blüten waren schon zu sehen. Allerdings mochte Catherine die Blüten nicht, denn sie stanken fürchterlich nach altem Fleisch. Aber es half nichts, sie brauchte eine Pause. Also setzte sie sich auf eine freie Wurzel und band sich das Kopftuch ab, unter dem sie schwitzte.

Die Mutter der Familie, die neben ihr saß, hatte gerade ihr Kind vom Rücken genommen und ließ es im Sand herumkrabbeln.

»Präo«, sagte sie.

»Präo.«

»Dein Haus steht?«

»Es steht, Dank sei Gott. Und deines?«

»Es steht, auch wenn es klein ist.«

»Deine Kinder leben?«

»Von den vier, die ich habe, leben noch drei.«

»Gott sei Dank.«

»Deine Kinder leben?«

»Alle beide.«

»Wo gehst du hin?«

»Nach Accra. Und du?«

»Den gleichen Weg. Meine Cousine bekommt ihr erstes Kind. Ich helfe ihr ein bisschen …«

»Das ist gut.«

»Und du? Was machst du, Schwester?«

»Ein Freund von mir ist sehr krank, ein Weißer. Er hat, was die Weißen die Ruhr nennen: Fieber, dünner Ausfluss, Kopfschmerzen, Krämpfe. Ich suche Pa Kofi. Er soll bekannt sein für seine Heilkunst.«

»Oh, ich kenne Pa Kofi«, sagte die Frau. »Aber es wäre auch leicht gewesen, ihn zu finden. Man kann nur hoffen, dass er überhaupt da ist. Denn er ist oft zu Kranken unterwegs. Du sprichst unsere Sprache ein wenig anders. Wo kommst du her, Schwester?«

Catherine lächelte. »Von weit. Ich bin in einem ganz anderen Land in Afrika geboren, als Kind von einem Sklavenschiff geraubt worden, auf einer großen Insel gestrandet. Dann kam ich in die Länder des weißen Mannes und arbeite heute für die Mission. Ich bin Christin.«

»Meine Tante ist auch Christin. Ich selbst bin Muslimin, aber meine Kinder sollen später auch die englische Religion annehmen.«

»Nun, es ist eigentlich keine englische Religion. Sie stammt aus der Nähe von Nordafrika und ist sogar älter als die Religion Mohammeds.«

»Ist das wirklich so? Vielen Dank, Schwester, für die Erweiterung meines Herzens.«

Sie stand auf, bückte sich und zurrte ihr Tragetuch zurecht. Ihre größere Tochter nahm das Baby auf, klopfte ihm den Sand aus den Händen und legte es der Mutter auf den Rücken. Geschickt schlang sie das Tuch darüber, knotete es am Bauch fest und richtete sich auf. Das Kind schaute nun neugierig über die Schulter der Mutter.

Auch Catherine stand auf. Sie wollte weiter und schloss sich der Familie an. Immerhin wusste die Frau, wo Pa Kofi wohnte.

20

Am nächsten Tag, am späten Vormittag, machte Catherine auf dem Rückweg wieder Rast an dem Affenbrotbaum. Auch diesmal traf sie Leute dort an: Frauen mit Kindern, zwei Mädchen, die vom Markt kamen und auf ihren Köpfen Bastkörbe mit getrockneten Fischen trugen, und vier Männer, die mit den Mädchen schäkerten. Catherine war allein. Sie hatte zwar Pa Kofi in Accra getroffen, aber er war beschäftigt gewesen. Und erst als Catherine es ganz dringend gemacht und von seinem Neffen Akwasi erzählt hatte, hatte er versprochen, so schnell wie möglich zu kommen.

»Aber komm erst zu mir nach Hause, nicht zum Missionshaus, dann gehen wir zusammen hin.«

»Du meinst, wenn ich allein dort auftauche, werfen sie mich wieder hinaus?«

»Das kann schon sein.«

Zuerst war Catherine unschlüssig gewesen, ob Pa Kofi wirklich der richtige Mann für Johannes war. Er war zwar kein Zauberer und hatte mit Hexenkunst nichts zu tun, aber in seiner Hütte hingen neben den getrockneten Kräutern und Wurzeln gewisse Schutzamulette, die sich sicher gut verkaufen ließen.

Pa Kofi war klein, dick und wendig, trug Pluderhosen, dazu lange gebatikte Hemden und sprach immer davon, dass eine Krankheit mehr sei als eine Krankheit. Man müsse den Kranken und seine Lebensumstände kennen und auch herausfinden, warum gerade dieser Mensch krank geworden sei. Und so hatte er Catherine genau über Johannes ausgefragt, um sich ein erstes Bild zu machen. Bei manchen Fragen und Antworten hatte er Catherine mit seinen listigen Augen angeblickt und mit der Zunge geschnalzt. Um sicherzugehen, dass er auch tatsächlich kommen würde, hatte Catherine das Huhn zurückgelassen und sich früh wieder auf den Rückweg gemacht.

Jetzt saß sie auf einer der dicken Wurzeln des Baumes, trank ein paar große Schlucke lauwarmes Wasser und blickte zum Himmel hinauf, der voller schwarzer Wolken hing. Es konnte durchaus sein, dass ein kräftiger Regenguss gegen Mittag herunterkam und dass danach die Straßen und Wege wie flüssige Seife wirkten, sodass man auf ihnen rutschen konnte wie auf den Straßen in Basel, wenn es geschneit hatte.

Catherine knotete ihr Kopftuch wieder fest, hängte sich die Tasche um und ging weiter. Je näher sie ihrem Zuhause kam, desto mulmiger fühlte sie sich. Wenn sie nur daran dachte, dass George sie wahrscheinlich ausfragen würde, wäre sie am liebsten wieder umgekehrt. Dass sie unbedingt nach Accra wollte, hatte er nicht verstanden.

Irgendwann würde er es doch herausbekommen, dass sie Pa Kofi nach Christiansborg eingeladen hatte, um einen Missionar zu heilen. Einen Skandal würde das geben. Sie war sich auch nicht sicher, ob der Kontakt zu Pa Kofi nun ein Misstrauen gegenüber Gott war, der Johannes trotz aller Gebete nicht geheilt hatte. Vielleicht sahen Gottes Wege ja so aus, dass er ihre Gebete mit Pa Kofis Hilfe erfüllen wollte. War der Medizinmann aus Accra vielleicht ein Bote Gottes, ohne dass er es wusste?

»Oh mein Gott, wie soll ich aus diesem ganzen Durcheinander herauskommen?«, betete sie im Gehen. »Soll ich meinen Mann mit aller Kraft lieben und Johannes vergessen? Ist es das, was du willst, Gott? Oder darf ich meine Gefühle für diesen Deutschen, der dieses Land liebt, behalten? Aber was wird dann aus meiner Ehe?«

Als sie gegen Mittag in Christiansborg ankam, lief sie zuerst zum Missionshaus, um zu sehen, wie es dem Kranken ging. Da sie einen Schlüssel hatte, brauchte sie nicht den Haupteingang zu benutzen, sondern öffnete eine der Seitentüren, die vom Garten zum Haus führten.

Sie ging die Treppe nach oben, klopfte an seinem Zimmer, aber es kam keine Antwort. Als sie leise die Tür aufmachte, erschrak sie, denn im Bett lag niemand. Das Zimmer sah leer und aufgeräumt aus. Johannes' persönliche Sachen waren verschwunden.

Mit klopfendem Herzen ging sie zum Haupteingang zurück, wo Rosi, die neue Frau Stanger, saß. Mit tonloser Stimme grüßte sie.

»Was fehlt dir, Catherine?«, fragte Rosi. »Du siehst so erschrocken aus?«

»Ich wollte Jo … Reverend Zimmermann besuchen, aber das Zimmer ist leer. Ist er …? Ist er …?«

Rosi lachte. »Nein, nein, er ist nicht gestorben, wir haben ihn nur in das Erdgeschoss verlegt, damit er zwischen den Anfällen schnell einmal in den Garten gehen kann.« Sie stockte und fuhr dann fort: »Aber es steht immer noch sehr ernst um ihn. Wenn Gott nicht bald eingreift, verlieren wir ihn.«

»Darf ich zu ihm?«

»Natürlich. Nimm eine Schale mit Wasser mit, dann kannst du ihm gleich Stirn und Waden kühlen. Das Chinin scheint jetzt nicht mehr richtig zu helfen.«

Catherine nickte und ging in die große Küche, um sich die Dinge zu besorgen.

Als sie Johannes' Zimmer betrat, roch es nach Schweiß. Sie sah einen bärtigen, abgemagerten Mann ohne Decke, nur mit einem Nachthemd bekleidet auf dem Bett liegen. Das Zimmer war größer als das vorige und auch heller. Auf dem Nachttisch neben dem Bett standen ein Krug mit Wasser und ein Becher, der halb ausgetrunken war.

Sie stellte Schüssel und Tücher auf einen Tisch aus Bambusholz, holte sich einen Hocker und setzte sich ans Bett. Johannes schlief. Als Catherine vorsichtig ihre kühle Hand auf seine Stirn legte, schlug er die Augen auf und blickte Catherine fragend an.

»Ich bin's, John«, sagte sie leise, »Cathy Thompson.«

Er schloss die Augen, atmete tief ein und aus und öffnete sie wieder. »Cathy, du bist es!«

Sie stand auf, ging zum Tisch, tauchte drei Tücher in die Schale, wrang sie aus und kam zurück. Dann legte sie eines auf die Stirn und die anderen beiden wickelte sie um die Waden.

»Schön kühl«, flüsterte er.

»Ja, dafür sind sie da.« Nach einer Weile fuhr sie fort: »John …«

»Ja?«

»Ich habe den afrikanischen Medizinmann, Pa Kofi, in Accra getroffen. Er kommt, so schnell er kann!«

Über Johannes' Gesicht breitete sich ein Lächeln: »Was? Hier? Ins Missionshaus? Nicht einfach.« Er murmelte etwas auf Deutsch, was Catherine nicht verstand.

»Ich werde das mit Anna irgendwie schaffen.«

Johannes schloss wieder die Augen und sagte leise: »Mit mir geht es wohl zu Ende.«

»Warten wir's ab.«

»Aber schön, dass du gekommen bist, Cathy. Ich hoffe, Pa Thompson hat nichts dagegen.«

»Er weiß nicht, dass ich hier bin. Ich komme direkt aus Accra.«

»Das ist nicht gut. Man sollte die Ehe hochhalten, auch wenn der Mann ein … ein …«

»… ein Grobian ist.«

»Cathy!«

»Entschuldige. Aber es ist manchmal sehr schwer mit ihm.«

Wieso sitze ich eigentlich hier und unterhalte mich mit einem weißen Mann über meine Ehe?

»Ich bin so müde, Cathy …«

»Dann schlaf nur.«

Sie sah, wie er die Augen schloss, die tiefer als sonst in den Höhlen lagen.

»Lieber Gott!«, murmelte sie. »Du siehst doch, wie schlecht es ihm geht! Kannst du ihn nicht heilen? Es ist doch für dich eine Kleinigkeit. Du bist der Schöpfer dieser Welt! Bitte, tu etwas!«

Als sie zu Ende gebetet hatte, merkte sie, dass Johannes eingeschlafen war, aber im Schlaf Worte murmelte.

Sie beugte sich herab, um die Sätze zu verstehen, aber es war kein Englisch. Es musste Deutsch sein, vielleicht sogar sein Heimatdialekt. Einen Satz wiederholte er ständig. Was mochte das nur bedeuten?

Sie stand auf, ging zu dem Tisch, wo sie Papier und Bleistift fand, setzte sich wieder zu dem Kranken und versuchte, die fremde Sprache mit englischen Buchstaben wiederzugeben und zum Teil mit den Lautschriftzeichen, die sie von ihren Sprachstudien kannte. Als sie daran dachte, dass sie jetzt nach Hause gehen müsste, seufzte sie, faltete den Zettel zusammen und steckte ihn in ihre Tasche.

Obwohl es Mittag war, herrschte ein trübes Licht. Wolken hingen schwer über der Stadt. Schon spürte Catherine die ersten Tropfen. *Wenn ich mich beeile, könnte ich es noch vor dem Regen bis nach Hause schaffen.*

Sie zog ihren langen Rock etwas höher, um mehr Beinfreiheit zu haben, und marschierte los. Aber sobald sie zehn Schritte gegangen war, kam es ihr vor, als ob die Wolken aufrissen und ein Wasserfall aus dem Himmel stürzte. Gerade konnte sie sich noch unter das Dach eines Schuppens flüchten, da schüttete es so stark, dass innerhalb von drei Minuten ein kleiner Fluss durch die Straße strömte. Der Wind rüttelte an den Grasdächern und trieb Blechtonnen vor sich her. Scheppernde Begleitmusik zu dem Trommeln der Tropfen. Zwei Jungen zogen sich Hemd und Hose aus und tanzten nackt auf der Straße, die inzwischen zu einem Fluss geworden war.

Als der starke Regen nachließ und es danach nur noch tröpfelte, wagte sich Catherine unter dem Dach hervor, zog ihre Sandalen aus, band sie sich an ihre Tasche und ging barfuß weiter. Auch andere trauten sich jetzt wieder auf die Straße. Als Catherine in eine Nebenstraße einbog, sah sie gerade, wie ein Mann in einem Haus verschwand, dicht gefolgt von einem Mädchen, das ebenfalls durch den Eingang schlüpfte. Der Mann kam ihr bekannt vor. Er hatte Ähnlichkeit mit George.

Catherine biss sich auf die Lippe und überlegte, was sie tun sollte. Dann entschloss sie sich, ebenfalls in das Haus zu gehen. Irgendeine Ausrede würde ihr schon einfallen, wenn jemand sie fragte. Es roch nach geröstetem Mais, Palmöl und feuchten Stoffen. Der dunkle Flur, durch den sich Catherine tastete, führte in einen Innenhof. Sie blieb stehen und spähte umher. Was war das für ein Haus?

Jetzt waren Schritte zu hören. Catherine öffnete eine Tür in ein leeres Zimmer mit einem breiten Bett. Ein Seil spannte sich quer durchs Zimmer, an dem Kleider an Bügeln hingen: Röcke, Blusen, Stoffe. Eine Wasserschüssel stand auf dem Boden und auf einem Tisch wartete ein zugedecktes Gefäß auf Leute, die Hunger hatten.

Mein Gott, was mache ich hier?

Sie hörte Stimmen, eine Männerstimme, die sie nicht verstand, und eine Frauenstimme. Trotzdem kannte sie die Stimme. Unverkennbar George. Er blieb auf dem Flur stehen und sagte hastig: »Allons-y dans une chambre. Où est ta maman?« Das Mädchen kicherte und antwortete etwas, das Catherine nicht verstand.

Sie wusste gar nicht, dass George Französisch sprechen konnte. Sie wusste anscheinend so vieles nicht von ihm. Aber sie hatte immerhin verstanden, dass er mit dem Mädchen in ein Zimmer gehen wollte und dass die Mutter nichts davon wissen durfte. Was hatte er vor? Die Schritte entfernten sich.

Sie wollte gerade das Zimmer verlassen, da trat eine Frau ein, die vom Alter her ihre Mutter hätte sein können. Sie drehte sich um, sah Catherine und stieß einen leichten Schrei aus.

»Ah! Qu'est-ce-que vous faites dans ma chambre?«

Catherine erwiderte leicht verschüchtert auf Englisch: »Entschuldigung. Ich gehöre hier gar nicht hin, ich bin in das falsche Haus gegangen.«

»Quittez! Vite!«

Catherine lief und stolperte nach draußen, nachdem sie so brüsk aufgefordert worden war, das Haus zu verlassen. Schnell bog sie in eine Seitengasse ein. Nur weg von hier! Während sie immer weiterging, jagten sich ihre Gedanken:

Ist doch klar, was er mit dem Mädchen machen wollte! Da gibt es nichts zu rätseln. Also waren alle Versprechungen umsonst? Der Neuanfang, den George angekündigt hat, alles nur Fassade? Ein frommer Wunsch vielleicht? Wahrscheinlich hat er es in dem Moment sogar selbst geglaubt, als er mir versprochen hat, keine andere Frau mehr zu berühren. Aber sein Trieb, Frauen besitzen zu müssen, ist wohl stärker gewesen. Meine Gebete haben also nichts genützt … Gott scheint taub zu sein. Mein Gebet für Johns Gesundheit – umsonst. Und für George – umsonst! Was mache ich falsch, dass Gott meine Gebete nicht erhört?

Sie lief durch Pfützen, watete durch braune Wasserbäche und achtete nicht auf den Weg. Als sie schließlich irgendwann stehen blieb und sich umsah, kam ihr die Gegend völlig fremd vor. Sie fragte jemanden, in welcher Richtung das Meer lag, und folgte dem ausgestreckten Arm. Nach einem riesigen Umweg erreichte sie schließlich ihr Zuhause und öffnete völlig erschöpft die Eingangstür.

Abei hatte sie wohl von Weitem kommen sehen und begrüßte sie freudestrahlend mit dem kleinen George auf dem Arm. »Wie siehst du aus, Ma Thompson? Ganz verspritzt und halb nass.«

»Ja, ich bin in den Regen gekommen und die Straßen waren voller schlammiger Pfützen. Ich bin ziemlich erschöpft, Abei. Kannst du mir Wasser warm machen? Ich brauche ein Bad.«

»Natürlich.« Sie lachte.

»Warum lachst du?«

»Ich habe mir schon gedacht, dass Mrs Thompson dreckig ist und ein lauwarmes Bad braucht, und deshalb habe ich schon einen großen Kessel Wasser auf den Herd gesetzt.«

»Ach, Abei, was würde ich ohne dich machen?«

»Ich bin so froh, dass Mrs Thompson wieder da ist. Die Kinder haben dich vermisst.«

»Und wo ist Mr Thompson?«

»Oh, er sagte, dass er dringend zum Missionshaus muss. Eine wichtige Besprechung. Er käme erst gegen Abend wieder.«

»Aha, eine wichtige Besprechung. Na gut, dann füll die Wanne schon auf. Ich hole Seife und ein Handtuch.«

Der Badezuber aus Zinkblech, ein großer Luxus, den sich Catherine zu Weihnachten gewünscht hatte, stand in der Küche, wo auch das Wasser heiß gemacht worden war, und dampfte schon. Abei stand davor und schüttete gerade kaltes Wasser nach.

Catherine hatte sich ausgezogen und das Badetuch um den Körper gewickelt.

»Danke, Abei.«

Mit den Zehen testete sie die Temperatur, die ganz angenehm war, nicht zu heiß, sonst würde sie nachher wieder schwitzen. Denn die Sonne war schon wieder dabei, nach dem Regenguss ihre Kraft zu entfalten. Vorsichtig stieg sie hinein und setzte sich. Wie gut das tat!

»Soll ich dir die Haare waschen und den Rücken, Mrs Thompson?«

»Ja, das wäre gut.«

Catherine lehnte sich zurück und genoss es, wie Abei ihre Haare einschäumte und ihre Kopfhaut massierte.

»Sag mal, Abei, ich habe an dich eine Frage.«

»Ja?«

»Du bist doch eine hübsche Frau.«

Sie spürte, wie Abei etwas langsamer ihre Haare einseifte.

»Nun, ich weiß nicht …«

»Doch, doch, das bist du. Ich habe schon beobachtet, wie die Männer dir nachgeschaut haben, wenn du die Straße entlanggegangen bist.«

Abei lachte verschämt.

»Und wie ist es mit Pa Thompson? Ich kenne ihn nur allzu gut. Hat er nicht auch versucht, dich … anzufassen? Du weißt schon …«

Abei hörte mit dem Einseifen jetzt ganz auf und Catherine sah aus den Augenwinkeln, wie sie sich aufrichtete.

»Du brauchst keine Angst zu haben, Abei, ich tu dir nichts. Und ich verspreche dir, dass du deine Anstellung behältst, ganz gleich, was passiert ist.« Sie wartete.

Endlich sagte Abei: »Ja, es ist vorgekommen, dass Pa Thompson nette Dinge zu mir gesagt hat und auch mal seinen Arm um mich gelegt hat und mich … und mich küssen wollte, aber ich habe ihn weggestoßen, weil es doch nicht geht. Ich liebe Ma Thompson und will bei dir bleiben und bei den Kindern. Und … und Pa Thompson war ganz wütend und hat mit mir geschimpft, dass ich dumm bin und niemand etwas dagegen hat, wenn man mal seinen Spaß hat. Aber ich bin ihm immer danach ausgewichen und … und habe Angst, dass ich weggehen muss …« Sie fing an zu weinen.

»Abei, komm her und sieh mich an!«

Abei ging um die Zinkwanne herum und stand mit gesenktem Blick vor Catherine.

»Du hast ganz richtig gehandelt und ich merke immer mehr, dass Pa Thompson viel falsch macht. Es muss irgendetwas passieren.«

Abei nickte. »Ja, das stimmt, denn die Leute reden auch schon …«

»Was reden sie?«

»Nun, man erzählt sich, dass Pa Thompson mit Schülerinnen weggeht und nach langer Zeit erst wieder zurückkommt. Und jeder weiß, was das bedeutet.«

Catherine schloss die Augen.

»Es ist gut, Abei, du kannst gehen und nach den Kindern sehen. Ich komme jetzt allein zurecht und brauche Zeit, um über alles nachzudenken.«

»Ja, Ma Thompson.« Sie ging und Catherine ließ sich wieder ins warme Wasser gleiten.

»Ja, es muss irgendetwas passieren«, flüsterte sie.

21

Am nächsten Morgen, kurz vor der Mittagszeit, klopfte es an der Eingangstür von Familie Thompson. Abei machte auf und erschrak.

Vor ihr stand ein kleiner, dicker Einheimischer, der einen schwarzen Zylinder trug und einen altgedienten Blazer über sein Hemd gezogen hatte. Um den Hals hingen vier oder fünf bunte Perlenketten. Rechts und links neben ihm standen wie Wächter zwei Frauen in dunkelblauen Wickelröcken, über die ein feines weißes Muster lief. Ihre Oberkörper waren nackt und auf ihrem Kopf trugen beide riesige Beutel.

»Präo.«

»Ppräo«, stotterte Abei.

»Dein Haus ist friedlich?«

»Mein Haus ist friedlich.«

»Deine Familie lebt?«

»Sie lebt.«

»Das ist gut. Nun, mein Name ist Pa Kofi. Ich komme aus Accra und möchte Ma Thompson sprechen.« Er machte eine weit ausladende Geste und fügte hinzu: »Das sind meine beiden Frauen. Sie werden für uns kochen!«

Abei war so verdattert, dass sie wieder anfing zu stottern: »A-aber Ma-Ma-Ma Thompson ist in der Schule.«

»Nun, wir warten so lange, bis du sie holst, und laden schon einmal unser Gepäck ab.«

»Ja. Gut. Also … ich hole jetzt Ma Thompson.«

»Ja, du holst jetzt Ma Thompson.«

Als Catherine wenig später mit Abei ankam, musste sie lächeln, weil sie sah, wie Pa Kofi mit viel Würde inzwischen auf einem Sessel Platz genommen hatte und seinen Frauen Anweisungen gab. Die hatten einen großen Topf auf dem Herd stehen und waren dabei, irgendwelche Pflanzen zu zerkleinern und in das heiße Wasser zu werfen.

Abei lächelte überhaupt nicht, sondern rief entsetzt aus: »Aber … Was machen die in meiner Küche?«

»Beruhige dich, Abei. Pa Kofi bereitet eine Medizin für einen Freund zu. Er hat mich vorher gefragt, ob er in meiner Küche etwas kochen kann.«

Catherine begrüßte ihren Besucher mit aller Höflichkeit und fragte ihn, was er nun genau vorhabe.

»Wir werden eine große Kürbisflasche mit der Medizin füllen und mitnehmen. Den Rest lasse ich da und auch einige von den Pflanzen. Wenn die Krankheit das ist, was ich denke, dann muss er große Mengen von der Medizin jeden Tag trinken.«

»Genug!«, rief er seinen Frauen zu. »Tut noch Salz und Zucker dazu, füllt es in die größte Flasche und dann werden wir den Kranken besuchen.«

Catherine räusperte sich: »Ich denke, Pa Kofi, es genügt, wenn du allein mit mir gehst, deine Frauen können bei Abei bleiben.«

Der Medizinmann nickte und lächelte. »Ja, ist besser. Fällt nicht so auf.«

Seine beiden Frauen hatten inzwischen die dunkelgrüne Brühe umgefüllt und reichten Pa Kofi die bauchige Kürbisflasche. Der war schon aufgestanden und wandte sich nun zur Tür.

»Dann können wir losgehen!«

Er achtete nicht darauf, ob Catherine ihm folgte oder nicht, sondern ging die leichte Anhöhe hinauf, wo das Missionshaus stand. Catherine hatte ihn schnell eingeholt und merkte, dass die Leute stehen blieben, um dieses ungewöhnliche Paar zu begutachten.

Als sie durch den Haupteingang gingen, drängte sich Catherine an Pa Kofi vorbei und sagte zu dem Mann, der an der Pforte saß und die Besucher empfing: »Ich grüße dich, Bruder. Ein Freund aus Accra möchte Reverend Zimmermann besuchen. Er hat gehört, dass er krank ist.«

Der Mann, ein Angestellter der Basler Gesellschaft, dessen Aufgabe darin bestand, geschäftliche Dinge zu regeln und auf das Haus zu achten, blickte Pa Kofi mit großen Augen an. Aber er wusste auch, dass es in Afrika durchaus üblich war, dass die unterschiedlichsten Leute bei einem Kranken vorbeikamen, um ihm Trost zuzusprechen. Und weil er Catherine kannte und wusste, dass sie zuverlässig war, ließ er das seltsame Paar passieren.

»Ist Anna da?«, fragte Catherine.

»Ja, sie ist auf ihrem Zimmer und ruht sich aus.«

»Danke.«

»Wir gehen vorher noch bei einer Krankenhelferin vorbei«, sagte Catherine.

Pa Kofi nickte.

Anna staunte nicht schlecht, als Catherine ihr Pa Kofi vorstellte. Zu dritt gingen sie zu Johannes' Zimmer, klopften an, und als niemand antwortete, machten sie leise die Tür auf. Durch das Klopfen wach geworden, drehte sich Johannes zu den Besuchern um.

Catherine erschrak. Er sah noch blasser aus, als sie ihn in Erinnerung hatte. Sein Gesicht war eingefallen und seine Augen glänzten. *O mein Gott, erbarme dich!*

Sie trat an das Bett und sagte: »John, das ist Pa Kofi, der Medizinmann aus Accra, der Onkel von Akwasi, nach dem du gefragt hast!«

Johannes richtete sich auf. Er schien zwar schwach zu sein, aber sonst ganz klar. Er begrüßte seinen Gast auf Ga und dankte für sein Kommen. Dann ließ er sich wieder erschöpft in das Kissen zurücksinken. »Versteht er auch Englisch?«

»Ja, wenn du langsam sprichst, aber ich kann auch übersetzen.«

Inzwischen hatte sich Pa Kofi der Kürbisflasche entledigt, hatte den Zylinder abgenommen und zog auch den dunkelblauen Blazer aus. Er winkte Catherine heran.

»Frag ihn, wie lange er Fieber hat. Ist es gleichbleibend oder schwankt es stark? Ist es morgens höher oder abends? Frag ihn, welchen Geschmack er im Mund schmeckt, ob das, was er hinten ausscheidet, dünn ist, welche Farbe es hat, sehr dunkel oder hellbraun? Frag ihn, ob er Krämpfe hat und wie oft. Ob er spucken muss. Und frag ihn, wie viel er trinkt.«

Catherine fragte alles, Johannes antwortete klar und versuchte, alles so genau wie möglich zu beschreiben. Catherine wunderte sich, wie wach er wirkte. Das letzte Mal, als sie ihn gesehen hatte, war er mit seinen Gedanken ganz woanders gewesen. Vielleicht lag es daran, dass er einen Anfall gerade hinter sich hatte.

Der Mann aus Accra nickte. Dann wandte er sich direkt an Johannes und fragte: »Wie geht es deiner Braut in Deutschland?«

Johannes war erstaunt über die Frage. Damit hatte er nicht gerechnet. Woher wusste der Mann überhaupt von Olga? Er erzählte, was sie in ihrem letzten Brief geschrieben hatte, dass sie sich auf Afrika freute, aber dass er nicht sicher sei, ob es ihr hier gefallen würde.

Während Johannes redete, betrachtete Pa Kofi genau sein Gesicht. Dann fragte er Anna, wo sie herkomme, und erfuhr, dass sie aus derselben Gegend wie Johannes stammte. Er sagte ihr, sie solle an das Bett des Kranken treten und ihm in die Augen schauen. Sie zögerte zuerst, aber tat es doch. Dann sollte Catherine das Gleiche tun und Johannes in die Augen schauen. Auch sie zögerte kurz, bevor sie es tat.

Daraufhin sagte Pa Kofi: »Ich muss mit meinem Geist in die Krankheit schlüpfen.«

Er setzte sich auf den Boden und versank in Nachdenken. Die beiden Frauen holten sich zwei Stühle und setzten sich ebenfalls.

Pa Kofi dachte nicht still nach, sondern murmelte vor sich hin und bewegte manchmal den Oberkörper hin und her. Schließlich wurde er ganz ruhig. Nach einer langen Weile, klatschte er dreimal in die Hände, sodass Catherine und Anna zusammenzuckten, und stand auf.

Er trat an das Bett und sagte zu Johannes: »Ich habe dir Medizin mitgebracht. Keine böse Zauberei, sondern Kräuter, die Onyame geschaffen hat. Du musst viel davon trinken. Dein Körper ist sehr trocken. In diesem Wasser ist die Kraft einer Pflanze, die vielen Kranken geholfen hat, die ähnlich krank waren wie du.«

Er hob die Kürbisflasche hoch. »So eine Flasche voll musst du jeden Tag trinken. Einen Monat lang, bis die Krankheit vorübergeht. Ich lasse Vorräte zurück.«

Johannes nickte.

»Dann ist da noch etwas, das dich krank macht und Fieber hervorbringt. Auf Twi sagen wir dazu: ›Wo nnya ahomka, enam se wo do hye nipa ahoro mu.‹ Es ist schwer zu übersetzen und bedeutet ungefähr: ›Du hast Fieber oder Aufregung, weil du zu viel verschiedene Liebe in deinem Herzen hast.‹«

Er machte eine Pause und sah zuerst Johannes, dann Anna und schließlich Catherine an, deren Gesicht einen Ton dunkler wurde.

Pa Kofi fuhr fort: »Wir Afrikaner können mehrere Frauen heiraten. Wir werden dazu erzogen. Und wir werfen unsere Liebe nicht zu stark auf sie. Aber die Weißen schaffen das nicht. Sie werden entweder böse zu der ersten oder zweiten Frau oder sie verlieren ihre Kraft. Wenn du gesund werden willst, musst du den Streit in deinem Herzen beenden. – Das ist alles, was ich für dich tun kann.«

Er verneigte sich vor dem Kranken, schärfte den Frauen ein, dass sie ihm viel zu trinken geben sollten, drehte sich um und sagte: »Ich finde den Weg allein zurück!«

Als er gegangen war, sahen sich Anna und Catherine fragend

an. Es war, als ob noch ein geheimnisvoller Rest von Pa Kofi im Raum zurückgeblieben sei. Was er von dem Streit im Herzen gesagt hatte, ließen sie auf sich beruhen. Jede Frau dachte sich ihren Teil.

»Nun, dann wollen wir mal mit der Medizin beginnen, Johannes«, meinte Anna. »Ich werde darauf achten, dass du jeden Tag eine Kürbisflasche von dem Zeug trinkst.«

»Wenn du meinsch, es dät helfe …«, sagte er und lächelte schwach.

»Ich gehe dann zurück«, sagte Catherine. »Wer weiß, was Pa Kofi in unserem Haus noch alles anstellt! Gute Besserung, John, und gehorche Anna aufs Wort.«

»Aber heißt es nicht: Die Frau sei dem Mann untertan?«

»In diesem Falle ist es umgekehrt.«

Sie schüttelte seine heiße, trockene Hand. Als sie das Haus verließ, dachte sie: Wenigstens hat er noch etwas Humor.

Nachdenklich ging Catherine nach Hause und achtete weder auf die Leute noch auf zwei Hunde, die ständig vor ihr herliefen. Schon bevor sie die Eingangstür zu Hause aufmachte, roch es wunderbar nach Erdnusssoße und gekochtem Huhn. Mit einem gezielten Fußtritt scheuchte sie die Hunde weg. Drei Frauen standen in der Küche und schienen sich prächtig zu amüsieren.

Abei rief gleich entschuldigend: »Pa Kofi behauptete, dass du ihm ein Huhn versprochen hattest, und ich konnte mich gegen die drei nicht durchsetzen.«

»Das ist schon in Ordnung. Es ist das Mindeste, was wir tun können. Wenn seine Medizin hilft, wäre das hundert Hühner wert!«

»Wer ist denn nun eigentlich krank?«

Catherine zögerte. Wenn Abei es erfuhr, ließ es sich nicht mehr geheim halten.

»Einer von meinen weißen Freunden in der Stadt«, sagte sie, »der unbekannt bleiben will.«

Selbst George fragte bei dem guten Geruch, den die Fremden in der Küche verbreiteten, nicht weiter nach, wie es zu diesem seltsamen Besuch kam. Dass seine Frau einheimische Freunde hatte, war nichts Ungewöhnliches. Schließlich machte sie jede Woche Krankenbesuche und es kam öfter mal vor, dass dankbare Leute Lebensmittel vorbeibrachten. Allerdings war noch nie jemand mit den eigenen Köchinnen gekommen. Pa Kofi ahnte, dass es für Catherine leichter war, wenn er seinen Besuch im Missionshaus unerwähnt ließ.

Beim Essen betrachtete er mit seinen listigen Augen eingehend das Ehepaar und schien sich seine eigenen Gedanken zu machen. Da George weder Ga noch Twi sprach, schleppte sich die Unterhaltung etwas hin und Catherine fand es lästig, dauernd die Übersetzerin zu spielen.

Schließlich erhob sich Pa Kofi nach dem Essen, bedankte sich artig für alles und sagte, er habe einen Bruder in der Stadt, bei dem er über Nacht bleiben wolle. Catherine stand auf, um die drei Gäste zur Tür zu begleiten.

Der Medizinmann unterstrich noch einmal, wie wichtig es sei, die von ihm bereitete Flüssigkeit mindestens einen Monat lang regelmäßig zu trinken, und ließ Catherine noch einen Beutel von den Pflanzen zurück, damit sie eine neue Medizin zubereiten könne, falls der Inhalt des großen Kessels zu Ende gehen würde.

»Und in jeden Topf zusätzlich Zucker und Salz.«

»Ich werde es mir merken, Pa Kofi.« Sie griff in ihren Ausschnitt und holte eine Zwanzigpfundnote heraus. Pa Kofi nahm das Geld und verstaute es unter seinem Hemd.

»Möge Onyame dich beschützen und dir ein langes Leben gewähren mit dem Menschen, der dich liebt«, sagte er, hob den Zylinder, wie er es bei den Engländern gesehen hatte, und ging so würdevoll, wie er gekommen war, die Straße hinunter.

Die Dunkelheit kam schnell, es gab viel zu tun, Catherines Kinder quengelten herum und wollten nicht schlafen, weil die Nachbarskinder so lange aufbleiben durften, wie sie wollten.

»Aber du musst morgen früh in die Schule, Rosine, und dann brauchst du deinen Schlaf.«

»Aber Dora muss nicht in die Schule gehen!«

»Ja, und deswegen bleibt sie dumm und kann nie einen richtigen Beruf erlernen. Wir zahlen viel Geld für dich, damit du die Schule besuchen kannst, so wertvoll bist du für uns, denk daran. Außerdem darfst du noch ein bisschen lesen.«

Als es allmählich ruhiger wurde und auch Abei gegangen war, setzte sich Catherine an ihren Tisch, um sich auf den Unterricht vorzubereiten. Zwischendurch fielen ihr bei dem trüben Licht der Petroleumlampe immer wieder die Augen zu. Endlich stand sie auf, nahm ihren Mut zusammen, packte ihre Matratze vom Bettgestell und schleppte sie auf den Küchenfußboden.

»Was machst du da?«, fragte George, der das Umräumen gehört hatte und aufgestanden war, um nachzusehen.

»Ich schlafe heute in der Küche.«

»Warum?«

»Warum? Weil ich im Augenblick eine ... eine Pause von dir brauche. Es geht mir alles noch nach, was passiert ist. Ich kann das so schnell nicht vergessen.«

George verschränkte seine Hände und bekam einen starren Blick. »Hatten wir nicht abgemacht, neu anzufangen, Cathy? Und was machst du? Du weigerst dich, mir zu vergeben, und ziehst dich in einen Schmollwinkel zurück. Nicht gerade sehr christlich.«

Heute Abend werde ich nicht die Sache mit dem Französisch sprechenden Mädchen erzählen. Das schaffe ich nicht. Und auch Abei lasse ich aus dem Spiel.

»Wenn man verletzt ist, dann braucht die Vergebung Zeit. Nirgends steht geschrieben, dass man das an einem Tag gelernt hat.«

»Nun gut«, sagte George, und seine Stimme nahm einen beleidigten Ton an. »Dann weiß ich wenigstens, dass es nicht nur an mir liegt, wenn unsere Ehe nicht klappt.«

»Gute Nacht, George.«

Aber George war schon gegangen und machte die Küchentür sehr heftig zu.

»Es muss etwas passieren«, flüsterte Catherine und schlüpfte unter die Decke. »Und es wird etwas passieren.«

22

Zwischen Christiansborg und Abokobi, September 1850

Anna und Catherine achteten während der nächsten Tage und Wochen streng darauf, dass Johannes seine Medizin nahm und viel trank. Am Ende der ersten Woche trat schon eine leichte Besserung ein. Sein Appetit stieg, er nahm zu. Er machte zuerst kleine Spaziergänge, dann immer größere Strecken an der frischen Luft. Und das Wunder geschah: Die Kräfte kamen zurück, sein Händedruck wurde fester, sein Gesicht bekam Farbe und in seinem Geist blühten neue Pläne. Von Woche zu Woche ging es ihm besser.

Nun wollte Johannes unbedingt nach Abokobi reisen, einer weiteren Missionsstation der Basler Gesellschaft, ungefähr dreißig Meilen nördlich von Christiansborg. Bisher war er dort noch nicht gewesen. Und anschließend wollte er noch einmal nach Akropong, das er während seiner Krankheit kaum richtig wahrgenommen hatte. Wie Catherine von Anna hörte, setzte er alles daran, die Strecke zu Fuß zu gehen und nicht in diesen engen Körben zu reisen. Lieber wollte er einen Tag länger dafür verwenden.

Sosehr sich Catherine über Johannes' Genesung freute, so sehr wunderte sie sich auch über ihn. Seit er wieder zu Kräften gekommen war, schien er Catherine zu meiden. Er nannte sie auch nicht mehr bei ihrem Vornamen oder umging die direkte Anrede. Niemals war er mit ihr in einem Raum allein.

Catherine verstand das nicht. Hatte sie nicht alles darangesetzt, dass er gesund wurde? Die lange Reise nach Accra, der Kontakt zu Pa Kofi! Und nun tat ihr ehemaliger Patient gerade so, als hätte er etwas gegen sie. Sie fühlte sich verletzt und ließ auch einige spitzige Bemerkungen los, wenn sie ihn kurz sah. Er reagierte nicht.

Gerade jetzt, wo sie seinen Beistand dringender brauchte als jemals zuvor, weil es mit George immer schwieriger wurde, zog er sich von ihr zurück. Sie wollte ja keine Liebesbeziehung anfangen – das kam gar nicht infrage –, aber sie wollte wenigstens einen Freund in ihrer Nähe wissen. Aber vielleicht war es ja besser so. George war misstrauisch geworden, direkt eifersüchtig auf Johannes.

Trotzdem tat es weh, Johannes zu sehen und nicht vertraut mit ihm sprechen zu können. Die Nähe, die ihr gutgetan hatte, zerfiel vor ihren Augen. Zurück blieben die nervenden Auseinandersetzungen mit George.

Als Catherine von dem französischen Mädchen erzählte, bekam er einen Wutanfall und warf seiner Frau vor, ihm nachzuspionieren. Es sei um Englischunterricht gegangen, von der die Mutter nichts wissen durfte. Catherine glaubte ihm kein Wort. Die ganze Art, wie George und dieses Mädchen gesprochen hatten, hatte nicht nach Unterricht geklungen. Aber sie konnte nichts beweisen.

Johannes beschäftigte sich währenddessen mit Reisevorbereitungen, versah sich mit genügend Medizin, die Anna ihm zusammenstellte, und hoffte, dass die Reise nach Abokobi und Akropong ihn ganz wiederherstellen würde.

Eines Morgens, eine Stunde vor Sonnenaufgang, machte er sich mit einigen Helfern auf den Weg. In die Korbsänften kamen diesmal nur das Gepäck und die Stäbe der Männer.

»Wozu braucht ihr die Stäbe?«, fragte Johannes.

»Oh, so ein Stab ist sehr nützlich«, sagte einer der Männer. »Du kannst dich darauf stützen, Zweige oder hohes Gras beim Gehen zur Seite schlagen, und wenn dich jemand angreift, kannst du dich wehren.«

Langsam setzte sich die Reisegruppe in Bewegung. Die Straßen waren um diese Zeit belebt. Jeder nutzte die kühlen Stunden des Tages. Schon nach den ersten Schritten wurde Johannes an der Schulter gepackt. Ein Mann hielt ihn an. Überrascht blieb Johannes stehen und spannte unwillkürlich seine Muskeln an, weil er befürchtete, der Fremde wolle ihn ausrauben.

Aber der lachte nur, zeigte seine Zähne und rief: »Reverend Zimmermann! Du bist nicht krank und nicht tot!«

Als Johannes genauer hinschaute, was in dem dämmrigen Licht nicht einfach war, erkannte er Akwasi, den Neffen von Pa Kofi. Er war einer der Träger, der später gekommen war. Johannes hatte ihn nicht gleich gesehen.

»Du hast mir das Leben gerettet, Akwasi! Dein Onkel hat sehr gute Medizin gegen die Krankheit. Ein guter Heiler.«

»Ja«, nickte Akwasi, während sie weitergingen und das riesige Fort hinter sich ließen. »Pa Kofi ist bekannt dafür, dass er gute Medizin hat.«

»Er hat nicht nur Medizin, sondern sieht den Menschen ins Herz«, fügte Johannes leise hinzu.

Allmählich kam die Morgendämmerung. Der Chor der Vögel, der schon vorher gut zu hören gewesen war, schwoll an. Der orangerote Ball der Sonne blitzte hinter der sanften Linie der Berge auf, zeichnete die Silhouette der Palmblätter vor dem Graublau des Himmels ab und vergoldete die Grasdächer der Armen genauso wie die Ziegeldächer der Reichen.

Johannes und seine Helfer wandten sich nach links, Richtung Norden. Abokobi, ihr erstes Ziel, lag am Fuß des Berglandes. Der Boden war dort fruchtbarer als an der Küste. Die Mission hatte Land gekauft, Kaffee, Mais und Ananas angebaut und eine Schule gegründet. Johannes freute sich schon darauf, alles zu besichtigen und endlich seinen tropischen Weizen anbauen zu können.

Bald hatten sie die Ausläufer von Christiansborg hinter sich gelassen und kamen in eine weite Savannenlandschaft, die von einzelnen Bäumen unterbrochen wurde. Eine rote Erdstraße zog sich durch das dichte Gras, das jetzt in der Regenzeit grün und saftig dastand, während es noch im August gelb und braun am Boden gelegen hatte. Im Rhythmus ihrer Schritte sangen die Männer ein monotones Lied.

Nach zwei Stunden Gehen bei Tageslicht spürte Johannes die Sonne, die in der nahezu baumlosen Weite und in der feuchten Luft ihre Kraft entfaltete. Vorsichtshalber hatte er seinen Hut mitgebracht, der von seinen Begleitern bestaunt und bewundert wurde. Es war ein breitkrempiger Hut, solide gearbeitet von der Firma Haller aus Stuttgart.

Trotz Hut merkte er aber, dass die Sonne ihn lähmte, dass er nicht vollständig gesund war. Nach drei Stunden Marsch brauchte er dringend eine Pause. Mochten sich die Einheimischen auch darüber amüsieren, dass er noch schwach war – für sie war diese Strecke bestimmt ein Spaziergang, hatten sie ihn doch früher stundenlang im Korb über matschige Wege getragen. Manchmal sogar in einem leichten Trab. Er brauchte jetzt auf alle Fälle eine Rast, sonst würde die Krankheit wiederkommen. Und so suchte er nach einem geeigneten Baum.

Da hörte er Stimmen. Eine Gruppe kam ihnen entgegen. Die Frauen mit schweren Lasten auf dem Kopf. Männer mit stolzer Haltung. Ziegen und Schafe liefen nebenher und ein paar Kinder.

Sobald die Kinder sahen, dass ein weißer Mann ihnen entgegenkam, liefen sie los. Das war eine Attraktion! Die älteren riefen: »Obruni, Obruni – weißer Mann, weißer Mann!« Die jüngeren versteckten sich hinter den Rücken ihrer Mütter. Ohne Scheu fassten zwei Jungen Johannes am Arm und riefen begeistert: »Obruni!« Ein Mädchen nahm eines der kleineren Kinder hoch und wollte es Johannes hinhalten, aber es schrie wie am Spieß, als es das weiße, bärtige Gesicht des Deutschen sah. Das fanden nun alle unglaublich komisch und bogen sich vor Lachen.

Zwischen Johannes' Begleitern und den Leuten flogen die Sätze hin und her. Die Neugier war groß. Als alle Fragen beantwortet waren, zogen sie weiter. Akwasi sagte: »Siehst du, Reverend, wie nützlich es damals war, dich in dem Korb zu tragen? So kamen wir viel schneller voran und die Leute blieben nicht dauernd stehen.«

»Ja, du hast recht«, gab Johannes zu, nahm den Hut ab und fuhr sich durch seine schweißnassen Haare. »Ich brauche wirklich eine Pause, Akwasi. Die Krankheit hat mich noch geschwächt … Der Baum da vorne gibt ein bisschen Schatten.«

Akwasi nickte und gab die Bitte an die anderen weiter.

Zum Glück lag ein großer Stein unter dem Baum. Er war abgewetzt und hatte wahrscheinlich schon anderen zum Sitzen gedient. Johannes ließ sich darauf nieder und fragte nach seinem Trinkvorrat. Er fand es merkwürdig, dass die anderen nichts trinken wollten. Sie holten ihre Stäbe aus den Sänften und stützten sich darauf.

»Wir trinken abends, wenn es nicht mehr so heiß ist«, sagte Akwasi.

Johannes wollte gerade fragen, was für einen Sinn das hatte, da schrie einer der Männer plötzlich los. Ein anderer packte seinen Stab und schlug auf den Boden ein. Unwillkürlich war Johannes aufgesprungen.

»Eine Schlange!«, sagte Akwasi und deutete auf einen der Männer, der die tote Schlange um den Stab gewickelt hatte und seine Trophäe voller Stolz hochhob.

»Siehst du, dafür brauchen wir auch unsere Stäbe.«

»Ist die Schlange giftig?«

»Wir wissen es nicht, es gibt so viele Arten. Aber sicher ist sicher. Wir sollten jetzt besser weitergehen. Die Ameisen haben gemerkt, dass eine tote Schlange ein neuer Vorrat für sie bedeutet.«

Er zeigte auf den Boden, und Johannes sah eine handbreite Ameisenstraße, die zu dem abgeschnittenen Kopf der Schlange führte. Der Rest des erlegten Tieres war schon verpackt worden. Die Männer würden daraus eine Abendmahlzeit über dem Feuer zubereiten.

»Wenn du auf die Straße der Ameisen getreten wärst, hättest du innerhalb von Augenblicken einen wilden Tanz aufgeführt, und wir hätten etwas zum Lachen gehabt.«

Johannes streckte sich, setzte den Hut auf, legte die Kürbisflasche in die Sänfte und schloss sich seinen Trägern an, die ihn in die Mitte nahmen.

Inzwischen hatte die Sonne den Zenit erreicht und schleuderte ihre Hitze auf den Boden. In der Ferne konnte Johannes einen Wald sehen und freute sich, nachher in den dunkelgrünen Schatten zu treten. Das war etwas, wovon er als Junge geträumt hatte: in einem wilden Wald, in einem Dschungel zu sein. Lianen, die herabhingen, die man packen konnte, um damit über den Boden zu schweben. Affen, die von Ast zu Ast sprangen …

Ja, es war gut, hier in Afrika zu sein. Hier wurde er gebraucht. Hier konnte er den Leuten neue Anbautechniken zeigen, ihnen etwas von der Bibel erzählen und die Sprache erforschen. Er hatte während der Genesungszeit sein Wörterbuch vervollständigt und sich mit der Aussprache auseinandergesetzt, und er merkte jetzt, wie leicht Catherine mit Pa Kofi Ga gesprochen hatte. Der sprach zwar auch Twi, aber es war hier ganz normal, mehrere Sprachen zu kennen. Johannes hatte festgestellt, dass die meisten Leute zwei, drei oder sogar vier einheimische Sprachen beherrschten, die so verschieden voneinander waren wie Englisch und Russisch.

Cathy! Es schmerzte ihn, dass er sich von ihr zurückgezogen hatte, ja zurückziehen musste. Pa Kofi, der Herzensseher, hatte es klar erkannt, dass sein Herz immer mehr für Cathy brannte und dass Olga zu einer blassen Figur wurde. Trotzdem verschwand auch sie nicht aus seinem Inneren. Schließlich war er mit ihr verlobt.

Er hatte natürlich gemerkt, dass Cathy über seine Abwehr verletzt war. Ihre spitzen Bemerkungen hatten ihn getroffen, aber es ging nicht anders. Er konnte nicht zwei Frauen gleichzeitig lieben. Das zerriss ihn. Er musste sich jetzt ganz auf Olga konzentrieren, Briefe schreiben, ihr klarmachen, was für ein Leben sie erwartete.

Wenn Olga erst hier war und sie geheiratet hatten, würde alles einfacher werden. Cathy und er würden gut zusammenarbeiten, Freunde sein. Nichts sonst. Und Cathy würde einen Weg finden, mit George zurechtzukommen. Sie war ja eine kluge und verständige Frau.

Wieder versuchte er, während die Sonne auf den Hut von Firma Haller herunterbrannte, Olgas Gesicht in ihm zum Leben zu erwecken, aber es gelang ihm nur sehr schwer, denn in seinem Inneren hörte er Cathy lachen. Er spürte ihre Hand auf seiner Stirn, sah ihr ernstes, liebevolles Gesicht über seinem schweben und wie ihre dunkle Ebenholzhaut im Schein der Petroleumlampe glänzte.

»Reverend Zimmermann!«, hörte er Akwasi rufen. »Hier ist ein breiter Fluss!«

Johannes schaute auf. Die ganze Zeit war er nur so vor sich hingetrottet, ohne richtig auf den Weg zu achten. Jetzt sah er, dass der Grünstreifen, den er für einen Wald gehalten hatte, nur eine Ansammlung von Büschen war, die entlang eines breiten Flusses wuchsen. Manche waren noch dürr von der Trockenzeit, andere grün und saftig.

Die Gruppe blieb stehen. Es war gut, endlich wieder im Schatten zu sein. Das braune Wasser floss träge an ihnen vorbei, auf der Oberfläche trieben Blätter und Staub und formten sich zu Kreisen und Spiralen.

»In der Trockenzeit ist hier kein Fluss«, sagte Akwasi.

»Wie kommen wir da hinüber?«, fragte Johannes.

Akwasi zeigte auf ein Gebüsch, und Johannes sah die Spitze eines Einbaums herausragen.

»Wir werden damit hinüberfahren!«

Tatsächlich war der Einbaum eine Art Fähre ohne Fährmann. Das Boot war lang und für alle fünf war Platz vorhanden. Selbst die Sänften passten gerade noch hinein.

Johannes hielt sich krampfhaft an den beiden Rändern fest, denn der Einbaum war schmal und konnte leicht umkippen. Die Wasseroberfläche lag nur ein paar Zoll unter dem Holzrand. Vorne und hinten tauchten die Männer die breiten Paddel im gleichen Rhythmus ins Wasser.

Als sie am anderen Ufer angekommen waren, sah Johannes einen zweiten Einbaum im Gebüsch, an einem starken Ast vertäut. Vorsichtig stiegen alle aus, und zwei der Träger fuhren jetzt mit den zwei Booten auf die andere Seite.

»Warum machen sie das?«, fragte Johannes.

»Sie bringen den Einbaum ans andere Ufer, damit die Nachfolgenden auch übersetzen können, und fahren dann gemeinsam in dem zweiten zu uns zurück.«

»Gute Idee.«

Der Weg führte jetzt vom Fluss leicht bergan, so lange, bis er das Tal verlassen hatte. Dann ging es auf einem ebenen Pfad weiter. Rechts und links sah Johannes kultiviertes Land: Ölpalmen und Ananasfelder. Mit einem Mal stockten die zwei Träger vor ihm, drückten sich nach links und redeten aufgeregt.

»Was ist los?«, fragte Johannes.

Die Gruppe blieb stehen.

»Ein Zauberkrug an einem Feld!«, sagte Akwasi zögernd.

»Was bedeutet das?«

»Der, dem dieses Feld gehört, hat einen Krug mit Zauberdingen an einem Ast befestigt. Es soll ein Schutz sein. Wer dieses Feld ausraubt, wird mit einem Fluch belegt. Lasst uns weitergehen, denn wenn wir diesen Krug berühren, wird womöglich der Zauber wirksam.«

»Halt!«, sagte Johannes. Die Männer schauten ihn erstaunt an. »Ist einer von euch Christ?«, fragte er, während Akwasi übersetzte.

Die Männer schüttelten den Kopf.

»Wenn ihr Christen wärt, brauchtet ihr vor diesem Zauberkrug keine Angst zu haben, weil der Zauber, den Christus bringt, mächtiger ist als dieser Zauber. Ich werde jetzt diesen Topf anfassen, ihn abmachen und neben das Feld stellen.«

Sofort wichen die Träger zurück und fingen an, auf Johannes einzureden.

Akwasi sagte: »Sie wollen nicht, dass du es machst, denn so ein Ding ist mächtig. Jeder hat in seiner Familie schon damit zu tun gehabt, und Krankheiten und Tod waren die Folgen, wenn man den Krug und das Feld berührt.«

»Sag ihnen: Deshalb bin ich von weither gekommen, um die Angst vor diesen Zauberdingen zu nehmen und die Macht Christi bekannt zu machen. Christus ist der Sohn von Onyame und hat alle Dämonen und Teufel besiegt. Ja, sogar den Tod!«

Akwasi übersetzte, und die Männer stießen erstaunte Laute aus. Einer hielt sich die Hand vor den Mund.

Johannes fiel mitten auf dem Weg auf die Knie und betete, dann stand er auf, löste den Strick, mit dem der Krug befestigt war, und stellte ihn auf den Boden. »Lasst uns weitergehen.«

Noch ganz unter dem Bann des Geschehens nahmen die Träger die Sänften wieder auf und gingen weiter. Das war das Ereignis des Tages. Unterwegs redeten sie erregt. Johannes vermutete, dass sie über den Zauberkrug sprachen. Ab und zu blickten sie ihn scheu von der Seite an, als erwarteten sie, dass er doch noch tot umfallen müsste.

Nach einer Stunde tauchte ein Dorf auf, das sie schnell durchzogen, als hätten sie ein schlechtes Gewissen.

* * *

In der Abenddämmerung erreichten sie Abokobi. Die untergehende Sonne hatte ein fantastisches, orangefarbenes Licht an den Himmel gemalt. Vor den Hütten glühten Feuer unter den Kochtöpfen, die aussahen wie leuchtende Bälle.

In Abokobi waren die Leute zwar daran gewöhnt, dass regelmäßig weiße Menschen kamen, aber trotzdem rannten die Kinder wieder auf Johannes zu und schrien begeistert: »Abruni, Abruni.« Allmählich ging es ihm auf die Nerven, wie eine Zirkusattraktion behandelt zu werden.

Wie in Akropong lagen die Missionshäuser etwas erhöht über dem Dorf – fast wie eine Burg. Die Träger hielten vor den Hütten der Einheimischen nur kurz an, um alte Bekannte zu begrüßen. Johannes sah dabei einen Mann mit einer gestrickten Mütze, der neben dem Feuer hockte, seinen Stab in der Hand hielt und mit geschlossenen Augen zu lauschen schien.

»Wahrscheinlich ein Blinder«, seufzte Johannes im Stillen.

Sie wurden bereits erwartet, obwohl doch niemand eine Botschaft geschickt hatte. Akwasi erklärte es ihm: Sie hatten unterwegs für Aufsehen gesorgt, und die Nachricht vom reisenden Weißen war durch Trommelzeichen von Dorf zu Dorf weitergegeben worden.

Johannes war froh, sich endlich ausruhen zu können. Friedrich, einer der Missionare, und seine Frau Martha freuten sich offensichtlich über den Besuch und boten ihm einen bequemen Sitz an und einen großen Becher lauwarmen Malventee mit Zitrone.

»Ah, das tut gut nach dem langen Marsch«, sagte Johannes, setzte den Becher ab und hängte seinen Hut über die Lehne des breiten Holzsessels. »Wo werden die Träger übernachten?«

»Ach«, sagte Martha und lachte, »die kommen unten in den Hütten unter. Es ist erstaunlich, wie weit verzweigt die Verwandtschaftsverhältnisse hier sind. Jeder hat irgendwo einen Verwandten wohnen.«

»Bei denen gibt's heute Abend wohl Schlangenbraten«, sagte Johannes. »Unterwegs haben sie eine erlegt.«

Martha schüttelte sich. »Schlangenbraten!«

»Wieso?«, meinte Friedrich. »Ich hab mal ein Stück probiert. Es ist weißes Fleisch und schmeckt ein bisschen wie Krokodil oder Krebs.«

Johannes meinte, aus der Küche ein Geräusch zu vernehmen, das wie unterdrücktes Schluchzen klang.

»Und wie geht es dir, Johannes?«, fragte Friedrich. »Ich habe gehört, dass du ernsthaft krank gewesen bist. Es stand auf der Kippe!«

Johannes nickte. »Ja, mich hatte es böse erwischt. Es war die Ruhr und ich … ich hatte schon mit dem Leben abgeschlossen. Aber der Herr hat mein Leben gerettet. Ich merke, dass meine Kräfte noch nicht ganz zurückgekehrt sind. Dieser lange Marsch heute hat mich mitgenommen.«

Friedrich schüttelte den Kopf. »Der Marsch von Christiansborg hierher würde auch einen Gesunden ermüden. Du musst wirklich aufpassen, dass du dir nicht zu viel zumutest. Das machen alle Neuen am Anfang.«

Wieder war ein Schluchzen aus der Küche zu hören und Martha stand auf.

»Ich muss mal nach dem Rechten sehen. Das Essen sollte schon längst fertig sein.«

Sie ging in die Küche.

»Ist irgendetwas passiert?«, fragte Johannes teilnahmsvoll seinen Kollegen.

»Allerdings«, nickte Friedrich. »Ich wollte es dir eigentlich erst morgen erzählen und dich nicht gleich am ersten Abend damit behelligen. Aber da du nun fragst, kann ich es auch gleich sagen. Es … es hängt mit George Thompson zusammen!«

Johannes zog die Augenbrauen hoch: »George Thompson?«

»Ja, genau. Er kommt alle zwei Wochen hierher, um zu unterrichten, und wir haben heute Morgen gehört, dass er ein

Verhältnis mit zweien unserer älteren Schulmädchen hatte. Es muss schon lange so gegangen sein, aber jetzt kam es heraus. Die Mädchen haben es zugegeben und wir haben George damit konfrontiert. Er … er hat zunächst alles abgestritten, aber es gab zu viele Zeugen. Die halbe Klasse wusste davon. Hier haben anscheinend die Bäume, Mäuse und Vögel sehr große Ohren. Er hat es dann zerknirscht zugegeben und ist heute Mittag überstürzt geflohen. Unsere Köchin ist die Schwester eines dieser Mädchen und hat nun Angst, dass sie ihre Stelle verliert, weil sie gegen einen Missionar ausgesagt hat. Meine Frau versucht sie zwar immer wieder zu beruhigen, aber sie glaubt ihr nicht so recht.«

»Warum?«

»Nun, die Schwarzen betrachten uns Missionare wie eine eigene Familie und sind davon überzeugt, dass wir alle irgendwie verwandt sind, obwohl George eine dunkle Haut hat. In ihrem Verständnis würde ein Übeltäter von der Familie geschützt werden. Sie verstehen nicht, dass es Regeln gibt, die für alle gelten, also auch für uns Missionare, und dass die Verletzung dieser Regeln Konsequenzen hat.«

»Hm«, sagte Johannes und nahm einen langen Schluck. »Ich habe Cathy … Catherine und George kennengelernt. Auf mich machte er einen überheblichen Eindruck, während seine Frau hier wunderbar zurechtkommt und sich erstaunlich gut in die hiesige Sprache eingelebt hat …«

»Oh ja, Catherine ist ein Juwel. Sie leidet sicher ganz fürchterlich unter der Situation, denn ich vermute, dass sie die schwache Seite ihres Mannes schon lange aushalten muss.«

»Und … ahm … was wird mit George geschehen?«

»Die Sache lässt sich nicht vertuschen. Wir müssen also mit Stanger und mit den anderen Missionaren reden – und natürlich auch mit Catherine. Wenn sich Thompson nicht bessert, müssen wir uns von ihm trennen. Wahrscheinlich wird es zu einer Scheidung kommen …«

»Aber unter Christen?«

»Mein lieber Johannes. Das ist nicht der erste christliche Scheidungsfall. Unser Herr hat die Scheidung und Wiederverheiratung zwar nicht erlaubt, aber es gibt im Matthäusevangelium eine Ausnahme.«

»Außer bei Unzucht«, zitierte Johannes die Stelle.

»Richtig.«

»Hm. Ich habe diese Ausnahme immer nur auf die Scheidung bezogen, aber nicht auf die Wiederverheiratung.«

»Ich beziehe die Ausnahme auch auf die Wiederverheiratung«, sagte Friedrich. »Stell dir eine junge Mutter mit drei Kindern vor, die sich scheiden lassen muss und dann verboten bekommt, wieder zu heiraten. Das wäre eine unmögliche Zumutung, nicht nur für sie, sondern auch für die Kinder. Jesus hätte solche Härte gegenüber einer Frau nicht gewollt. Muss man nicht auch den Geist der Liebe hinter seinen harten Worten erkennen und danach handeln?«

Johannes schwieg und sagte nach einer Weile: »Das ist nachdenkenswert. Nun, ich bin gespannt, wie sich …«

Friedrich unterbrach ihn und lachte.

Überrascht blickte Johannes ihn an. »Warum lachst du?«

»Ich stelle mir nur vor, wie Catherine den Heiratsmarkt durcheinanderbringen wird, wenn erst mal bekannt ist, dass sie wieder zu haben ist.«

»Meinst du?«, fragte Johannes einsilbig.

»Oh ja. Catherine ist eine gut aussehende, intelligente Frau, hat ein Herz für Menschen, ist fruchtbar, kann also noch mehr Kinder bekommen … Die Männer werden sich um sie reißen. Wir müssen auch aufpassen, dass sie nicht von den Methodisten abgeworben wird. Ich könnte mir vorstellen, dass bei den Westindern in Akropong einige Männer sofort bereit wären, sie zu heiraten. Stammt sie nicht auch aus Jamaika?«

Johannes wusste nicht, was er darauf antworten sollte, und war froh, dass sich die Küchentür öffnete und Martha mit ihrer Haushaltshilfe erschien. Beide trugen Tabletts, beladen mit Schüsseln, aus denen es wunderbar nach gerösteten Bananen, frischem Brot und Hühnerfleisch duftete.

23

Christiansborg, Ende September 1850

Die Regenzeit hatte ihren Höhepunkt überschritten. Die Felder standen grün und üppig da, an den Ölpalmen hingen hohle Kürbisse an den senkrechten Einschnitten unterhalb der Krone, um den Saft für den späteren Palmwein aufzufangen. Jeder auf dem Land versuchte sich Vorräte anzulegen für die kommende Trockenzeit, die sich in den regenlosen Nächten ankündigte. Schiffe aus Europa verspäteten sich nicht mehr so häufig, weil die Gewitter an der Küste abnahmen und keine Fallwinde über das Wasser fegten. Das Wetter wurde berechenbarer.

Catherine lebte inzwischen ohne Mann in ihrem Haus, zusammen mit Abei, Rosine und dem kleinen George, der schon sprechen konnte und alles nachplapperte, was ihm seine große Schwester vorsagte. Die Scheidung war nach dem Vorfall in Abokobi schnell über die Bühne gegangen. Danach meldeten sich noch viele Mädchen, mit denen George ein Verhältnis gehabt hatte. Die Mission stand vor der delikaten Aufgabe, die Kinder der Schulmädchen zu unterstützen, die nach dem innigen Kontakt mit ihrem Lehrer geboren worden waren.

George musste Christiansborg verlassen und suchte sich eine freie Stelle als Lehrer bei den Methodisten, vierhundert Meilen entfernt. Catherine war nicht besonders traurig, nun ohne Mann leben zu müssen. Sie hatte genügend zu tun, und ihr Haus war oft voller Gäste. Abei dachte schon darüber nach, ob sie nicht um eine zusätzliche Hilfe bitten sollte.

Obwohl es Catherine besser ging als vorher, war das nicht allen klar. Vielen kam es doch seltsam vor, dass in dem Haus der Mission nun eine Frau allein mit ihren Kindern lebte. Man redete über sie. Die meisten dachten, dass sicher bald ein geeigneter Mann auftauchen würde, der sie heiratete.

In den letzten Tagen hatte Catherine auffallend oft Besuch von westindischen Handwerkerfamilien aus Akropong bekommen. Junge Männer waren darunter, die ihre Ausbildung beendet hatten und durch eine Heirat mit Catherine auf eine Anstellung bei der Mission hofften. Sie saßen in Catherines Wohnzimmer und ließen sich von Abei bedienen. Die Hausherrin glänzte bei solchen Besuchen mit Abwesenheit, tat sehr beschäftigt und machte mehr Krankenbesuche als nötig.

An einem Nachmittag im September, an dem es ungewöhnlich heiß gewesen war und in der Nacht davor nicht einen Tropfen geregnet hatte, kam Catherine vom Hafen. Aber anstatt nach Hause zu gehen, bog sie ab und steuerte auf das Missionshaus zu. An der Pforte saß Frau Stanger und strickte.

»Ich grüße dich, Catherine.«

Catherine erwiderte den Gruß.

»Was führt dich zu uns?«

»Ich möchte Anna sprechen, falls sie da ist.«

»Du hast Glück, sie ist gerade zurückgekommen und ist dabei, Kokosnüsse in der Küche zu trocknen.«

»Danke.«

Als Cathy die Küchentür aufmachte, roch es nach dem süßlichen Kokosfleisch. Auf dem Tisch sah sie einen Haufen halbierter Kokosnüsse liegen. Lange Schnüre hingen von der Decke, an denen kleine Kokosstücke aufgefädelt waren.

Anna blickte auf und lächelte. »Cathy! Schön, dass du mich besuchst. Du kommst gerade richtig zum Helfen.«

Catherine zog wortlos ihr Messer unter dem Kleid hervor und holte sich eine halbe Kokosnuss. Mit geübten Griffen schälte sie das Fleisch heraus, schnitt es klein, nahm einen der groben Fäden mit Nadel und zog die weißen Stücke auf, sodass das Ganze aussah wie eine grobe Perlenkette. Zum Schluss knotete sie die beiden Enden zusammen.

»Du bist sicher nicht gekommen, um mir hier zu helfen, oder?«, fragte Anna und grinste sie an.

»Nein … ich … ich habe eine Frage, die nur ein Deutscher beantworten kann. Vielleicht sogar nur ein Deutscher aus dem Süden …«

»Du meinst, ein Schwabe?«

»Genau.«

»Da bin ich ja gespannt. Was gibt es?«

»Das muss ich mit dir besprechen, wenn wir hier durch sind. In Ruhe.«

»Gut«, nickte Anna. »Wenn wir schnell arbeiten, sind wir bald fertig. Es sind nur noch fünf Kokosnüsse da.«

Man hörte das Schaben und Schneiden der Frauen. Von draußen drang das Meckern einer Ziegenherde herein, die gerade vorbeizog.

»Und wie geht's deinen Kindern, Cathy?«

»Danke, gut. Georgy entwickelt sich prächtig. Er redet jetzt alles Mögliche vor sich hin. Und Rosine ist ganz die große Schwester, die ihn wie eine Puppe mit sich herumschleppt, was ihm natürlich nicht immer passt.«

»Das kann ich mir vorstellen«, lachte Anna. »Und wie … wie ist es so allein im Haus ohne Mann?«

Catherine blickte sich erst um und meinte dann: »Ehrlich gesagt, fühle ich mich jetzt wohler ohne George. Erst jetzt, nachdem er weg ist, geht mir auf, wie angespannt ich die ganzen Jahre gewesen bin, weil ich immer Angst vor irgendwelchen Enthüllungen hatte. Dauernd dachte ich darüber nach, was ich sagen oder tun könnte, um ihn auf den rechten Weg zu bringen.

Es war, als ob ich noch ein drittes, großes Kind gehabt hätte. Langweilig ist es auch nicht gerade. Ich habe genügend zu tun, und Abei und ich bekommen viel Besuch …«

»Ja, ja, ich weiß«, nickte Anna. »Auffallend viele Westinder tauchen bei dir auf … Haben sie dir schon Anträge gemacht?«

»Ich versuche, ihnen aus dem Weg zu gehen.« Sie seufzte. »Ja, ich scheine eine gute Partie zu sein. Und weil ich meine Jugend auf Jamaika verbracht habe und die Sprache spreche, denken alle, ich müsste einen von ihren Männern heiraten. Aber glaub mir: Von Männern habe ich erst mal die Nase voll!«

»Na komm, Cathy. Nicht alle Männer sind so wie George. Und früher oder später musst du heiraten, das weißt du. Eine alleinstehende Frau in Afrika kommt nicht gut an.«

»Ja, ich weiß. Aber ich habe keine Lust, mich gleich wieder an einen Mann zu binden. Und außerdem bist du auch nicht verheiratet.«

»Bei mir ist es anders. Ich habe keine Kinder und war nie verheiratet. Außerdem lebe ich in dem Missionshaus wie eine … eine …«

»Eine Nonne?«

»So ähnlich«, murmelte Anna und nahm sich die beiden letzten Kokosnusshälften. Als alle Stücke wie essbare Ketten von der Decke hingen, räumte Anna die Schalen zur Seite – sie würden später zu Behältern verarbeitet – und wusch sich die Hände.

»So, dann lass uns vor die Tür gehen und uns in den Schatten setzen. Das haben wir uns jetzt verdient.«

Catherine holte sich eine Kanne mit lauwarmem Tee, die immer bereitstand, griff sich zwei Becher und ging mit Anna in den Garten.

Ein paar Schritte entfernt fanden sie ein behelfsmäßiges Schattendach, ein Holzgestell, bedeckt mit Bananen- und Palmblättern. In der Mitte standen eine Bank und ein runder Tisch. Die beiden Frauen ließen sich auf die Bank fallen, tranken in großen Zügen ihre beiden Becher aus und blickten auf den Hafen hinunter. Zwei, drei Segelschiffe lagen vor Anker und schaukelten sanft auf den Wellen.

»So«, sagte Anna und sah ihre Freundin erwartungsvoll an.

Währenddessen hatte Cathy unter ihrem Rock nach etwas gesucht und hielt nun einen Zettel in der Hand.

»Ach, es ist eigentlich nichts Besonderes«, sagte sie. »Mich plagt nur die Neugier.« Sie strich das Papier glatt und fuhr fort: »Als Johannes so krank war, da haben wir doch manchmal an seinem Bett gesessen.«

»Ja.«

»Und an einem Tag hatte er besonders heftiges Fieber. Er schien nicht richtig da zu sein und murmelte vor sich hin. Er wusste zwar, dass ich neben ihm saß, aber dann dämmerte er weg und sagte immer wieder einen Satz auf Deutsch, den ich nicht verstand. Und ich vermute sogar, dass der Satz auf … Schwäbisch war. Schließlich stand ich auf und notierte mir die Worte in englischer Lautschrift. Das ist alles. Neulich kam mir der Zettel wieder in die Finger und da dachte ich, dass du vielleicht …«

»Gib mal her.«

Catherine reichte ihr den Zettel und Anna versuchte, einen Sinn hinter den Buchstaben zu erkennen. »Dy … haoot ish grậd veea shooa … shooatser sumt.«

Anna schüttelte verwirrt den Kopf. »Das sieht aber komisch aus …«

»Vielleicht musst du es so aussprechen wie deinen Dialekt«, half Catherine nach.

»Hm«, brummte Anna und stellte sich vor, sie würde Schwäbisch reden: »Dei Haut isch grad wia schwarzer Samt.« Plötzlich fing sie an zu lachen. »Natürlich! Jetzt wird es klar. Deine Haut ist gerade so wie schwarzer Samt.«

»Was?«

Anna übersetzte den Satz auf Englisch. »Also, der gute Johannes, der wohl ziemlich genau gemerkt hatte, wer neben ihm saß, sagte damals im Fieber: Your skin is just like black velvet!«

Staunend wiederholte Catherine den geheimnisvollen Satz: »Deine Haut ist gerade so wie schwarzer Samt.« Und während sie den Satz sagte, wurde ihr Gesicht um eine Spur dunkler.

»Du … meinst, dass …«

»Ja, der arme Kerl war oder ist wahrscheinlich immer noch völlig in dich verliebt! Er war hingerissen von deinem schönen Aussehen, von deiner dunklen Haut!«

Anna nahm Catherines Hände. »Cathy, es ist doch kein Geheimnis, dass du eine gut aussehende junge Frau bist. Und wieso sollte sich Johannes nicht in dich verlieben?«

Catherine war noch etwas verwirrt durch den raschen Wechsel der Ereignisse. Sie griff sich an den Kopf. »Aber dann versteh ich nicht, dass er in letzter Zeit so … so ablehnend war. Er hat mich nicht einmal angeschaut, kein Wort mehr mit mir gesprochen, so getan, als sei ich Luft für ihn!«

»Das ist überhaupt nicht schwer zu verstehen, Cathy.«

»Wieso?«

»Stell dir doch nur mal vor: Damals warst du eine verheiratete Frau. Er selbst ist verlobt und hat einer anderen Frau die Ehe versprochen, und dann muss er sich ausgerechnet in dich verlieben. Das passte nicht in sein Konzept. Am Anfang fand er es wohl ganz angenehm, mit dir zusammenzuarbeiten, aber dann ging ihm wahrscheinlich auf, wie gefährlich das werden könnte … dass es keinen Sinn hatte, dass es Sünde war. Und deshalb hat er radikal mit dir Schluss gemacht.«

»Du meinst, er war nicht böse auf mich, sondern …«

»Aber, Cathy! Wer könnte auf dich böse sein? Kennst du nicht das Sprichwort, das die Leute hier sagen?«

»Welches Sprichwort?«

»Wer sich verstecken will, wirft die Steine in die andere Richtung.«

Catherine schwieg, nahm ihre Hände vors Gesicht und sagte dumpf: »Dann liebt er mich womöglich immer noch!«

»Natürlich liebt er dich. Vielleicht sogar mehr, als ihm lieb ist. Cathy, überleg doch mal. Johannes ist ein Mann, der von der Sprache begeistert ist, der sich mit Leidenschaft in die Erforschung der Ga-Sprache wirft, und dann trifft er plötzlich auf eine junge, schöne Frau, die die gleiche Leidenschaft besitzt wie er. Und vielleicht ist seine Verlobte …«

»Olga …«

»Gut. Also, vielleicht ist Olga ein ganz anderer Typ, für die Sprache gar nichts bedeutet, und es ist auch nicht sicher, ob sie überhaupt hier leben kann. Johannes denkt, als er dich kennenlernt: Hier wäre die ideale Frau für mich, sie lebt hier, kommt gut zurecht, liebt die Missionsarbeit, liebt es, neue Sprachen zu erforschen, und ihr Ehemann ist ein … ein …«

»Schon gut. Ich weiß, was du sagen willst.«

»Johannes kann einem leidtun. Es muss ihn innerlich zerreißen.«

Cathy nickte langsam und murmelte: »Wie recht Pa Kofi damals gehabt hat. Weißt du noch, was er sagte? Wo nnya ahomka, enam se wo do hye nipa ahoro mu – Du hast Fieber, weil du zu viel verschiedene Liebe in deinem Herzen hast.«

»Tja, der Mann hatte ein Auge für die wahren Zusammenhänge. Vielleicht ist Johannes deswegen krank geworden, weil es ihn so durcheinandergebracht hatte, wer weiß?«

Catherine seufzte. »Mein Gott. Er liebt mich und wir können nie zusammenkommen!«

Jetzt hielt es Anna nicht länger auf der Bank. Sie sprang auf, sah Catherine in die Augen und sagte: »Tu nicht so hilflos. Ich weiß genau, dass du ihn auch liebst.«

Catherine sagte nichts, sondern blickte zu Boden.

»Und außerdem«, setzte Anna hinzu, »ist es gar nicht so aussichtslos.«

»Wieso?« Catherine hob den Kopf und Anna sah, dass in ihren Augen Tränen schimmerten.

»Johannes ist schließlich nur verlobt. Noch ist er nicht verheiratet.«

»Aber er hat Olga die Ehe versprochen.«

»Ja, aus Dummheit. Weil er dich noch nicht kannte.«

»Anna!«

»Ja, merkst du denn nicht, dass ihr zusammengehört?«

»Wir?«

»Ja, ihr! Ihr passt hervorragend zusammen. Und wenn du jetzt nicht alles tust, damit ihr euch findet, dann bist du die größte Kuh, die auf Gottes Erde herumläuft.«

»Aber Olga … ahm … Anna. Wie stellst du dir das vor? Ich kann doch nicht zu ihm hingehen und sagen: Heirate mich und überlass Olga ihrem Schicksal! Verstehst du? Als Frau kann ich nichts tun. Er muss schon selber darauf kommen!«

Anna setzte sich wieder, holte ein Taschentuch aus ihrem Ärmel und schnäuzte sich. Diese Sache ging ihr selbst ziemlich nahe.

»Natürlich kannst du nicht so vor ihn hintreten. Aber Frauen können sehr viel tun, ohne dass die Männer das merken. Das ist ja gerade ihre Begabung: zu führen, ohne dass es jemand merkt.«

»Anna, Anna, woher weißt du das alles?«

Anna lachte: »Ich habe drei ältere Schwestern und habe alles bis ins Kleinste beobachtet, als sie ihre Männer kennenlernten. Glaub mir, ich wäre mit Johannes schon längst verheiratet, wenn ich es gewollt hätte.«

»Und wieso hast du nicht …?«

»Er kam mir immer wie ein großer Bruder vor und nicht wie ein Geliebter, und irgendwie hab ich gespürt, dass das ein Mann für dich ist …«

»Geliebter! Wie das klingt, Anna! Und wie konntest du das denken? Ich war doch mit George …?«

Anna winkte ab. »Ach, George, den hab ich gar nicht ernst genommen. Er war ein Gockel, ein Angeber, und in seinen Augen habe ich keinen Funken Liebe für dich gesehen.«

Beide schwiegen und blickten auf eines der Schiffe, das seine Segel einholte. Schließlich räusperte sich Cathy und sagte etwas zögernd: »Und wie … ich meine … wie haben denn deine Schwestern es angestellt, dass sie …«

»Mit dem ältesten Trick der Welt.«

»Und der wäre?«

»Ach komm, Cathy. In was für einer Welt lebst du eigentlich?«

»Tut mir leid, ich hab für solche Scherze nie einen Sinn gehabt und fand es nur dumm, wenn die anderen Mädchen irgendetwas anstellten, nur um die Männer auf sich aufmerksam zu machen.«

»Aber, Cathy, es ist der Wille Gottes! Selbst die Tiere machen die verrücktesten Tänze und Töne, um das Weibchen oder das Männchen anzulocken!«

Cathy lachte: »Soll ich um ihn herumtanzen, oder was?«

Anna schüttelte den Kopf. »Nein, nein, das wäre zu auffällig. Du musst …« Sie flüsterte Cathy etwas ins Ohr, worauf Cathy ihre Freundin anstarrte und fragte: »Meinst du wirklich, ich soll …?«

»Natürlich. Ich sage dir, das wirkt. Es wird ihn zwar noch mehr zerreißen, aber ihn endlich zum Handeln zwingen. Und ich werde auf meine Art auch das Feuer etwas schüren.«

»Hm. Ich weiß nicht. Das kommt mir wie ein Betrug vor.«

»Glaub mir, Cathy, das ist kein Betrug. Es ist ein uraltes Spiel mit vielen Regeln! Und vergiss nicht, ein Hindernis ist zumindest beseitigt: Du bist wieder frei und solltest eines nicht tun, nämlich irgendjemanden zu heiraten, nur damit du einen Mann hast.«

»Das hab ich auch nicht vor.«

»Gut.«

Anna schwieg und in der Stille hörten sie ein Rumpeln im Haus. Sie sahen sich an.

»Was ist das?«, fragte Catherine.

Anna hob die Schultern. »Lass uns nachsehen.«

Als sie durch die Küche in den breiten Flur traten, sahen sie einen Mann von hinten, der eine große Kommode auf Rollen über den Boden zog. Er drehte sich um und jetzt erkannten sie ihn. Es war Johannes Zimmermann. Anna ging auf ihn zu.

»Grüß Gott, Johannes. Was machsch denn do?«

Er bog seinen Rücken gerade und sagte: »Grüß Gott, Anna. Das ist ein altes Harmonium. Ich hab's von den Engländern abgekauft und werde es reparieren. Dann kann ich endlich ein bisschen deutsche Musik machen, Schumann und Bach spielen und den Leuten hier neue Lieder beibringen. Auf Ga natürlich.«

Jetzt wagte sich auch Catherine aus dem hinteren Teil des Flurs heraus und begrüßte Johannes. Er nickte nur stumm und zog das Instrument in eines der Zimmer.

Catherine blickte Anna vielsagend an und flüsterte: »Siehst du, wie er sich mir gegenüber benimmt?«

Aber Anna grinste nur und flüsterte zurück: »Wer sich verstecken will, wirft die Steine in die andere Richtung!« Sie umarmte ihre Freundin und ging in die Küche.

Catherine blieb im dunklen Flur zurück, blickte auf die Tür, durch die Johannes mit dem Harmonium verschwunden war. In Gedanken versunken verließ sie das Missionshaus. Fast wäre sie unterwegs über einen Abfallhaufen gestolpert.

24

Christiansborg, Oktober 1850

Auch wenn die Jahreszeiten mit denen in Europa nicht übereinstimmten, feierten die Missionare und ihre Angehörigen wie jedes Jahr am ersten Sonntag im Oktober das Erntedankfest.

Im großen Saal, wo die Gottesdienste stattfanden, war der Altartisch mit Früchten und Gemüse reich beladen. Statt Kartoffeln türmten sich längliche Yamswurzeln, statt rotbackiger Äpfel leuchteten Mangos in grünen, gelben und roten Schattierungen, Papayas schmiegten sich mit ihren kräftigen orangefarbenen Schalen an die eher farblosen Guaven, eine riesige Bananenstaude lag quer über dem Tisch und Bastkörbe mit reifen Orangen füllten die Lücken. Krüge mit Reis, Bohnen und Erbsen vervollständigten das Bild. Von der Decke hingen Kokosketten, und in der Mitte prangte ein braun gebrannter Brotlaib. Überall dazwischen standen exotische Blumen in gläsernen Vasen.

Jeder, der an diesem Sonntagnachmittag den Raum betrat, wurde nicht nur von den Farben der Früchte überwältigt, sondern auch von einem herrlichen Duft begrüßt. Fast alle aus der Mission waren gekommen. Catherine und Anna saßen nebeneinander, zusammen mit den älteren Schulmädchen. Die Ehepaare, Männer und die älteren Schüler befanden sich auf der anderen Seite. Alle übrigen Besucher aus der Stadt saßen oder standen hinten.

Johannes, der das Harmonium repariert hatte, spielte das strahlende Präludium Cis-Dur von Bach aus dem Wohltemperierten Klavier. Dabei vermied er es, zu den Frauen hinüberzublicken. Während er spielte, rann ihm der Schweiß von der Stirn und tropfte auf seine Finger, obwohl alle Fenster offen standen.

Es wurde viel gesungen: auf Englisch, auf Ga und auf Deutsch. Ein Lied durfte auf keinen Fall fehlen. Es hatte eine moderne, schmissige Melodie und brachte den Text von Matthias Claudius lebhaft zur Geltung: »Wir pflügen und wir streuen …« Für den Refrain gab es sogar eine englische Fassung. Fast schien sich das Dach zu heben, als alle aus voller Kehle den Chorus schmetterten.

An diesem Sonntag fiel es allen leicht, Gott mit diesem Lied zu loben – nach einem Jahr voller überstandener Schwierigkeiten. Johannes dachte an seine lebensgefährliche Krankheit und an die Hilfe von Pa Kofi, dem heidnischen Diener Gottes, er dachte an den tropischen Weizen, der in Abokobi gut angewachsen war, und sein Herz füllte sich mit Dankbarkeit. Fast hätte er sich verspielt.

Nach dem Dankgottesdienst stand man noch zusammen. Es gab Kaffee und Tee, Orangensaft, Hefegebäck und Früchte. Die Männer hatten ihre Jacketts ausgezogen und die Halsbinden gelockert. Die Frauen fächerten sich mit den Gesangbüchern oder Bananenblättern Luft zu.

Johannes sah, wie eine der westindischen Familien in der Nähe von Catherine stand. Ein großer, gut aussehender Mann mit hellbrauner Haut reichte Catherine einen Becher Kaffee, den sie lächelnd annahm. Er schaute rasch zur Seite und begegnete Annas Blick.

»Johannes, ich wusste gar nicht, dass du so gut Musik machen kannst«, sagte sie freundlich.

Er zuckte mit den Schultern und tat das Kompliment ab. »Hab halt in Gerlingen früh mit dem Klavierspielen angefangen. Da bleibt es nicht aus, dass man ein paar Choräle begleiten kann und … na ja, das eine oder andere Stück von Bach.«

»Ja, ja«, lachte Anna. »Deine schwäbische Bescheidenheit, gell? Wie kann man nur mit beiden Händen spielen und gleichzeitig mit den Füßen die Pedale treten?«

»Das ist ja noch gar nichts. Wenn du an der Orgel sitzt, dann musst du mit den Füßen den Bass dazu spielen – und nicht nur zwei Pedale treten, wie beim Harmonium.«

»Das ist nichts für mich und für meine Wurstfinger …«

»… die wunderbare Kokosketten herstellen können.«

»Soll das ein Kompliment sein?«

»Wenn du willst, ja.« Er wischte sich mit einem Taschentuch über die schweißnasse Stirn.

»Danke. Aber die Kokosketten hab ich nicht allein gemacht. Catherine hat mir dabei geholfen.«

»So?«

»Ja, die arme Catherine«, seufzte Anna.

»Wieso arm?«, fragte Johannes zurück. »Weil sie geschieden ist?«

»Nein, das mein ich nicht. Ganz unter uns, Johannes: Seit George weg ist, geht es ihr viel besser.«

Johannes nickte stumm.

»Nein«, fuhr Anna im Plauderton fort und trank einen Schluck Orangensaft, »sie ist arm dran, weil sie vermutlich einen von den Westindern heiraten muss.«

»Wieso muss?«, fragte Johannes mit plötzlicher Schärfe in der Stimme zurück.

»Du weißt doch, wir sind in Afrika. Und da sollte eine Frau mit zwei Kindern nicht lange allein bleiben, sonst gibt es nur Gerede.«

»Ach, so meinst du das.«

Sie drehte sich um und deutete mit dem Kopf auf den großen Mann, der Catherine nicht von der Seite wich.

»Samuel sieht ja nicht schlecht aus …«

»Wer?«

»Der Mann, der neben Cathy steht. Samuel, ein netter Kerl. Könnte mir auch gefallen. Und Catherines Augen leuchten immer, wenn sie ihn sieht.«

»Ist mir noch nicht aufgefallen.«

»Klar, du … du siehst sie ja auch kaum noch an.«

»Anna, ich bin verlobt und werde in einem Jahr heiraten, da sollte ich nicht …«

»Ja, ja, ich weiß. Wie geht's eigentlich Olga?«

»Olga?«

»Ja, Olga, deiner Verlobten.«

Johannes machte ein unschlüssiges Gesicht. »Als sie das letzte Mal schrieb, ging es ihr ganz gut«, antwortete er einsilbig.

»Was ist sie eigentlich für ein … Oh, sorry!«, sagte Anna, die beim Reden jemandem im Weg stand und zur Seite trat. »Was ist sie eigentlich für ein Mensch?«

»Wie meinst du das?«

»Na ja, ist sie eher ein ruhiger Typ oder lebhaft? Wofür interessiert sie sich? Ist sie in der Landwirtschaft aufgewachsen? Liebt sie fremde Sprachen?«

Johannes runzelte die Stirn. »Warum willst du das wissen?«

»Na hör mal. Eines Tages wird sie herkommen und wir werden zusammen arbeiten, da ist es doch gut, wenn man …«

Jemand läutete und rief: »Alle herhören!« Allmählich ebbte der Lärm ab und einer der Missionare fuhr fort: »Wir haben am Anfang des Gottesdienstes Lose verteilt. Jede Frucht und jedes Gemüse hat eine Nummer. Wir gehen jetzt ans Verteilen, damit wir den Segen, den Gott uns schenkt, auch genießen können …«

Anna und Johannes blickten auf ihre Lose. »Ich hab neunzehn«, sagte Anna, »und du?«

»Dreiundvierzig.«

Johannes sah wie zufällig zu der Gruppe hinüber, die Catherine umringt hatte. Wieder sah er Samuel, der irgendetwas sagte, woraufhin Catherine laut lachte.

»Nun, Johannes, würde Olga hierherpassen?«

»Was ist?«

»Ich sagte: Würde Olga hierherpassen?«

»Du stellst vielleicht Fragen. Ich habe ihr natürlich viel geschrieben. Sie ist … Sie hat manchmal viel Unsinn im Kopf. Wahrscheinlich würde sie dir gefallen. Aber ich weiß nicht, ob sie hierher … Na ja, wenn sie erst mal Mutter ist, wird sich das vielleicht geben.«

»Da ist Cathy schon ein anderes Kaliber, was?«

»Cathy?«

»Ja. Sie ist die geborene Missionarin für Afrika. Ein Mann, der diese Frau bekommt, kann sich glücklich schätzen, nur …« Sie beugte sich nach vorn und flüsterte: »Mit den Westindern, mit diesem Samuel zum Beispiel, wird es nicht klappen.«

»Wieso?«

»Wieso? Wieso? Johannes, überleg doch mal. Unsere Cathy ist gebildet, sie spricht mehrere Sprachen, hat Ahnung von Grammatik, von europäischer Geschichte und Kultur. Sie steckt diese Männer doch zweimal in die Tasche. Eine Ehe mit einem der westindischen Männer kann nicht gut gehen. Sie wäre jedem von ihnen haushoch überlegen. Sie würden sich neben ihr wie kleine Jungs vorkommen. Man sollte sie davor bewahren. Wenn du meine Meinung wissen willst: Sie müsste einen Engländer oder einen Dänen oder einen Deutschen heiraten. Das wäre genau richtig. Geradezu ideal. Aber wenn Samuel noch länger um sie herumschleicht, wird sie vielleicht doch noch schwach.«

»Meinst du?«

»Natürlich. Ach, da fällt mir etwas Lustiges ein. Ich habe …«

»Dreiundvierzig! Wo ist die Nummer dreiundvierzig?«, rief eine Männerstimme.

»Das bin ich!«, sagte Johannes.

»Eine Kokoskette für die Nummer dreiundvierzig!«

Johannes ging zum Tisch und holte sich die Kette ab. Anna, die auf ihn gewartet hatte, hängte sie ihm um den Hals. »Die hat Cathy gemacht«, erklärte sie und fuhr gleich fort: »Was ich noch sagen wollte: Von meinem Onkel … ahm Eduard kam neulich ein Brief. Er war lange Zeit mit einem Mädchen verlobt und war auch kurz davor, sie zu heiraten, aber dann lernte er auf einer Konferenz ein anderes Mädchen kennen, die ihm den Kopf verdrehte. Er war vollkommen durcheinander. Schließlich entlobte er sich und heiratete sie.«

»Was? Das ist nicht dein Ernst!«

»Doch.«

»Und was sagten die Verwandten dazu?«

»Na, die standen natürlich kopf. Unmöglich! Das kannst du doch nicht machen, deine arme Verlobte! Du hast ihr Leben ruiniert … und so weiter. Du glaubst nicht, was sich mein Onkel alles anhören musste. Dabei soll doch die Verlobung eine Probezeit sein. Aber jetzt ist er mit der anderen glücklich verheiratet, sogar Vater eines strammen Sohnes. Und weißt du was? Seine ehemalige Verlobte hat sich relativ schnell mit einem anderen getröstet. Und neulich haben die vier doch tatsächlich zusammen in Stuttgart auf der Königstraße Kaffee getrunken. Du, ich geh mal weiter. Nachher denken die Leute noch, wir hätten etwas miteinander. Du bist ja schließlich verlobt.«

Sie nickte ihm zu und kämpfte sich zu Catherine durch. Johannes blieb verdutzt stehen und murmelte: »Anna wird doch wohl nicht meinen, Olga und ich sollten uns … Nein, das kann ich mir nicht denken. So durchtrieben ist Anna nicht. Dafür ist sie viel zu christlich!«

Inzwischen stand die viel zu christliche Anna bei Catherine, zog sie am Ärmel und führte sie von den Westindern weg. Sie hakte sich bei ihr ein und flüsterte: »Stell dir vor, ich habe heute Johannes eine fette Lüge erzählt über meinen Onkel Eduard, den es gar nicht gibt. Bekommt man dafür Vergebung, wenn es einem guten Zweck dient? Und übrigens: Du machst deine Sache sehr gut. Dein lautes Lachen mit Samuel zusammen war nicht zu überhören.«

* * *

Gegen Abend kühlte es zum Glück ab. Eine angenehme Brise wehte durch die Straßen und Häuser, wenn die Fenster geöffnet und so angebracht waren, dass der Wind seinen Weg durch die Zimmer fand.

Johannes saß an seinem kleinen Schreibtisch und schrieb Briefe. Beide Fenster standen offen. Von draußen wehten Stimmen und Trommelklänge zu ihm herauf. Der Brief, der gerade vor ihm lag, war an die »teuersten Väter in Basel«, an das »werte Komitee« gerichtet und handelte von der Reise nach Abokobi und von der überstandenen Krankheit. Johannes kratzte sich am Kopf, blickte zum geöffneten Fenster hinüber und begann einen neuen Absatz:

»… Ich möchte nun auch ein paar Worte zur Lage von Schwester Mulgrave äußern, die frühere Frau Thompson, die sich von dem unglückseligen George getrennt hat. Immer mehr merken wir, was für eine verlassene Stellung diese Frau hat. Ist es nicht als Missionare unsere Pflicht, für sie Sorge zu tragen? Um die Sache auf den Punkt zu bringen: Für sie und unser Werk wäre es das Beste, wenn einer von uns Brüdern die Freudigkeit hätte, ihr die Hand zu bieten. Durch ihre liebliche Erscheinung haben viele diese Schwester in Christo in ihr Herz geschlossen. Da aber das Komitee die Ordnung erstellt hat, dass zwei Jahre ins Land gehen sollten, bevor ein lediger Missionar heiraten darf, wäre das eine unmenschliche Bürde, die wir dieser Frau nicht auferlegen dürfen. Außerdem gebe ich zu bedenken, dass, wenn sie nicht mit einem unserer Brüder in den Bund der Ehe eintritt, sie womöglich von anderen Missionsgesellschaften abgeworben oder von einem der Westinder zur Frau begehrt wird, was für die Mission einen schweren Schlag darstellen würde, können wir doch auf die wertvollen Dienste von Schwester Mulgrave nicht verzichten. Ich bitte, diese Anliegen ernstlich im Gebet zu bedenken.

So bleibe ich Ihnen im Geiste Christi verbunden,

Ihr Johannes Zimmermann.«

Johannes stand auf, drückte das Löschpapier auf die Seiten, faltete die Bögen zusammen und steckte sie in einen Umschlag. Dann nahm er sich ein weiteres leeres Blatt, setzte sich wieder und schrieb:

»Liebe Olga, heute feiern wir das Erntedankfest und ich bin im Rückblick besonders dankbar, dass ich diese Krankheit überstanden habe und viele andere gefährliche Vorkommnisse. Du kannst dir nicht vorstellen, wie prächtig der Tisch mit den vielen Früchten und Gemüsesorten ausgesehen hat und was für ein wunderbarer Geruch von ihm ausging: der Geruch der Dankbarkeit!

Aber … Olga, wenn ich an dich denke, habe ich manchmal schwere Gefühle. Erschrick nicht! So ist es eben. Jetzt, da ich weiß, wie schwierig hier alles ist, wie lebensgefährlich, mache ich mir Vorwürfe, dass ich dich in dieses Leben hineinbringen soll. Weißt du, es gibt nämlich keine Garantie, dass du hier zurechtkommen wirst. Das geht mir immer mehr auf. Bei meiner letzten Reise nach Abokobi haben uns zum Beispiel Schlangen angefallen, wir sind knapp an einer Ameisenstraße vorbeigezogen. Diese Riesenameisen hätten uns in einem Augenblick über und über bedeckt. Aber das Schlimmste sind die Zauberdinge, die die Leute an ihren Feldern aufstellen, um sie zu schützen. Berührt man sie, verfällt man angeblich einem Fluch. Ich kann nur hoffen, dass unser gnädiger Gott uns vor allem Schaden bewahrt.

Schrecklich sind auch die Kakerlaken, die du, wenn du sie erst einmal in deinem Haus hast, kaum wieder loswirst. Betrittst du zum Beispiel einen dunklen Raum mit der Öllampe, hörst du ein Rascheln und Huschen, und ganze Armeen dieser Biester verziehen sich in unsichtbare Löcher. Mich schaudert davor. Aber was soll ich machen? Hier ist der Ort, wo Gott mich hingestellt hat. Und ich, auf mich selbst gestellt, werde wohl damit fertig. Aber wie ist es mit dir? Kann ich dir das alles zumuten, dieses harte Leben? Und was ist, wenn du krank wirst und stirbst? Werde ich mir dann nicht für den Rest meines Lebens Vorwürfe machen?

Ach, Olga, das sind dunkle Gedanken, die mir so kommen, ausgerechnet am Erntedanktag, der einen dankbar stimmen müsste. Ich könnte es verstehen, wenn du dich eines Tages von mir trennen würdest, um nicht die Mühsal dieses schweren Lebens auf dich zu nehmen. Was sind dagegen die lauen Sommerabende in Gerlingen, wenn man nach getaner Arbeit frisch gewaschen bei einem Glas Wein zusammensitzt. Ja, auch das ist hier schlecht möglich. Die Engländer haben unter den schwarzen Christen die Sitte eingeführt, dass Alkohol zu trinken eine große Sünde ist. Also, ein Glas Wein am Abend, darauf müssen wir verzichten, was einem schwerfällt, wenn man selber Weinbauer war.

Aber was sollen diese trüben Gedanken? Hinweg damit! Ich habe ein altes Harmonium repariert und spiele Bach und Schumann darauf. Erinnerst du dich noch an das Stück, das ich in

Basel gespielt habe, ›Von fremden Ländern und Menschen‹? Ein richtiges Klavier wäre allerdings noch schöner, aber bei diesem Klima leiden das Holz und der Filz.

Ich mache Schluss, die Tinte geht mir aus. Ich hoffe, dir geht es gut, ein herzliches Gottbefohlen. Ich bleibe dein in Liebe verbundener Johannes Zimmermann.«

Wieder stand Johannes auf, ließ aber den Brief liegen, trat ans offene Fenster und blickte zum Hafen hinüber. Im Mondlicht glänzte eine silbrige Straße auf dem schwarzen Wasser. Er drehte sich um, sah die Kokoskette an der Wand hängen und nahm sie ab. Seine Finger glitten über die getrockneten Stücke, dann hängte er sie sich um den Hals und flüsterte: »Mein Gott, hilf mir!«

25

Johannes schlief schlecht in dieser Nacht. Er hatte das Gefühl, dass sich die Krankheit wieder meldete. So stand er mitten in der Nacht auf, holte aus einer Schublade die Kräuter von Pa Kofi, von denen noch ein Rest vorhanden war, drehte den Docht der Petroleumlampe höher und ging über den dunklen Flur zur Küche.

Als er die Tür öffnete, hörte er das Rascheln der Kakerlaken. Er musste daran denken, dass Anna, als sie die erste Woche im Land war, gefragt wurde, was sie von den Kakerlaken hielt. Sie hob die Schultern. Und als man ihr die braunen Tiere mit den großen Fühlern beschrieb, sagte sie nur: »Ach, ihr meint diese Maikäfer, die ab und zu unter den Schränken hervorkommen …« Alle hatten gelacht.

Ja, er hatte ein schlechtes Gewissen, dass er diese Dinge so drastisch in seinem Brief an Olga geschildert hatte. In Wirklichkeit waren sie ja nicht gar so schlimm. Aber war es nicht besser, dass sie wusste, was auf sie zukam? Und wenn sie sich entschloss, die Verlobung aufzulösen? Könnte er das verantworten?

Überhaupt Anna! Sie erinnerte ihn mit ihrer frischen Art ein wenig an Olga, aber Anna wusste, wann man ernst sein musste und wann nicht. Seltsam, diese Geschichte mit ihrem Onkel Ewald oder Eberhard …

Im Herd war noch ein wenig Glut. Johannes stellte die Lampe auf den Tisch, machte am Herd die Klappe auf und legte etwas Holz nach, dann stellte er einen Topf mit Wasser darauf, und als das Wasser heiß wurde, streute er die Kräuter hinein. Er ließ das Ganze ein paar Minuten kochen, dann nahm er den Topf herunter, damit seine Medizin abkühlen konnte.

Ach Gott, es war nicht auszuhalten, immer wenn er die Augen schloss, sah er Cathy vor sich, und in der Gegend seines Herzens spürte er, wie es ihm dabei warm wurde. Aber er konnte sie doch nicht heiraten, selbst wenn er nicht verlobt wäre, müsste er noch über ein Jahr warten, so verlangten es die Statuten.

»Jetzt denke ich schon darüber nach, wie es wäre, nicht mehr verlobt zu sein! So weit ist es schon mit mir gekommen!«

Er kniete sich neben dem Küchentisch nieder, faltete die Hände und flüsterte: »Herr, nimm diese Liebe von mir weg. Sie passt überhaupt nicht in mein Leben und ist gegen deine Gebote. Mein Herz sollte Olga gehören, ihr habe ich die Ehe versprochen.«

Seufzend erhob er sich, verdünnte die grüne Brühe mit etwas kaltem Wasser, tat einen Löffel Honig hinein und trank in tiefen Zügen direkt aus der Kanne.

»Und dann diese dummen Westinder!«, flüsterte er, als er das Gefäß absetzte. »Wie Cathy gelacht hat, wie sie ihren Charme versprüht hat. Ist die Frau noch bei Trost? Sie macht diesem Kerl Hoffnung, und dabei muss so eine Ehe scheitern. Da hat Anna ganz recht!«

Er setzte die Kanne wieder an und trank den Rest leer, dann

spülte er alles aus, tat die Kräuter in den Abfall und ging in sein Zimmer. Aber der Schlaf wollte nicht kommen. Er wälzte sich hin und her. Plötzlich hatte er eine Idee. Er musste Cathy warnen. Ja, genau. Sie sollte nichts überstürzen und auf keinen Fall diesen Westinder heiraten. Er musste seine Abwehrhaltung ihr gegenüber beenden. Schließlich ging es um das Wohl eines Mitglieds der Missionarsfamilie. Er musste sein reserviertes Verhalten gegenüber Cathy kurzfristig aufgeben, um einem Menschen in Not zu helfen. Ja, das würde er tun. Gleich morgen früh würde er Cathy besuchen und sie um eine vertrauliche Unterredung bitten. Das durfte nicht aufgeschoben werden! Als Johannes diesen Entschluss gefasst hatte, schlief er endlich ein und wurde erst durch das laute Krähen der Hähne wach, noch bevor es hell wurde.

Nach einer kleinen persönlichen Andacht machte er die Briefe von gestern fertig, klebte die neuartigen seltsamen Briefmarken darauf, die sich immer mehr durchsetzten, und ging zum Postamt am Hafen. Danach beeilte er sich, das kleine Haus von Cathy aufzusuchen. Hoffentlich war sie noch nicht zum Schulunterricht gegangen.

Draußen war es noch dunkel, aber am Horizont zeigte sich schon ein orangeroter Streifen. Die Vögel waren hellwach und sangen um die Wette, auch die Leute in Christiansborg hatten den Schlaf abgeworfen und waren auf den Beinen, um die kühlen Morgenstunden auszunützen.

Als Abei nach seinem Klopfen aufmachte und auf seine Frage bestätigte, dass die Missis noch da sei, atmete Johannes erleichtert auf, betrat den Wohnraum und klopfte gegen den Türrahmen.

»Guten Morgen, Catherine, bist du da?«

Im Hintergrund sah er eine Bewegung und hörte die erstaunte Stimme von Cathy: »Oh, John, du bist hier?«

»Ja, ich möchte gerne etwas Wichtiges mit dir besprechen. Hast du Zeit?«

»Ein bisschen schon. Aber in einer Stunde muss ich hinüber

zum Unterricht. Und vorher will ich noch ein paar Gedanken aufschreiben.«

Als sie auf ihn zukam, sah er in dem Dämmerlicht zuerst nur ihre Augen und ihre Zähne. Aber im nächsten Moment schienen die ersten zaghaften Sonnenstrahlen schräg ins Zimmer und streiften ihr rechte Wange. Es war, als ob sie selbst die Sonne herbeigezogen hätte. Verrückt! Dann stand sie vor ihm und sah ihn an. Ihr Blick fiel durch seine Augen hindurch und landete direkt in seinem Bauch.

Er wandte seinen Kopf zur Seite und sagte: »Setzen wir uns doch.«

Sie setzten sich.

»Ja, du wunderst dich vielleicht, dass ich dich besuche«, begann Johannes, »weil wir ja in letzter Zeit wenig … ahm … Kontakt hatten.«

»Ja, das kann man wohl sagen. Ich hatte den Eindruck, du hast mich gemieden, als hätte ich die Pest!«

Johannes senkte den Kopf. »Das musst du verstehen. Ich bin … na ja, ich bin schließlich verlobt und wollte nicht, dass die Leute anfangen zu reden …«

»Ah, die Leute.«

»Nun, wir Missionare werden ganz besonders beobachtet. Aber das weißt du ja selbst.«

Catherine schwieg und wartete.

»Ja, also, der Grund, warum ich gekommen bin, ist, dass ich mir Sorgen mache.«

»Was für Sorgen?«

»Sorgen um dich.«

»Um mich brauchst du dir keine Sorgen zu machen.«

Johannes ging auf die letzte Bemerkung nicht ein und fuhr fort: »Ich wollte dich bitten, nicht übereilt zu heiraten.«

»Was?«

»Ja, ich habe beobachtet, wie dieser Westinder, dieser Samuel, dir den Hof macht.«

»Du bist ja gut im Bilde!«

Lag da eine Spur von Spott in Catherines Stimme?

»Es war ja am Erntedanktag nicht zu übersehen. Ein Blinder hätte das sogar mitbekommen.«

»Und nun? Willst du mir verbieten, mir den Hof machen zu lassen? Ich bin frei und kann mir von allen Männern dieser Welt den Hof machen lassen.«

Johannes rutschte auf dem Sesselpolster hin und her. »Nein, das kannst du nicht.«

»Das kann ich nicht? Wie kommst du dazu, mir so etwas zu sagen?«

»Cathy, bitte, nimm das doch nicht so persönlich. Eine Ehe mit diesem Westinder würde doch bestimmt scheitern.«

»Ach, das weißt du jetzt schon?«

»Ja. Unter uns gesagt, bist du so einem Burschen doch weit überlegen und das ... das kann ein Mann auf die Dauer nicht aushalten ... Und ich bin gekommen, dich ... also, dich zu bitten, dass du dich zurückhältst!« Johannes schwieg und sah an Catherine vorbei aus dem Fenster.

Auch Catherine sagte zunächst nichts, aber dann fing sie zu reden an, und ihre Stimme war voller Ärger: »Also, ich fasse deinen Besuch zusammen: Du bist gekommen, um mich zu bitten, Samuel und alle anderen Westinder nicht zu heiraten.«

»Richtig!«

»Und wen, bitte schön, soll ich stattdessen heiraten? Oder soll ich vielleicht ganz auf eine zweite Ehe verzichten?«

»Nein, Cathy, das ist doch nicht so gemeint. Ich mache mir nur Sorgen, dass ...«

»Also, wen soll ich denn deiner Meinung nach heiraten?«

»Na ja, es wäre besser, wenn du einen Europäer heiratest, einen ... einen Engländer oder Dänen oder natürlich auch einen Deutschen.«

»Sieh mal an, einen Deutschen, das erlaubst du mir auch! Ist ja sehr großzügig!«

»Cathy, es geht hier nicht um erlauben. Dazu bin ich natürlich nicht berechtigt.«

»Aha, gut. Gibt es sonst noch was?«

»Nein, eigentlich nicht, Cathy, du … du fasst das ganz falsch auf. Ich bin als wohlmeinender Freund gekommen.«

»Ach, ein wohlmeinender Freund, der mich wochen- und monatelang nicht ansieht. Ein toller Freund!«

»Aber versteh doch, ich bin verlobt.«

»Ich riskiere mein Leben, bringe diesen Medizinmann hierher, nehme Unannehmlichkeiten in Kauf, rette einem gewissen Reverend Zimmermann wahrscheinlich dadurch das Leben. Und er, kaum genesen, behandelt mich wie Luft und gibt mir obendrein noch Ratschläge, wen ich heiraten soll und wen nicht. Also, das reicht erst mal.« Sie zögerte. »Oder … wolltest du sonst noch etwas sagen?«

»Ich? Nein, das war alles.«

»Aha, das ist also alles. Nun dann … Entschuldige, ich muss noch etwas für den Unterricht vorbereiten.«

Catherine erhob sich rasch, gab Johannes, der noch im Sessel saß, die Hand und drehte sich um. Leicht benommen stand Johannes ebenfalls auf und wollte gehen.

»Ach, da fällt mir grade noch etwas ein«, sagte Catherine und drehte sich nochmals um.

»Ja?« Johannes blieb stehen.

»Ich finde, dass du obendrein ein riesiger Heuchler bist!«

»Was?«

»Ja. Du kannst dich vielleicht nicht daran erinnern, aber als du todkrank im Bett lagst, hab ich oft neben dir gesessen und deine Stirn gekühlt und Wasser gereicht und Wadenwickel gemacht.«

»Ja, das ist mir klar, Cathy, vielen Dank, ich weiß nicht …«

»Und da hast du im Fieber vor dich hin geredet, auf Deutsch oder eigentlich auf Schwäbisch.«

»Kann schon sein.«

»Ich hab mir das in Lautschrift notiert und jemand gebeten, es mir zu übersetzen.«

»Was? Du hast …«

»Willst du wissen, was du geredet hast?«

»Ja!«

»Dein schwäbischer Satz war offensichtlich an mich gerichtet und heißt auf Englisch: Your skin is just like black velvet!«

Johannes starrte Catherine mit großen Augen an. »Deine Haut ist wie … wie schwarzer Samt?«

»Ja. Und weißt du, was das bedeutet? Schwarzer Samt ist nämlich etwas sehr Kostbares. Das bedeutet schlicht und ergreifend, dass du mich die ganze Zeit liebst, dich aber nicht getraust, mir das zu sagen. Nur im Fieber sprudelt das mal so aus dir raus. Und dann hast du auch noch die Frechheit, mir Heiratskandidaten zu empfehlen. Das ist wirklich der Gipfel!«

»Ah, so ist das!« Johannes' Ton wurde jetzt auch schärfer. »Du glaubst also, dass ich dich liebe und dass ich – so mir nichts, dir nichts – meine Verlobte aufgeben soll, nur um dich zu heiraten?«

»Genau das glaube ich! Und es ist nicht unmöglich. Eine Verlobung ist schließlich keine Heirat. Die Sache ist ernster, als du denkst, John. Ich glaube, du musst dich zwischen zwei Frauen entscheiden. Dass ich dich liebe, trotz deiner merkwürdigen Vorstellung heute Morgen, dürfte dir wohl klar sein. Und nun muss ich gehen!«

Sie drehte sich um und ging zur Tür.

»Also, das ist ja die Höhe!«, rief Johannes hinter ihr her. »So hat noch nie eine Frau mit mir geredet, eine Unverschämtheit!«

»Na, dann wird es ja Zeit, dass eine Frau so mit dir redet!«, rief Catherine aus dem angrenzenden Zimmer.

Mit hochrotem Kopf riss Johannes die Tür auf, lief mit großen Schritten an der verdutzten Köchin vorbei, knallte die Tür zu und eilte den Berg hinauf zum Missionshaus, wo er völlig verschwitzt ankam.

Ohne jemanden zu begrüßen, stürzte er in sein Zimmer, zog

sein Leinenhemd aus, goss aus dem Krug Wasser in eine Schüssel, tauchte seinen Waschlappen hinein und wusch sich den Schweiß von der Haut. Dann trocknete er sich ab und murmelte aufgebracht: »Da will man jemandem helfen, aber anstatt sich zu bedanken, wird man mit Frechheiten überschüttet. Aber das ist nur gut, jetzt weiß ich, was für eine ... eine Meckerziege Catherine ist. Ein Glück, dass ich Olga habe und ...«

Er stutzte, denn erst jetzt drang der letzte oder vorletzte Satz von Catherine in sein Bewusstsein ein, und die Worte dröhnten wie Hammerschläge in seinem Kopf: »Dass ich dich liebe trotz deiner merkwürdigen Vorstellung heute Morgen, dürfte dir wohl klar sein ...«

Wie erstarrt stand er da, mit nacktem Oberkörper, das Handtuch über der Schulter. »Sie liebt mich! Meine Güte, Cathy liebt mich! Vielleicht schon die ganze Zeit! Und sie hat es sicher genossen, mit mir zusammen zu sein, weil ich vermutlich ganz anders mit ihr umgegangen bin als ihr aufgeblasener Mann ...«

Er breitete das Handtuch über die Stuhllehne zum Trocknen aus und redete weiter: »Sie saß oft Tag und Nacht neben meinem Bett und hat wahrscheinlich furchtbare Qualen ausgehalten, weil es so aussah, als ob es mit mir zu Ende ginge. Sie hat alles unternommen, damit ich gesund werde ... Und ich ... ich Hornochse habe aus lauter Pflichtbewusstsein mich von ihr zurückgezogen. Aber es ging doch nicht, dass ich, ein zukünftiger Ehemann, mich in der Gesellschaft einer verheirateten Frau wohl fühle! Das ... das musste man doch schon im Keim ersticken, das wäre gegen die Gebote gewesen. Und wir, als Missionare ...«

Wieder fiel ihm Anna ein und ihr Onkel. Nicht Eberhard, nein Eduard! Auch er hatte sich, während er verlobt war, in eine andere Frau verliebt und sie geheiratet. Und es war gut gegangen, nach anfänglichem Durcheinander.

Er ließ sich auf den Stuhl fallen und legte seinen Kopf auf den Schreibtisch. »Stimmt es, Gott? Muss ich mich zwischen zwei Frauen entscheiden?«

Er horchte, aber es kam keine Stimme vom Himmel. In ihm war es stumm. Nur etwas fühlte er, dass alle seine Gefühle Catherine gehörten.

»Aber so weit kommt es noch«, sagte er, »dass man ausschließlich auf seine Gefühle achtet. Wo führt das denn hin? Müssen wir nicht in erster Linie unsere Pflicht tun, das Richtige tun? Besteht das Glück nicht gerade darin, das Richtige, Angemessene getan zu haben? Wenn jeder nur das tut, wozu ihn seine Gefühle treiben, das ist doch … das geht doch nicht!«

26

Christiansborg, Anfang November 1850

Jeden Tag wurde es heißer, manchmal regnete es in der Nacht überhaupt nicht mehr. Die Regenzeit ging zu Ende und jeder wartete auf den kühlen Harmattan-Wind aus dem Norden, der aber erst im Dezember Westafrika erreichen würde.

Schon morgens hatte Catherine keine Lust aufzustehen und ging widerwillig zur Schule. Eine Seltenheit. Während der letzten Tage war sie in Gedanken bei Johannes und ihrer letzten harten Auseinandersetzung gewesen. Es war nicht ihr bester Tag. Mehrmals sagte Catherine zu ihren Schülerinnen Sätze, die keinen Sinn ergaben, und merkte es erst, als sie alle lachten.

»Warum lacht ihr denn«, fragte sie erstaunt und deutete auf Afia, die Klassensprecherin.

Afia stand auf und sagte: »Mrs Thompson … ähm … Mrs Mulgrave, du hast eben gesagt, dass der Apostel Johannes ein Zimmermann war, aber das stimmt doch gar nicht …«

»Ja, danke, Afia.«

Irgendwie brachte sie die Schulstunden herum und ärgerte sich zum hundertsten Mal, dass sie Johannes von dem Zettel erzählt und ihm verraten hatte, dass sie ihn liebte. Aber sie war so wütend gewesen, weil er nur gekommen war, um ihr Vorschläge zu machen, wen sie heiraten sollte und wen nicht! Man sollte Männer nicht in die Enge treiben, das wusste sie von George. Er hatte dann immer Dinge gemacht, die nicht gut waren. Oder war es bei Johannes anders?

Ach, warum kam sie nicht zur Ruhe? Jetzt war sie zum Glück den einen Mann los und der andere wollte sie nicht heiraten, obwohl es doch auf der Hand lag, dass sie genau zusammenpassten. Was musste sie denn noch tun, damit er es begriff? Nein, tun konnte sie jetzt nichts mehr. Sie hatte schon zu viel getan und gesagt. Als Frau musste man nun dasitzen und abwarten, bis sich der Herr und Gebieter herabließ und etwas unternahm. Zum Heulen war das!

Als sie ihr Haus erreichte, fiel ihr ein, dass es höchste Zeit war, wieder einmal ein paar Reihen Erdnüsse zu ernten. Jede Woche wurden welche reif. Da könnte sie Rosine bitten, ihr zu helfen. Sie war so eifrig, wenn sie mitarbeiten konnte.

Catherine öffnete die Tür und rief nach ihrer Tochter. Keine Antwort. Das Haus schien leer zu sein. Weder Abei war zu sehen noch ihre beiden Kinder!

In der Küche lag ein Blatt Papier. Mit ungelenken Buchstaben hatte Abei darauf geschrieben: »Wir sint bai meina schwesta.«

Ja, richtig, Abeis Schwester bekam ein Kind. Vielleicht war es schon gekommen und Abeis Hilfe wurde gebraucht – und da hatte sie den kleinen George und Rosine mitgenommen. Der Schreibunterricht für Abei hatte sich also gelohnt.

»Dann bin ich wohl allein. Auch gut«, seufzte sie, schöpfte aus dem großen Tongefäß, in dem das Brunnenwasser kühl gehalten wurde, einen Becher Wasser, setzte sich in das angenehm dämmrige Wohnzimmer und legte ihre Beine hoch.

Nach einer Weile schreckte sie auf und merkte, dass sie kurz eingenickt war. Mühsam rappelte sie sich hoch, griff sich eine Schüssel und ein Messer, nahm eine der Bastmatten mit und ging hinüber zu ihrem Garten, um Erdnüsse zu ernten. Die stärkste Hitze war vorbei, das Rot der Flamboyantbäume draußen leuchtete unter einem tiefblauen Himmel, an dem keine einzige Wolke zu sehen war.

Catherine legte die Matte auf den weichen Boden, kniete sich hin und zog an den Erdnussblättern, um die Wurzeln, an denen die nahrhaften Nüsse hingen, abzuschneiden.

* * *

»Post!«, rief eine männliche Stimme im Flur. Johannes Zimmermann hob den Kopf. Er stand auf und öffnete die Tür.

Vor ihm stand Josef, einer der Missionsangestellten, und streckte ihm drei Briefumschläge entgegen.

»Heute ist doch kein Frachter gekommen oder sonst irgendein Schiff«, wunderte sich Johannes.

»Der Whalerider hat vorhin angelegt. Er kommt einmal im Jahr um diese Zeit, um nach Cape Town zu fahren«, sagte Josef.

»Danke.«

Josef blieb stehen. »Gute Post?«, fragte er.

Johannes lächelte. Es war immer wieder erstaunlich, wie direkt die Leute hier ihre Neugier zeigten.

»Lass mal sehen … Ein Brief von den Eltern, von einem Freund und von … meiner Verlobten.«

»Also gute Post.«

»Ja, ich denke schon.«

Johannes ging in sein Zimmer und schloss die Tür. Der Brief von Olga war natürlich nicht die Antwort auf seinen Brief, den er ja erst abgeschickt hatte. Sie erzählte darin bestimmt von allen möglichen Ereignissen, die sie beschäftigten. Aber dazu hatte er im Augenblick keine Lust. Er legte ihn zur Seite, setzte sich an den Schreibtisch und öffnete den Brief seiner Eltern.

Er las, wer alles gestorben war, wer geheiratet hatte, in welcher Familie Kinder geboren worden waren. Sein Vater schilderte ihm, wie der Wein in diesem Jahr schmeckte …

Es war schön, das alles zu lesen, es lenkte ihn für kurze Zeit von Catherine ab. Aber als er den Brief zu Ende gelesen hatte und die Hand sinken ließ, stürmten sofort die Bilder von letzter Woche wieder auf ihn ein: Catherine, die zornig auf ihn war, obwohl er ihr nur einen guten Rat geben wollte, ihre Liebeserklärung, die sie wahrscheinlich gar nicht hatte sagen wollen, und der Zettel mit seinem Satz vom schwarzen Samt … Ja, jetzt wusste sie also Bescheid. Und er wusste über sie Bescheid: zwei Menschen, die sich liebten, aber nicht zusammenkommen konnten.

Er stützte die Ellenbogen auf den Schreibtisch, legte seinen Kopf in die Hände und schloss die Augen. »Ach Herr«, betete er, »muss ich mich wirklich zwischen zwei Frauen entscheiden? Hast du mir nicht Olga zugeführt? Und lag es denn nicht auf der Hand, dass wir füreinander bestimmt waren? Und nun Cathy! Sie passt so wunderbar in dieses Land, ich liebe sie jeden Tag mehr und jede Nacht muss ich mit Gewalt ihr Bild aus meinem Kopf verbannen. Was ist denn dein Wille? Ich bin verwirrt.«

Er öffnete seine Augen und sah die weiße Wand vor sich, auf der ein paar Sonnenflecken tanzten.

»Herr«, fuhr er fort, »ich brauche ein Zeichen, um zu erkennen, welche Frau die richtige ist. Und wenn es Cathy ist, muss ich wissen, ob es mir erlaubt ist, die Verlobung aufzulösen. Mir kommt es vor, als ob in meiner Hand Olgas Schicksal liegt.«

Sein Blick fiel auf die Bibel, die vor ihm lag. Er öffnete sie wahllos an einer Stelle und las im Matthäusevangelium, im zwölften Kapitel: »Ein böses und ehebrecherisches Geschlecht fordert ein Zeichen. Aber es wird ihm kein anderes Zeichen gegeben werden als das Zeichen des Propheten Jona …«

»Das Zeichen des Jona«, murmelte er. »Das passt nun überhaupt nicht auf mich. Das Zeichen des Jona ist eine Anspielung auf den Tod und die Auferstehung Jesu. Man sollte die Bibel nicht für persönliche Zeichendeuterei missbrauchen!«

Jetzt griff er nach Olgas Brief, öffnete das Siegel, überflog die Eingangszeilen und las stirnrunzelnd, was sie an ihn schrieb: »… Und stell dir vor, Johannes, vor ein paar Wochen bin ich bei einer Geburtstagsfeier einem Schweizer begegnet, der Philipp Suchard hieß (Süschar, aber das weißt du vermutlich). Ein agiler Mann mit einem gewaltigen Bart. Wir standen draußen, es gab wunderbare Delikatessen, und er begeisterte die ganze Runde mit seinen Ideen. Er ist Unternehmer und stellt Schokolade her. ›Im Kakao‹, sagte er, ›stecken eine Menge heilender Substanzen. Die mexikanischen Könige tranken davon und nannten das Getränk Chocolatl.‹ Hört sich irgendwie bayerisch an, gell? Seine Idee ist es, die teure Schokolade, die man bisher als Stärkungsmittel in Apotheken kaufen konnte, für alle zugänglich zu machen. Er hat gerade Granitwalzen erfunden, die die Kakaonuss und den Zucker ganz fein zermahlen, sodass man bald viel von dem süßen Konfekt herstellen kann und es für einfache Leute billiger wird. Er hatte ein paar Kostproben dabei, die mit Sahne vermischt waren. Oh, es schmeckte himmlisch!

Weißt du, als er das so alles erzählte, fand ich es lustig und unterhaltsam. Erst ein paar Tage später kam mir folgende Idee: Wenn ich später bei euch in Christiansborg bin, dann könnten wir doch die Kakaonuss verstärkt anbauen, mit Monsieur Suchard einen Vertrag schließen, bei dem er den Kakao billiger bekommt, wenn er uns an dem Getränk oder der Schokolade beteiligt. Und dann könnte man diese Süßigkeit vielleicht O. Z. nennen: Olga-Zimmermann-Schokolade. Stelle dir vor, dann würde die Mission richtig Geld verdienen und müsste nicht immer die Leute um Spenden anbetteln. Und dann würden wir die Schokolade überall in die Welt versenden, bis nach Indien. Und wir könnten in die Packungen kleine Kärtchen mit Bibelversen hineintun, dann wäre es gleichzeitig eine neue Mission! Findest du das nicht auch herrlich? Ach, leben wir nicht in einer aufregenden Zeit? An allen Ecken und Enden erfinden Männer neue Dinge. Womöglich könnte man die Hochräder, die man jetzt immer häufiger sieht, mit kleinen Dampfmotoren ausstatten. Und wir könnten dann überall in Afrika herumfahren und die OZ-Schokolade verkaufen …«

Johannes' Augenbrauen hatten sich beim Lesen immer mehr zusammengeschoben, und auf seiner Stirn bildete sich eine steile Falte. Er blickte nach draußen und sah die Masten eines Schiffes, die leicht hin und her schaukelten, dann sah er sich wieder den Brief an und starrte noch einmal mit großen Augen durch das Fenster.

Schließlich rief er aus: »Ja, genau! Das … das ist das Zeichen des Jona. Aber ganz anders, als ich dachte!«

Er riss die Tür auf und stürzte nach draußen.

***

Catherine hatte schon die zweite Schüssel mit Erdnüssen gefüllt und spürte ihren Rücken. Sie richtete sich auf, um in die Küche zu gehen, da sah sie von Weitem eine Gestalt den Hügel herabkommen. Sie legte die Hand über die Augen und kniff sie zu. Die Art, wie sich die Gestalt bewegte, sah nach einem weißen Mann aus. Afrikaner bewegten sich anders. Geschmeidiger. Es könnte John sein.

Was will er denn von mir? Vielleicht einen neuen Vorschlag machen, wen ich heiraten soll? Kann er mich denn nicht damit in Ruhe lassen?

Sie ging mit der Schüssel in die Küche, stellte sie ab und nahm den Topf mit dem kochenden Salzwasser von der Platte, wo die vorigen Nüsse in ihrer Schale gekocht worden waren. Mit einer Schöpfkelle fischte sie die länglichen Nüsse heraus und schüttete sie auf einen Teller, dann wusch sie die eben geernteten und warf sie in das kochende Wasser.

»Wenn John kommt, dann kann ich ihm gekochte Erdnüsse

anbieten«, murmelte sie und brachte den Teller auf den kleinen Tisch ins Wohnzimmer. Gleichzeitig ärgerte sie sich, dass sie sich über seinen Besuch freute. Wie passte das zusammen? Die Liebe trieb seltsame Blüten. Sie holte den Tonkrug mit dem kühlen Wasser und zwei Becher und stellte sie zu der Erdnussschale. Da klopfte es an der Tür.

Er ist es also doch!

»Come in, it's open!«

Sie hörte, wie die Tür quietschte, hörte, wie sie zugemacht wurde, und tatsächlich stand dort Johannes im Türrahmen.

»Du bist es schon wieder«, sagte sie, ließ alle Höflichkeitsfloskeln weg und deutete auf den Sessel. »Ich habe eben Erdnüsse geerntet und sie gekocht.«

»Das sieht aus, als hättest du mich erwartet …«

»Ich hab dich von Weitem kommen sehen, John.«

»Bist du allein im Haus?«

»Ja.«

Er setzte sich umständlich. »Das ist gut.«

»Wieso? Willst du mir neue Vorschläge machen, wen ich heiraten oder nicht heiraten soll?«

»Eigentlich nicht oder vielleicht doch.«

»Du sprichst in Rätseln.« Sie goss Wasser in die beiden Becher und hielt ihm den Teller mit den Erdnüssen hin. »Vorsicht, die sind noch heiß!«

Er nickte und knackte die erste. »Danke. Es geht nichts über frische Erdnüsse!«

Eine Weile kauten sie und tranken einen Schluck. Plötzlich stand Catherine auf.

»Was ist?«

»Ich hol nur die letzten Erdnüsse aus dem Salzwasser, sonst haben wir Erdnussbrei.«

Als sie zurückkam, saß Johannes da und blickte sie offen an.

»Was schaust du mich so an?«

»Soll ich denn keine gut aussehende Frau anschauen?«

»Ich denke, du bist verlobt und wolltest nicht mit anderen Frauen einen persönlichen Umgang haben …«

»Das … hat sich seit heute geändert.«

»So?«

»Ja. Und deswegen bin ich hier.«

Catherine schwieg und blickte Johannes misstrauisch an.

Er räusperte sich und sagte: »Catherine, es tut mir leid, dass ich dich neulich so … so angeschnauzt habe.«

Sie hob die Schulter: »Na ja, ich war ja auch nicht gerade sanftmütig!«

»Die Sache ist nämlich folgendermaßen«, fuhr er fort, »also, erstens liebe ich dich … ahm … sehr. Und zweitens hatte ich heute viel Zeit zum Nachdenken und habe gemerkt, dass Olga auf Dauer nicht die richtige Frau für mich ist. Gott hat mir das Zeichen des Jona gegeben.«

Catherine war so verblüfft über die Wendung des Gesprächs, dass sie den Wasserbecher wie erstarrt in der Luft hielt.

»Was? Du willst … Du hast … Ich verstehe nicht. Was hat denn der Prophet Jona damit zu tun?«

»Das will ich dir kurz erklären.« Er trank einen Schluck. »Heute kam ein Brief von Olga an. Ich hab ihn erst zur Seite gelegt, weil ich seit Tagen hin- und hergerissen bin. Ich fragte mich: Welche Frau soll ich denn nun heiraten, Gott? Gib mir ein Zeichen! Unmittelbar danach schlage ich die Bibel auf und mein Blick fällt auf die Stelle bei Matthäus zwölf, wo es heißt: Ein böses und ehebrecherisches Geschlecht verlangt ein Zeichen. Aber es wird ihm kein anderes Zeichen gegeben werden als das Zeichen des Propheten Jona …«

»Die Stelle kenne ich«, sagte Catherine. »Sie bezieht sich auf Tod und Auferstehung Jesu.«

»Genau«, nickte Johannes. »Und ich dachte gleich, man sollte die Bibel nicht für persönliche Zeichen missbrauchen. Dann las ich Olgas Brief. Nach der üblichen Einleitung fing sie an, mir etwas von einem Monsieur Suchard zu erzählen, der eine Schokoladenfabrik betreibt. Und sie stellte sich vor, wenn sie erst mal hier sei, dann würde sie darauf dringen, viel Kakao anzubauen und mit Monsieur Suchard einen Vertrag abzuschließen, dass Missionsschokolade hergestellt wird. Und wir sollten dann mit dampfbetriebenen Rädern durch Afrika fahren und Missionsschokolade verkaufen …«

Catherine platzte lachend heraus: »Ich stelle mir das sehr lustig vor …«

Johannes stimmte nicht in das Lachen ein und sagte nur: »Als ich das las, war mir mit einem Mal klar: Ich kann mit dieser Frau in Afrika nicht leben. Sie wäre keine Hilfe, sondern würde mit ihren verrückten Ideen die ganze Mission hier durcheinanderbringen. Man würde bald über uns alle lachen. Sie hatte sich übrigens schon einen Namen für die Missionsschokolade ausgedacht: OZ … Olga Zimmermann!

Jedenfalls blickte ich nach draußen und sah ein Schiff im Hafen liegen. Es war der Whalerider, der Walreiter, der Olgas Brief gebracht hatte. Und da fiel mir der Bibelvers von vorhin ein und das Zeichen des Jona. Olgas Brief kam ja sozusagen aus dem Bauch des Wals wie Jona, der aus dem Bauch des großen Fisches an Land gespült wurde. Und da wusste ich: Das war das Zeichen, um das ich gebeten habe. Olga ist nicht die Frau, die ich heiraten kann.« Johannes schwieg und trank einen großen Schluck Wasser.

Catherine räusperte sich und sagte in das Schweigen hinein: »So ganz kann ich es nicht nachvollziehen. Es hört sich für mich etwas seltsam an … Aber wenn ich dich richtig verstanden habe, John, dann war das jetzt eine Art Heiratsantrag, oder?«

Johannes nickte und sagte mit belegter Stimme: »Willst du mich heiraten, Cathy?«

»Ja, das will ich, John.«

»Gut, das wäre dann klar.«

»Aber wie ist es mit den Statuten der Mission?«, fragte Cathy. »Nach den Regeln müssten wir mindestens noch ein Jahr warten.«

»So lange möchte ich nicht warten. Wir heiraten so bald wie möglich. Das nehme ich auf meine Kappe.«

Catherine schwieg. Auch Johannes sagte nichts und sah Cathy an. Es war alles so schnell gegangen.

»Tja, John«, sagte sie schließlich. »Wenn es so mit uns steht, meinst du nicht, dass wir uns jetzt umarmen und küssen sollten?«

Johannes grinste und stand gleichzeitig mit Catherine auf, dann schob er den Sessel zur Seite und umarmte sie. Catherine schloss die Augen und genoss die Nähe dieses Mannes, nach der sie sich schon so lange gesehnt hatte. Es tat gut, seine Arme um ihre Taille zu fühlen, seine Schultern zu spüren. Sie drehte den Kopf zu ihm hin.

Sein Kuss war nicht zu vergleichen mit den drängenden Küssen von George, die meistens fordernd und gierig gewesen waren. Dieser Lippenkuss war scheu und sanft. Sie merkte, wie Johannes tief aufatmete, sich frei machte und leise sagte: »Es ist so wunderbar, dich in den Armen zu halten, Cathy, aber eins muss ich dir sagen!«

»Was denn?«

»Weißt du, ich habe wenig Ahnung, wie man mit Frauen umgeht, und ich habe noch nie mit einer Frau geschlafen.«

»Ach, John, behandle mich freundlich wie einen netten Menschen. Und ehrlich gesagt, ist es mir gerade recht, einen Mann zu heiraten, der wenig Erfahrung mit anderen Frauen hat. Von der anderen Sorte Männer habe ich die Nase voll. Wir werden das alles gemeinsam hinkriegen. Und wenn Gott will, werden wir zu den beiden, die ich jetzt schon habe, noch ein paar Kinder dazubekommen.«

»Das klingt gut, Cathy!«

Er beugte sich über ihren Nacken und küsste zärtlich ihre Haut. »Deine Haut ist wie schwarzer Samt«, flüsterte er.

»Ich hoffe, dass meine Haut nicht ganz so haarig ist wie Samt«, lachte sie schelmisch.

»Hm. Es ist mehr die Weichheit und die Farbe. Aber das kannst du nicht verstehen«, gab er zurück. »Im Grunde habe ich mich in dich schon verliebt, als ich zehn Jahre alt war.«

»Was? Das musst du mir aber genauer erklären.«

»Weißt du, das ist eine lange Geschichte. Wenn ich damit anfange, dann könnte ich dir einen ganzen Roman erzählen.«

Historische Nachbemerkung

1851 schrieb Johannes Zimmermann an das Missionskomitee nach Basel folgende Zeilen:

»Teuerste Väter!

Im Begriff, gegen eine Ihrer bestimmten Verordnungen zu handeln, ergreife ich diesmal mit etwas schwerem Herzen die Feder, um Ihnen zu schreiben (…) Ich habe im Sinne, wie Sie aus dem Auszug aus unserem Konferenzprotokoll ersehen, mich in den nächsten Tagen mit unserer Schwester, Frau Catherine Gewe Mulgrave, zu verehelichen, ohne zuvor Ihre Erlaubnis eingeholt zu haben und ohne zuvor 2 Jahre hier gewesen zu sein. Es wird Sie dieser rasche Schritt umso mehr befremden, als Sie von mir einen Krankenbericht um den anderen erhielten und mich vielleicht schon irgendwo in der Welt zur Erholung glaubten (…)

Schon in der Heimat dachte ich öfters darüber nach, ob es nicht für einen Missionar in Leben und Beruf, besonders in Afrika, förderlich wäre, mit Verleugnung einiger gemütlicher Annehmlichkeiten und Genüsse eine begehrte Eingeborene zu heiraten (…) So ging ich, nachdem der Herr noch einige andere Hindernisse aus dem Weg geräumt hatte, zu Frau Mulgrave und fragte sie um ihre Hand mit Vorbehaltung der Genehmigung des Komitees. Zugleich aber hielt ich mich für verpflichtet, um ihrer besonderen Umstände willen, ihr zu sagen, dass, im Falle das liebe Komitee uns ihr Ja-Wort nicht gebe, ich ihr dennoch mein Worte halte …«

* * *

Johannes und Catherine Gewe Zimmermann gründeten eine Familie, obwohl das »liebe« Komitee nicht sofort einverstanden war. Aber trotz aller Vorbehalte gedieh die neue Ehe prächtig. Catherine bekam im Lauf der Jahre fünf weitere Kinder. Die Familie wurde in Ghana zu einem wichtigen Motor der Integration zwischen afrikanischer und europäischer Lebensart. Die Kinder des ghanaischen Königshauses vom Kroboland lebten zeitweise bei den Zimmermanns. Bis heute besteht eine enge Verbindung zwischen den Gerlinger Bürgermeistern und dem ghanaischen Königshaus.

Johannes und Cathy erforschten weiter die Ga-Sprache und erstellten eine Sprachlehre mit Wörterbuch. Sie dichteten und übersetzten über dreihundert Kirchenlieder für die ghanaische Kirche.

Ihre Silberhochzeitsfeier verbrachten sie 1876 in Gerlingen. Dort erkrankte Johannes, dem es gesundheitlich auch vorher schon sehr schlecht ging, erneut an der Ruhr. Er starb im selben Jahr in seiner Heimatstadt und wurde auch dort beerdigt.

Catherine, die sich in Deutschland fremd fühlte, reiste nach Ghana zurück und überlebte ihren Mann um 14 Jahre. Ihr Grab befindet sich auf einem Friedhof in Accra.

Von links nach rechts: unbekannte Cousine, Johannes Zimmermann, Catherine Gewe Zimmermann, Gottfried, Johannes, Johanna, Auguste, Gottlieb. Abdruck mit freundlicher Genehmigung des Gerlinger Stadtarchivs.

Dank

Danken möchte ich Klaus Herrmann, dem Leiter des Archivs der Stadt Gerlingen, und Frau Wagner für die freundliche Unterstützung. Ich durfte mir dort alle Dokumente kopieren, die ich für meine Recherche über Familie Zimmermann brauchte. Leider sind dann noch drei Jahre ins Land gegangen, bis das Buch veröffentlicht wurde.

Ebenso danken möchte ich Guy Thomas und Claudia Wirthlin vom Archiv Mission 21 (früher: Basler Mission) in Basel und ihren Mitarbeiterinnen. Auch dort konnte ich ohne Behinderungen in den Briefen und Aufzeichnungen der Familie Zimmermann stöbern und kopieren und mir den Platz ansehen, wo das Missionshaus im 19. Jahrhundert gestanden hatte.

Danken möchte ich Dagmar Konrad. In ihrem Sammelband »Missionsbräute« bin ich zum ersten Mal auf Johannes und Catherine Zimmermann gestoßen und war sofort von dem Paar fasziniert.

Danken möchte ich meiner Mutter, Hedwig Gralle, einer waschechten Schwäbin, die mir das schwäbische Lebensgefühl vermittelt und mir beigebracht hat, Spätzle herzustellen und vieles andere mehr, sodass ich ohne Weiteres die schwäbische Seite von Johannes Zimmermann nachvollziehen konnte.

Danken möchte ich Olga, die meiner Fantasie entsprungen ist und sich nach meinen Vorstellungen richten musste. Sie hat sich nie darüber beschwert, aber ich musste sie erfinden, damit das Ganze eine dramatische Zuspitzung erfuhr. Der Roman sollte ja eine Liebesgeschichte sein und kein akribisches Lebensprotokoll von Johannes und Catherine Zimmermann. Ich könnte mir vorstellen, dass Olga nach der furchtbaren Nachricht von Johannes' Entlobung einen Sohn von Monsieur Suchard geheiratet hat und in das Schokoladengeschäft eingestiegen ist. Hätte sie gelebt, dann gäbe es jetzt nicht Milkaschokolade, sondern die köstliche OS Schokolade.

Danken möchte ich auch George Thompson. Ich habe seine Ehe mit Catherine etwas verlängert, ohne dass er Einspruch erhob, damit Johannes in Ghana auf die verheiratete Catherine treffen sollte. In Wirklichkeit war sie schon geschieden, als Johannes in Christiansborg ankam. Aber alles andere folgt dem historischen Ablauf.

Danken möchte ich dem Brunnen Verlag und Frau Busch für ihre Begleitung des Manuskripts.

Danken möchte ich auch Andreas Malessa, der viele meiner Bücher begutachtet hat, der auch die ersten Kapitel und das Exposé vor sieben Jahren prüfte und sich auf das fertige Buch freute.

Danken möchte ich den Freunden und Mitarbeitern in Sierra Leone, die mich in den Achtzigerjahren in die afrikanische Welt eingeführt haben, als wir dort fünf Jahre lang lebten und arbeiteten, besonders Reverend Sylvanus Valcarcel. Sierra Leone ist zwar nicht Ghana, aber in manchen Lebensäußerungen doch ähnlich.

Danken möchte ich auch Fidelis Amo Antwi, meinem Freund aus Ghana, der die deutsche Staatsangehörigkeit hat, in Hamburg lebt, Twi spricht und Ga versteht. Er hat mir geholfen, zusammen mit Jojo Cobbinah (einem ghanaischen Schriftsteller, der hervorragende Reiseführer und Kochbücher schreibt), Pa Kofis geheimnisvollen Twi-Satz zu formulieren.

Verwendete Literatur

Archiv der Basler Mission (heute: Mission 21), Familienregister, Band 1

Archiv der Stadt Gerlingen:

- Briefe und Tagebuchaufzeichnungen von Johannes Zimmermann
- Johannes Zimmermann, Veröffentlichungen über einen Gerlinger Missionar, Beiträge zur Ortsgeschichte Nr. 1
- Johannes Rebmann, Veröffentlichungen über einen Gerlinger Missionar, Beiträge zur Ortsgeschichte Nr. 2

Biographisch-Bibliographisches Kirchenlexikon, Verlag T. Bautz, Band XIV, 1998

Horst Bürkle (Hrsg.), Theologie und Kirche in Afrika, Ev. Verlagswerk, Stuttgart 1968

Ernst Damann, Das Christentum in Afrika, Siebenstern, München 1968

Horst R. Flachsmeier, Geschichte der evangelischen Weltmission, Brunnen, Basel 1963

Glaubensstimme, Liederbuch mit Kirchenliedern des 19. Jahrhunderts, Kassel 1959

Dagmar Konrad, Missionsbräute, Pietistinnen des 19. Jahrhunderts in der Basler Mission, Waxmann, Basel 2001

John S. Mbiti, De Gruyter, Studienbuch Afrikanische Religion und Weltanschauung, Berlin 1974

M. Friedrich Christoph Oetinger, Predigtband, hrsg. Karl Chr. Eberhard Ehmann, Stuttgart 1858, Steinkopf Verlag

Geoffrey Parrinder, West African Religion, London 1978

John V. Tylor, The Primal Vision, Christian Presence in African Religion, London 1963

Religion in Geschichte und Gegenwart, Artikel Pietismus, Tübingen 1986

Lexikon der Weltgeschichte, Band 27: Das bürgerliche Zeitalter; Band 28: Das Zeitalter des Imperialismus; Band 29: Die Kolonialreiche des Imperialismus; Augsburg 2000

Vom selben Autor

Das goldene Zeichen

Historischer Roman

304 Seiten, Gebunden
ISBN 978-3-7655-1711-2

Köln im Jahr 1106. Die winterliche Stadt wird von einer Serie rätselhafter Verbrechen in Atem gehalten. Jedes Mal hinterlässt der Täter neben seinen Opfern ein Geheimzeichen in goldener Schrift … Erzbischof Friedrich befindet sich in einer Zwickmühle. Ausgerechnet Fiona, seine heimliche, unerfüllte Liebe, und ihr neu gegründeter Frauenorden scheinen in den Fall verwickelt zu sein. Er fühlt sich verpflichtet, die Verdächtige in Arrest zu nehmen – wohl wissend, dass der wahre Täter noch nicht gefasst ist. In seiner Not ruft Friedrich den pfiffigen englischen Mönch Egwin zu Hilfe, dessen kriminalistischer Spürsinn oft im Widerstreit zu seinem klösterlichen Gelübde steht. Wird es Egwin gelingen, Licht in die verworrene Situation zu bringen?